회사원
마스터
Businessman
Master

회사원 마스터 4

에바트리체 장편 소설

초판 1쇄 찍은 날 § 2015년 8월 3일
초판 1쇄 펴낸 날 § 2015년 8월 10일

지은이 § 에바트리체
펴낸이 § 서경석

편집책임 § 이창진

펴낸곳 § 도서출판 청어람
등록번호 § 제387-1999-000006호
등록일자 § 1999. 5. 31
어람번호 § 제2-2190호

주소 § 경기도 부천시 원미구 부일로 483번길 40 서경B/D 3F (우) 420-822
전화 § 032-656-4452 팩스 § 032-656-4453
http://www.chungeoram.com
E-mail § chungeorambook@daum.net

ISBN 979-11-04-90346-5 04810
ISBN 979-11-04-90281-9 (세트)

FUSION FANTASTIC STORY

에바트리체 장편 소설

회사원 마스터

Businessman Master

4

도서출판
청어람

목 차

제1장

눈치 게임

회의의 결과물이 나오긴 나왔다.

하지만 민철로서는 그다지 좋은 결과가 아니라고 해야 할까.

"민철아."

회의가 끝나기 직전, 구 부장이 민철의 이름을 호명한다.

그리고 이렇게 말하는 거 아닌가.

"이번에도 네가 한번 해봐라."

"…제가 말입니까?"

놀란 사원들의 동공이 크게 확대된다.

물론 계약을 캔슬시키는 일 정도는 굳이 구 부장이 나서지 않아도 된다. 태봉이라든지 서 대리라도 캔슬에 관한 일은 아마도 충분히 할 수 있을 것이다.

계약은 성사시키는 것이 어렵지, 취소하는 건 매우 간단하다.

그냥 청진그룹 측에서 일방적으로 갑자기 밝힐 수 없는 사정이 생겼으니 못 하겠다고 통보해도 그만이다.

하지만 그건 후폭풍이 너무나도 크다.

이 회의의 난관은 바로 '잘되어가던 계약을 청진그룹 측에서 해지해야 한다' 라는 전제 조건이 깔려 있다는 것이다.

왜 하필이면 계약을, 그것도 오히려 청진그룹 홍보팀에서 먼저 제안한 것을 이제 와서 통보식으로 거절하냐고 묻는다면 어떻게 설명할 것인가?

청진그룹 이미지가 걸려 있는 문제다.

좋게좋게 해결해야 하지만, 그 좋게좋게 해결해야 한다는 개념의 단위가 어려운 것이다.

마땅한 해결책을 찾을 수가 없는 상황에서 구 부장이 대뜸 민철에게 계약 캔슬에 관한 권한을 위임한 것이다.

"할 수 있겠냐?"

"……."

순간 민철이 입을 다문다.

그때, 서 대리가 말도 안 된다는 식으로 구 부장에게 외친다.

"신입에게 떠넘기기에는 너무 무거운 짐 아닐까 생각합니다, 구 부장님!"

"아니, 녀석은 더 이상 신입이 아니다."

구 부장의 눈매가 날카로워진다.

엘리트 신입 사원.

청진그룹에서도 경쟁률이 치열하다 불리는 그 타이틀을 민철은, 그것도 남성진이라는 거대한 산맥을 넘어 차지했다.

사실 엘리트 신입 사원이라는 타이틀을 민철이 가져간 이후로 구 부장의 귀에는 안 좋은 소식이 더러 들리기 시작했다.

남성진이 있는데 도대체 무슨 수로 민철이 엘리트 신입 사원으로 뽑힐 수 있었느냐는 의견이었다.

물론 투표 방식 자체는 공정했다. 다른 부서 부장급 이상들이 공정하게 정확한 평가의 기준을 적용시켜 뽑았으니 말이다.

구 부장은 일부러 세력전으로 몰고 가지 않았을뿐더러, 서진구 회장 대리가 버티고 있는데 남우진이 자신의 아들에게 힘을 몰아줬을 리가 없을 것이다.

그리고 남우진은 사실 엘리트 신입 사원이니 뭐니 그런 것에는 애초에 관심도 없었다.

어차피 엘리트 신입 사원은 1년에 상반기, 하반기 2번에 걸쳐 뽑게 된다.

즉, 최소 신입 사원에게는 4번의 기회가 있다는 뜻이다.

어차피 기회도 많이 남아 있고, 게다가 엘리트 신입 사원으로 뽑힌다 하더라도 초고속 승진에 영향을 주는 것도 아니다.

개인 욕심은 오로지 남성진에게밖에 없었다.

남성진의 성격으로 따지면 굳이 자신의 아버지의 힘을 빌려 엘리트 신입 사원을 노리지 않았을 것이다.

진정으로 민철을 라이벌로 생각한다면 실력으로 꺾고 싶어 하는 게 바로 남성진이라는 남자의 프라이드이기 때문이다.

그럼에도 불구하고 안 좋은 소문이 들려오는 건 구 부장으로서도 상당히 난감한 노릇이라 할 수 있다.

그래서 일부러 민철에게 이번 큰 계약을 맡기게 된 것이다.

'너의 능력을 다시 한 번 증명해 봐라.'

이런 모종의 뜻이 숨겨져 있는 구 부장의 지시였다.

눈치 빠른 민철이 그 사실을 모를 리가 없다.

"구 부장님께서 그렇게 말씀해 주신다면, 최대한 노력해서 이번 일을 원만하게 해결해 보겠습니다."

"민철 씨!"

서 대리가 책상을 살짝 내려친다.

"제아무리 엘리트 신입 사원 타이틀을 받았다 하더라도 무리해서 자신의 능력을 증명해 보일 필요는 없어요. 괜히 욕심을 부렸다가 더 큰 것을 잃을지도 모른다구요! 유 실장님도 뭐라고 말 좀 해보세요!"

서 대리가 유 실장을 이번 대화에 참전시키려고 한다.

구 부장은 이미 민철에게 일을 떠넘길 생각을 하고 있다.

그렇다면 여기서 말이 제대로 통할 사람은 유 실장밖에 없다.

하나.

"아니, 나도 부장님의 말이 맞다고 생각해."

"유 실장님…!"

"민철아, 남자는 말이다. 자신의 능력을 증명해 보일 때가 가장 멋있게 보이는 법이다. 네 능력을 이번에 다시 한 번 확인시켜 줘라. 그래서 아무도 토를 못 달게 만들어 버려."

"……"

서 대리가 자신의 관자놀이를 지그시 누른다.

생각을 해보면 구 부장보다도 더 무리수를 던지는 인물이 바로 유 실장이었다.

그 점을 잠시 망각한 자신을 탓하기 시작하는 서 대리였다.

"홍보팀 이미지가 깎인다 해도 어차피 민철은 자신의 일을 다 했어."

구 부장이 서 대리를 바라보며 말을 이어간다.

"우리에게 헤이의 불륜 사실을 알려준 것만으로도 정말 많은 정보를 캐내 온 거야. 만약 이대로 헤이와의 계약이 추진되었다면, 분명 우리는 회사 전체에서 욕을 먹었겠지. 하지만 단순히 외부 세력에, 그것도 소비자들이 아닌 계약 상대방에게 약간의 욕을 먹는 것으로 끝나는 건 지극히 다행이라고 생각해라."

"…저도 알고 있어요."

즉, 민철이 허술한 계약 캔슬을 하더라도 헤이와의 계약이 체결된 상태에서 제품 이미지를 깎아먹는 일보다는 플러스라는 점이다.

그렇다면 이 플러스를 민철의 능력을 증명해 보이는 일, 그리고 이민철이라는 신입을 단숨에 키워내는 일로 이용하면 된다.

구 부장의 빠른 판단에 민철은 속으로 미소를 지을 수밖에 없었다.

'눈치의 왕이라…….'

구인성 부장.

저 사람도 분명히 얕잡아볼 수는 없다.

"어려운 일을 떠맡으셨군요."

대민이 뭔가 측은하다는 눈빛으로 민철을 바라본다.

휴게실에서 잠시 커피 한 잔의 여유를 느끼고 있던 민철과 대민, 그리고 태봉.

막내 3인방 중 대민이 민철에게 위로 아닌 위로를 건넨다.

"그래도 너무 상심하지 마세요. 저도 도와줄 수 있는 한도 내에서는 충분히 돕겠습니다!"

"하하, 감사합니다."

민철이 슬쩍 웃어 보인다.

그러나 옆에서 이들의 대화를 듣던 태봉이 어색한 표정으로 미소를 지으며 대민의 말을 부정한다.

"민철 씨 혼자서 해결하실 수 있을 거 같은데요."

"에이, 설마요. 아무리 민철 씨라 하더라도 이건 힘들지 않나요? 저번 같은 경우에는 서 대리님이라든지 유 실장님 등 메인으로 프로젝트를 담당하시는 분들이 계셨는데, 이번에는 민철 씨가 메인이잖아요."

"그렇긴 하죠."

태봉도 그 점은 수긍하는 듯하다.

그럼에도 불구하고 태봉이 민철에게 괜찮을 거라는 말을 한 이유는 별거 없었다.

"그간 보여줬던 능력이 제가 생각했던 것 이상의 능력이라서 저는 그렇게 생각을 했거든요."

"아… 그건 분명히……."

대민도 공감하는 바이다.

신입답지 않는 이력을 가지고 있는 건 맞긴 하다.

하지만 과연 이번에도 통할 수 있을까?

그에 대한 의구심을 품을 무렵, 휴게실에 모습을 드러낸 인물이 있었다.

"오, 민철이."

"안녕하세요, 황 부장님."

영업 1팀의 황고수가 휴게실에 잠시 모습을 드러낸 것이다.

"오늘은 홍보팀이 휴게실을 전세 내고 있었군."

"이런저런 일이 있어서요."

"이런저런? 부디 듣고 싶어지는데."

황 부장의 호기심을 자극한 모양인지 그가 진의를 알고 싶다는 의사를 표명한다.

태봉과 대민이 슬쩍 민철을 바라보자, 민철은 상관없다는 듯이 어깨를 한 번 으쓱인다.

"실은 말입니다……"

그간의 사정을 설명해 준 뒤, 황 부장이 고개를 끄덕인다.

"과연, 헤이라는 아이돌에게 그런 비밀이 있을 줄이야."

어차피 조만간 밝혀질 사실이다.

아무리 먼 곳에 위치한 콘도라 하더라도 공연하게 둘이서 그렇게 만나고 다니면 언젠가는 분명히 특종으로 대문짝만 하게 기사가 실릴 것이다.

민철이 눈치챌 정도니까 말이다.

"뭐, 민철이 활약할 무대치고는 나쁘지 않겠군."

"정말입니까, 황 부장님?"

대민이 놀란 토끼 눈이 되어 다시 되묻는다.

이 사람 역시도 민철의 능력을 너무 믿고 있는 게 아닐까 싶었던 것이다.

그러나 황 부장은 단 한 마디로 의견을 불식시킨다.

"엘리트 신입 사원 투표에서 나도 민철이에게 한 표 던졌으니까. 내 표가 의미가 없어지는 일은 만들지 말라고."

"알고 있습니다."

황 부장은 민철의 능력을 인정하고 있는 사람 중 한 명이다.

그라면 분명 민철에게 투표했을 거라고 본인 스스로도 확신하고 있었던 상황이었다.

"자, 그럼 나도 일이나 하러 가야지."

기지개를 피며 또다시 사무실이라는 전장으로 향하는 회사원의 뒷모습을 향해 민철이 속으로 수고하라는 응원의 메시지를 보낸다.

이제 민철도 자신만의 전장으로 향할 때가 되었다.

"우선 대민 씨, 그간 진행되었던 일에 관해서 저에게 전부 다 알려주세요."

"네, 그 정도야 당연히 해드려야죠!"

기운 넘치는 대민의 목소리와 함께.

드디어 민철을 메인으로 한 계약 해지 프로젝트가 발동된다.

소속사로 돌아온 헤이에게 매니저가 끈질기게 묻기 시작한다.

"들키진 않았겠지?"

"안 들켰다니까요."

헤이가 살짝 짜증을 내면서 매니저에게 재차 대답을 들려준다.

콘도에서 돌아오고 난 이후부터 계속 같은 질문이다.

물론 매니저가 걱정하는 것도 지극히 당연한 일이다.

돈이 많은 남자는 여자의 환심을 살 수 있을 만한 조건을 마땅히 갖추고 있다.

설사 그게 불륜이라 하더라도 말이다.

"차라리 다른 아이돌이라든지 평범한 재벌 자제랑 열애설이 나면 좋을 터인데… 하필이면 강호민 회장이냐."

"그 사람을 욕되게 하지 마세요. 제가 선택한 사람이니까요. 그리고 나름 좋은 점도 있어요."

"아니, 좋은 사람이라면 노골적으로 돈을 보고 접근하는 너 같은 여자에게는 손을 안 뻗겠지."

"……"

"다시 한 번 잘 생각해라, 헤이야. 그 사람도 결국 너에게 마음이 있는 건 아니야. 그저 널 노리개 취급하고 있어."

매니저가 어떻게든 헤이의 마음을 돌리기 위해 말을 하지만, 헤이는 끝까지 자신의 의견을 고집한다.

"저도 어차피 그 사람을 이용하고 있어요. 돈 많이 있잖아요? 그러면 상류층 생활 좀 경험해 본다 치면 되는 거죠."

"……"

"결국 세상은 돈이에요. 돈만 있으면 뭐든지 해결될 거라고요."

그렇게 말하며 헤이가 자신의 대기실로 향한다.

한숨을 쉬던 매니저가 나지막이 중얼거린다.

"좋은 사람이라서 반한 거냐, 아니면 결국 돈 때문에 붙어 있는 거냐."

물론 이 질문이 닿을 리가 없기에 매니저도 대답을 바란 것은 아니다.

그러나.

헤이의 태도는 명백하게 잘못되었다.

먼저 접근한 쪽은 바로 헤이다.

강호민 회장과 술자리를 같이 가지게 되는 일을 계기로 헤이는 자신의 젊음과 외모, 몸매를 무기로 강호민 회장에게 먼저 접근을 시도했다.

기왕 잘나가는 연예인이 되었는데 자신도 이번 관계를 통해 돈 좀 왕창 벌어들이고 싶다는 생각을 한 것이다.

이들이 하고 있는 건 결코 연애가 아니다.

바로 연애란 이름의 사적인 '계약' 일지도 모른다.

이 계약은 또 언제 해지될 것인지.

오로지 헤이와 강호민, 당사자만이 알 수 있을 것이다.

* * *

"으음……."

책상 위에서 잠시 고민에 휩싸인 민철이 옅은 신음을 내뱉는다.

평소 같으면 그런 민철에게 무슨 고민 있냐는 식으로 말을 걸어오는 사람들이 태반이겠지만, 오늘만큼은 민철을 건드릴 생각은 없는 모양인지 그저 지켜보기만 한다.

안 그래도 민철은 중요한 프로젝트를 떠맡았다.

구 부장의 강제 업무 인수인계에 불과하지만, 민철은 스스로 그 강제 업무 떠넘기기를 거절하지 않았다.

오히려 민철의 능력을 다시 한 번 시험해 볼 수 있는 좋은 계기라 할 수 있다.

엘리트 신입 사원 선출로 인해 여기저기서 나오는 불만의 목소리들을 단번에 일축시킬 수 있는 좋은 기회 말이다.

'하지만 귀찮은 건 사실이군.'

민철이 속으로 피식 웃음을 지어 보인다.

다른 사람들이 보기에는 이번 업무가 그의 역량을 넘어가기 때문에 중압감으로 고민하는 것처럼 보일지 모른다.

하나.

민철은 오히려 속으로 사무실에서 자신의 눈치를 보는 다른 사원들의 모습을 즐기고 있었다.

이민철이 누구인가.

레이폰 더 데스사이드라 불리던 희대의 달변가였다.

어떤 때에는 국가의 영토를 걸고 상대방과 협상 테이블에 앉아 24시간 논쟁을 벌였던 적도 있는 그가 고작 이런 일에 혀를 내두를 이유는 전혀 없다.

그는 이미 공략 방식을 알고 있다.

'그럼 슬슬 시작을 해볼까.'

자리에서 일어선 민철이 구 부장을 향해 걸음을 옮긴다.

"구 부장님, 슬슬 시간인 거 같습니다."

"음… 그렇군."

자리에서 일어선 구 부장이 알았다는 듯이 고개를 끄덕인다.

구 부장은 대략적으로 이미 민철에게서 간단한 플랜을 들은 적이 있다.

사실 다른 사원들에게는 일일이 말하고 다니진 않았지만, 회의가 끝나자마자 민철은 곧장 구 부장에게 다가가 앞으로 자신이 해야 할 일, 그리고 그 해야 할 일에 구 부장이 최대한 동석을 해주길 바란다는 의견을 제시했다.

이유는 실로 매우 간단하다.

민철이 일반 사원이기 때문이다.

그가 하다못해 주임급 정도라면 이야기가 달라지겠지만… 아니, 주임급이 된다 하더라도 문제가 있다.

적어도 유 실장 급이라면 민철이 혼자서 일을 진행했을지도 모른다.

하나 그는 아직 정식으로 직급이 없는 일개 사원에 불과하다.

직급이라는 건 거래처 상대방에게 신뢰감을 심어줄 수 있는 일종의 지표와도 같다.

홍보 모델 계약 건은 홍보팀에게 있어서 상당히 중요한 업무이기도 하다.

이 중요한 업무를 다루는 미팅 자리에 민철이 혼자서 나가 본다고 생각을 해보자.

일반 사원에게 소속사 대표가 무슨 말을 하겠는가.

부서 내에서 아무런 영향력도 없으면서 미팅을 해봤자 그건 시간 낭비에 불과하다.

그래서 민철은 상대방에게 미팅의 효율성과 중요성을 강조하기 위해 구 부장에게 미팅에 동반할 것을 부탁했다.

구 부장 역시도 어차피 이번 프로젝트가 해지되는 방향으로 갈피를 잡았기에 자신이 참석하는 것만으로도 일이 진행된다면 흔쾌히 협력을 해주겠다는 말을 들려준 지 오래다.

그리고 구 부장도 부장이라는 사람과 동반해 미팅에 참가하는 일 자체가 얼마나 중요한지 잘 알기에 민철의 말을 납득할 수 있었던 것이다.

"차량은 내 차 타고 가자."

"네, 알겠습니다."

구 부장의 말에 민철이 고개를 끄덕인다.

기름값의 경우에는 지출 결의서로 올리면 되지만, 불행하게도 오늘의 민철은 차량 출근이 아니었다.

'최근 텔레포트 출근 방식에 너무 익숙해졌을지도.'

쓴웃음을 내지으며 지하 2층으로 향하는 민철이었다.

헤이가 속해 있는 RP 엔터테인먼트.

대표를 맡고 있는 중년 남성이 조금 납득하기 힘들다는 표정으로 비서에게 되묻는다.

"이번 주에만 미팅이 3건?"

"네, 그렇습니다."

"허허. 갑자기 왜 이렇게 우리를 만나고 싶어 안달이 난 모양인지 모르겠군."

여성 비서의 보고에 처음에는 대표가 믿을 수 없다는 듯이 난색을 표현했다.

이미 헤이를 홍보 모델로 채용하겠다는 계약 건은 사실상 계약서에 사인만 하면 끝날 정도까지 진행되었다.

그럼에도 불구하고 이렇게나 많은 미팅 일정을 잡아야 할 필요가 있을까?

"서로 간의 신뢰를 좀 더 돈독하게 만들고자 하는 그런 의도가 아닐까 싶습니다."

비서가 조심스럽게 자신의 의견을 표출한다.

이들은 정식으로 영업을 하는 자들이 아니다.

그래서 얼추 이런 추측을 할 수밖에 없었던 것이다.

그리고 그도 그럴 것이, 계약 건은 이미 서로 이야기가 좋게 풀린 지 오래다.

그럼에도 불구하고 이런 미팅 횟수가 많아졌다는 것은, 역시 친목의 의미가 강한 게 아닐까.

"나야 좋지. 하하."

대표의 입꼬리가 슬쩍 올라간다.

앞으로 자신의 소속사에서 배출될 스타들을 하나둘씩 청진그룹 제품 이미지와 연결시키며 홍보 모델로 계약을 따낸다면?

홍보비가 문제가 아니라 RP 기획사에서 배출될 연예인들이 알아서 청진그룹을 통해 홍보된다는 이점도 있다.

더욱이 CF도 있지 않은가.

CF의 중요성은 예상외로 매우 크다.

게다가 대기업인 청진그룹의 홍보 CF라면 출연할 만한 가치가 있다.

우리나라에서 끝나는 게 아니라 전 세계적으로 송출되는 CF
니까 말이다.

"이번 미팅을 계기로 친목을 다져 두는 것도 좋겠군."

"대표님, 그 건에 대해서는 어떻게 하실 생각이십니까?"

"…그 건이라니?"

"헤이에 관한 이야기 말입니다."

"……."

헤이와 강호민의 불륜.

사실 대표도 그 사실을 정확하게 알고 있진 못했다.

그러나 그녀의 매니저를 통해서 대표는 뒤늦게나마 헤이에
관한 불륜 사실을 알게 되었다.

처음에는 조금 황당하기는 했으나, 이미 상황은 늦은 지 오
래였다.

홍보 모델 계약 건은 점차 진행되고 있었지만 사실 강호민
측과의 관계도 고려해야 할 상황이다.

대기업을 뒤에 업고 있으면 분명 자신들에게 도움이 되기
때문이다.

물론 청진그룹과 강호민은 비교 대상 자체가 안 된다.

강호민이 소유하고 있는 자회사가 대한민국에서 대기업 상
위 클래스에 든다고는 하지만, 청진그룹은 노는 물이 다르다.

청진그룹은 세계적으로 인지도가 있는 글로벌 대기업이다.

그래서 사실 비교를 한다면 청진그룹 쪽에 압도적인 힘이
실리는 게 분명하다.

하지만 세계적으로 노는 물이 다르기 때문에 오히려 RP 기획사에서 감당할 수 없는 상대가 될지도 모른다.

송충이는 솔잎을 먹고 산다는 말이 있지 않은가.

그렇게 따진다면 강호민과 평생 연을 만들어가는 것도 나쁘지 않다.

사실 이번 홍보 모델 계약 건 역시도 운이 좋다는 말로밖에 설명할 수가 없었다.

다른 유명 연예인, 혹은 유명 스포츠 스타들이 즐비하게 있음에도 불구하고 그들이 우연치 않게 홍보 모델로 활약할 여건이 안 되었기 때문이다.

그들도 이 자리는 매우 탐냈을 것이다.

하나 본업에 충실해야 하는 것은 당연한 말이기에 어쩔 수 없이 눈물을 머금고 홍보 모델 계약 건을 사양했다는 말도 들려온다.

중요한 것은 타이밍이다.

그 타이밍에 기가 막히게 일거리가 들어온 것이 바로 헤이라고 할 수 있다.

결론은 결국 이거다.

강호민도 놓칠 수 없고, 청진그룹도 놓칠 수 없다.

그렇다면 욕심을 부려 양다리를 걸치면 되지 않겠는가.

물론 강호민과의 연은 불륜 관계라는 잘못된 연으로 맺어져 있다는 게 문제겠지만 말이다.

"어차피 청진그룹과 연을 깊게 한다 해도 우리보다 훨씬 세력이 강한 기획사는 얼마든지 있어. 기왕이면 강호민 회장과의 연줄을 만들어두는 편이 좋겠지."

과도한 욕심은 언젠가는 자신에게 두 배로 큰 대미지를 입힐지도 모른다.

그러나 이런 말이 있지 않은가.

들키지만 않으면 된다.

철저하게 헤이의 불륜 관계가 숨겨지고, 외부로 발설되지만 않으면 그만이다.

"헤이는 특별하게 잘 관리하라고 해."

"네, 알겠습니다."

여성 비서가 고개를 숙이며 사무실 바깥으로 나선다.

청진그룹과 강호민.

"두 녀석 다 내 손안에서 놀아나는 셈이지. 크크큭……."

대표의 미소가 점점 냉소라는 형태를 띠게 된다.

운전을 하면서 구 부장이 넌지시 민철에게 묻는다.

"헤이가 불륜을 저지르는 이유가 뭐라고 생각하냐?"

"돈 때문이겠죠."

일반론이기도 하다.

남자는 능력, 여자는 외모라고 하지 않던가.

남자의 능력, 즉 돈에 이끌려 헤이가 강호민 회장에게 이끌린 게 아닐까 싶다.

"헤이도 나름 돈을 많이 벌 거라고 생각하는데, 굳이 돈에 욕심이 있을까?"

"돈이라는 건 많으면 많을수록 좋은 거니까요. 그리고 헤이처럼 잘나가는 아이돌이 평생 돈을 많이 받는 건 아니잖아요. 주기적으로 많은 수익을 받는 대기업 회장만큼은 아니겠죠."

"하긴, 그렇지."

연예인이라는 것은 한철 장사의 느낌과도 비슷하다.

잘나갈 때 그 이미지를 브랜드화시켜 사업에 연관시키는 연예인도 꽤 많은 편이다.

결국 계속적으로 연예 활동을 하면서 수익을 받는 건 일정 수치만큼 한계가 있다는 뜻이다.

그래서 외식업이라든지 의류업 등으로 사업을 만들어가는 것이 잘나가는 연예인들의 일반적인 루트라 할 수 있다.

"헤이의 경우에는 조금 더 편한 루트를 택한 것일 뿐이겠지요."

"불륜이라 해도?"

"강호민 회장은 아마 이혼을 선택할 겁니다."

"이혼이라… 극단적이군."

"네, 이혼 뒤에 헤이와의 재혼. 물론 깔끔한 형태의 사랑은 아닙니다. 그렇기 때문에 저희 제품으로 연결될 수 있는 이미지 손실은 막는 게 좋겠죠."

"재혼도 네 예상이냐?"

"확률상으로 따진다면 아마 재혼 쪽이 높다고 생각합니다."

결국은 추측, 그리고 확률 싸움이다.

아마 이 사실은 당사자들만이 정확하게 알고 있을 것이다.

그러나 재혼이든 불륜이든 어차피 상관은 없다.

뒤가 켕기는 게 있으면 홍보 모델을 맡기지 않는 게 청진그룸 홍보팀으로서는 가장 이상적인 방법이기 때문이다.

"여하튼 중요한 건 계약 해지를 원만하게 하면 된다 이거지."

운전대를 꺾은 구 부장이 익숙하게 주차장 안으로 들어선다.

최근 RP 기획사에 자주 들르다 보니 이제는 주차장에 들어서는 것도 익숙해졌다.

차량에서 내린 구 부장이 스마트폰으로 연락을 취하기 시작한다.

기획사 대표와 직접 연락을 취하는 동안, 민철은 주변 건물을 둘러보기 시작한다.

'생각보다 큰 회사는 아니군.'

헤이라는 연예인이 대박이 터져서 그렇지, 사실 그리 대규모 기획사는 아니다.

이제부터 돈을 끌어모을 수 있는 기반을 마련했기에 점차적으로 발전해 갈 가능성이 크다.

하지만.

'욕심이 너무 지나치군.'

매니저가 헤이의 불륜 사실을 알고 있다면, 분명 대표도 그 사실을 알고 있을 것이다.

알면서도 모른 척.

만약 헤이의 불륜 사실이 들통 나면, 이런 기사가 날 것이다.

소속사 측에서는 아무것도 들은 바가 없다.

…라고 말이다.

어차피 아이돌은 소모성이 짙은 연예인이다.

분명 RP 기획사는 두 번째 헤이를 양성하기 위한 준비를 마련했을 것이다.

'어차피 내가 알 바는 아니지만.'

가볍게 한숨을 내쉰 민철이 통화를 마친 구 부장의 뒤를 따른다.

미팅을 자주 여는 이유는 별거 없다.

최대한 많은 대화를 이끌어내면서 동시에 실시간으로 트집거리를 만들어낸다.

말이라는 건 내뱉으면 내뱉을수록 자신의 허점을 드러내는 약점과도 같다.

말이 많다는 것은 그만큼 자신의 약점을 드러낼 확률이 높아진다는 뜻이다.

그 확률을 파고들기 위해.

민철은 일부러 미팅 횟수를 늘린 것이다.

* * *

사무실로 올라가면서 민철이 느낀 점은 실로 매우 단순했다.

'그저 그런 회사군.'

유명한 기획사도 아니고, 이제 막 헤이의 유명세를 이용해서 성장 단계에 접어든 회사였기 때문에 빌딩 자체가 그리 좋진 않았다.

아무래도 민철이 청진그룹이라는 어마어마한 대기업의 빌딩에서 생활하다 보니 보는 눈이 높아졌을지도 모른다는 말이 나올지도 모른다. 그러나 이런 식으로 구 부장을 포함해서 외근을 나오는 일이 최근 들어서 빈번했기에 다른 회사의 건물을 볼 일도 많았다.

다른 회사 건물들과 비교해서 평이한 모습을 보이는 RP 엔터테인먼트.

사소한 편견을 가지면서 사무실로 들어서자, 기다렸다는 듯이 대표가 이들을 맞이한다.

"어서 오세요. 기다리고 있었습니다. 하하하!"

대표와 더불어 사무실 한쪽에는 헤이와 그녀의 매니저도 대기하고 있었다.

살짝 고개를 숙인 구 부장과 민철.

"오늘은 스케줄 없으신가요?"

구 부장이 형식적인 질문을 던지자 헤이가 빙그레 웃으면서 대답한다.

"네. 그리고 부장님께서 오셨는데 무리를 해서라도 스케줄은 비워둬야죠."

"하하, 이거 참."

RP 엔터테인먼트 측과 잦은 미팅을 가진 축도 아니지만, 구 부장도 헤이를 직접 보는 것은 횟수로 따져 봤자 몇 되지 않았다.

그런데 갑자기 그녀가 사무실에서 모습을 드러낼 줄이야.

뒤에서 헤이와 눈빛 교환만으로 인사를 마친 민철이 속으로 다른 생각을 품게 된다.

'감시… 인가?'

비록 일반 사원이지만 헤이는 콘도에서 자신의 행방을 들킨 적이 있다.

그에 대한 일환인지, 아니면 감시인지.

헤이가 직접 미팅에 참여한 것이다.

'뭐, 상관은 없겠지.'

그래 봤자 민철의 계획에는 차질이 없다.

아니, 오히려 그녀의 참가가 악영향을 미칠지도 모른다.

물론 민철 측이 아니라 RP 기획사 측에 말이다.

"시간도 애매하니 간단하게 점심 식사라도 먼저 하고 올까요?"

구 부장이 익숙하게 제안을 한다.

이들은 일부러 점심시간에 맞춰서 왔다.

사적인 자리에서 말을 이끌어내기 위해서라면 식사 자리만큼 괜찮은 자리 또한 없기 때문이다.

회식 자리는 너무 거창하다.

이런 식으로 점심식사 자리를 자주 가져 주는 것만으로도 민철에게는 커다란 수확이 된다.

그 사실을 구 부장 역시 인지하고 있기에 이런 제안을 한 것이다.

대표 또한 별다른 생각이 없이 이들의 제안을 수락한다.

"네, 그러죠. 좋은 곳으로 안내하겠습니다."

대표의 말에 따라 헤이의 매니저가 사무실의 문을 열어준다.

아무것도 아닌 것처럼 보이는 점심식사 자리.

그러나 민철의 작전은 여기서부터 시작되는 것이다.

한식 음식점에 도착한 이들은 비교적 한가한 점심식사를 가지기 시작한다.

주고받은 대화는 실로 간단했다.

"요즘 회사 사정은 어떻습니까?"

"그나마 숨통이 좀 트이는 단계일 뿐이죠. 하하."

"그렇군요."

라든지, 혹은 날씨가 어떻고 하는 그런 대화 수준에 불과하다.

"헤이 씨는 어렸을 때부터 연예인이 되실 생각을 하셨던 케이스인가요?"

"네, 아마 중학생 때부터였을 거예요. 그때부터 연습생으로 지원했으니까요."

"과연… 그렇군요."

학교 이야기라든지 최근 출연하고 있는 예능 프로그램, 그리고 영화 등등.

정말 별거 없는 대화를 하기 시작한 뒤, 다시 사무실로 올라와 이야기를 나눈다.

여기서도 누가 들으면 친목을 다지기 위한 그런 대화들밖에 없었다.

말 그대로 시간 낭비에 불과하다.

'왜 이런 이야기들을 하는 거야.'

계약 이야기는 쏘옥 빼놓고 다른 이야기만 주구장창 하니 대표로서는 그다지 좋은 기분일 수가 없었다.

아니, 생각을 해보면 오히려 좋을 수도 있다.

이미 계약은 좋은 쪽으로 흘러가고 있었고, 더 이상 계약 이야기를 하지 않을 만큼 수준까지 이르게 되었다.

이제 도장만 찍으면 그만이다.

"그러고 보니 계약에 관해서 말입니다."

이게 웬 떡인가.

오히려 민철이 스스로 계약 이야기를 꺼내는 게 아닌가.

순간 구 부장이 슬쩍 민철에게 눈치를 준다.

왜 여기서 굳이 계약 이야기를 꺼내는지에 대한 물음이었다.

이들은 계약을 해지하기 위해 움직이고 있다. 그런데 계약 이야기를 이 자리에서 꺼낸다면 바로 도장을 찍자는 이야기로 연결될 것이다.

그러나 민철은 마이페이스를 유지하며 자신의 말을 이어갈 뿐이었다.

"다음 주 월요일 정도에 계약이 마무리될 거 같습니다만, 어떨지요."

"하하, 저야 좋지요."

민철의 말이 사실인지에 대해 묻고 싶어 하는 대표의 눈빛이 얼추 비춰진다.

구 부장이 고개를 끄덕이면서 어쩔 수 없이 민철의 대화에 합류한다.

"네. 내부적으로도 좋은 방향으로 진행되고 있습니다."

"그렇군요. 이야~ 청진그룹 홍보 모델이라, 이거 참 어깨가 절로 당당하게 펴지는데요? 하하하! 그럼 아무쪼록 잘 좀 부탁드리겠습니다!"

계약상에는 차질이 없다.

그 말을 듣고 싶었던 대표이기에 민철과 구 부장에게 악수를 먼저 건네며 이번 미팅 아닌 미팅을 마치게 된다.

헤이와도 가볍게 인사를 나눈 뒤 지하실로 내려온 구 부장이 살짝 미간을 찡그린다.

"내가 생각하는 바로는, 마지막에 계약 이야기에 확신을 더한 건 안 좋은 방법이었다고 생각한다, 민철아."

"아니요, 저는 개인적으로 이번 미팅을 통해서 일을 빠르게 마무리 지을 수 있게 되어 다행이라고 생각합니다."

"마무리를 지을 수 있다고?"

"네. 굳이 번거롭게 여러 번의 미팅을 통해서 상대방의 다른 허점을 찾을 수고를 덜었으니까요."

"무슨 소리냐?"

구 부장이 제아무리 눈치의 왕이라 하더라도 명백하게 '말'이라는 분야를 놓고 본다면 민철보다 낮은 수준에 머무른다.

홍보팀에서는 민철만큼 말의 달인이 없다.

그래서 그의 진의가 궁금해진 것이다.

"헤이 양이 참가한 건 RP 기획사 측에선 실수였습니다. 왜냐하면 그녀는 아직 많이 젊은 편이니까요."

"젊긴 하지. 20대 초반이니까."

"젊다는 건, 그만큼 자신의 감정과 이성을 제대로 컨트롤하기 힘들다는 것을 뜻합니다. 물론 좋은 표현으로는 열정과 패기가 있다고는 하지만, 세상은 감정만으로 극복할 수 없는 일이 훨씬 더 많으니까요. 그래서 연륜이라는 게 중요합니다. 겉으로 보기에는 아무렇지도 않은 말들이 될 수 있습니다. 학교 출신이라든지, 학창 시절, 아이돌 지망생 시절, 그리고 심지어 취미와 특기, 좋아하는 분야 등등. 그러나 그 개인 정보들을 말한 것이 오히려 헤이 양에게는 안 좋은 영향을 끼치게 되겠죠."

"개인 정보라면 프로필에도 나와 있을 터인데?"

"인터넷상에 기재되어 있는 프로필과 헤이 양의 입을 통해 직접 들은 프로필의 정보 일치율은 40%밖에 되지 않았습니다."

"너… 설마 인터넷에서 미리 다 파악하고 온 거냐?"

"네. 적을 알고 나를 알면 백전백승이라는 말이 있더군요. 좋은 말이지요."

현대 세계로 넘어온 뒤 접한 명언 중에 민철이 꽤나 마음에 들어 하는 명언 중 하나였다.

"오늘 저희가 가진 자리에서 프로필상의 헤이 양의 정보와 실제 정보가 일치하는지 확인한 것만 해도 큰 수확이라고 생각합니다."

"그 정보들을 가지고 어떻게 하게?"

"의뢰를 맡겨야지요."

지하 주차장에 도착한 민철이 슬쩍 웃음을 표한다.

"우리나라 기자들은 떡밥만 던져 줘도 아주 잘 물더군요."

계약 확정일은 다음 주 월요일.

남은 기간은 채 일주일이 남지 않았다.

그 기간 내에 민철은 외부 세력의 힘을 빌려 계약 해지를 위한 장치를 마련하고자 한다.

"하하, 오랜만입니다."

카페 머메이드에서 커피를 마시고 있던 민철에게 한 남자가 고개를 숙이며 다가온다.

"최서인 기자라고 합니다."

"이민철입니다. 반갑습니다."

비교적 허름한 차림의 남성이 매우 피곤한 눈으로 민철의 맞은편에 앉는다.

최서인.

그는 예전, 민철이 청진그룹 본사 지원 전쟁을 치르는 동안 취재를 담당했던 신라일보 소속의 중년 기자다.

오랜 기간 동안 알고 지낸 사이는 아니지만, 그래도 초면이 아닌 구면이기에 민철은 최서인과 자연스럽게 말을 이어간다.

"설마 민철 씨가 저를 보자고 할 줄은 몰랐습니다, 하하. 회사 생활은 잘되어가고 있죠?"

"네, 덕분에요."

수석 합격이라는 타이틀을 이용해 서인과 대면해 인터뷰까지 한 적이 있다.

그나마 민철이 알고 있는 유일한 언론 인맥이라 해도 무방할 정도다.

"그런데 무슨 일로……?"

괜히 바쁜 기자를 부른 게 아닐 터이다.

회사 내부 사정이라도 고발할 생각인가라는 기대감을 품고 온 그에게 민철이 빙그레 웃으면서 종이 한 장을 건넨다.

"이건……."

"헤이 양에 관한 특종거리 베스트 10선입니다."

"네……?"

믿기지가 않는다는 표정으로 다시 한 번 민철이 내민 종이를 바라본다.

학창 시절 때 왕따를 주도했던 경력.

예능 프로그램에서 특정 누군가와의 불화.

지망생 시절 때 타 아이돌과의 폭행 사건 등등.

과거의 이야기지만, 그 소재만큼은 분명 연예 담당 기자라면 구미를 당기게 할 만큼 자극적인 소재들로 이뤄져 있었다.

"이건… 사실인가요?"

"사실은 아닙니다. 확인해 보진 않았으니까요."

"허위 정보를 멋대로 퍼뜨리기에는 좀 위험한 시기입니다만……."

최서인이 정색을 하며 민철에게 묻는다.

그러나 민철은 여전히 웃음을 유지하며 대답할 뿐이다.

"본인을 통해서 직접 확인했으니 높은 확률로 맞을 겁니다. 남은 것은 증거자료들을 수집하는 일뿐이지요."

"헤이 양 본인이 직접 이 말들을 했다고요?"

"네."

"…무슨 조화를 부린 겁니까? 보통은 이런 걸 직접 이야기하지 않는데…….'

물론 직접적으로는 이야기한 적은 없다.

그러나 민철은 쓰잘데기 없는 말들을 통해서, 그리고 특정 대화의 테마가 나올 때마다 보이는 헤이의 언행, 무의식적인 버릇 등을 통해 그녀의 과거 사실을 유추했다.

학창 시절 때 본인도 모르게 나온 반 분위기라든지.

아니면 아이돌 지망생 때 힘들었던 시기 등.

분명 직접적인 표현은 아니었다.

하나 민철은 그 표현들을 남다르게 해석할 수 있는 재능이 있다.

그녀만이 알고 있는 흑역사를 민철은 말뿐만이 아니라 그녀의 언행을 '관찰' 함으로써 파악할 수 있었던 것이다.

하지만 말로 들은 것과 직접 확인해 보는 것은 엄연히 다르다.

"높은 확률로 아마 제가 적은 것들과 일치할 겁니다. 적어도 10개 중에서 8~9개 정도는요."

"…믿을 수가 없군요. 그런 사소한 대화들로 이런 사적인 정보를 알아내다니…….'

"말이라는 건 정말로 무서운 겁니다. 개인 정보를 스스로 발설하는 것만큼 약점을 노출시키는 행동은 없으니까요. 기자님도 아시겠지만… 자신에 관한 말을 하면 할수록 '나는 이런 약점을 가지고 있습니다' 라고 선언하는 것과 똑같습니다. 가급적이면 말을 아끼는 게 좋지요. 필요할 때만 말을 하는 게 이상적입니다. 그렇다고 너무 말을 안 하는 것도 문제고요. 하하.'

"……."

게다가 헤이는 젊은 축에 속한다.

최대한 이성적으로 자신의 안 좋은 과거를 숨긴다 해도 분명 그 단서가 될 만한 말을 간혹 유출시킬 때가 있다.

그녀의 언행과 말버릇, 심지어 말투의 높낮이 등을 듣는다면 얼추 그녀가 이런 일들을 겪었다는 것을 유추할 수 있을 것이다.

물론 상당한 고난도 스킬이다.

하지만 민철이라면… 레이폰 더 데스사이드라면 충분히 가능하다.

그는 마나의 흐름 또한 눈에 익히고 있기 때문에 말과 언행뿐만이 아니라 아우라도 느낄 수 있다.

점심식사 자리에서 최대한 모든 정보를 얻어낼 수 있는 조건을 갖춘 민철이기에 보기 좋게 포장된 장미 속에 감춰진 가시를 드러낼 수 있었던 것이다.

*   *   *

민철이 내민 항목을 지그시 바라보던 최서인 기자가 넌지시 이런 질문을 던진다.

"그런데 저에게 이런 내용의 특종 기사들을 제시하는 이유가 무엇입니까?"

기자들도 나름 연예인, 혹은 유명 인사들과의 대화를 통해 특종을 이끌어내는 경우가 있다.

물론 그때 당시에는 대화를 하면서 수상하게 여기는 단계에 불과하기에 인터뷰를 마친 뒤에 다시 회사로 들어와서 그에 대한 일화를 조사한 끝에 특종을 잡아내는 경우도 있다.

그러나 민철의 경우에는 이런 기자들의 수준을 훨씬 뛰어넘은 능력을 보여주고 있었다.

고작 대화라는 말의 형태로 인해 뽑아낸 특종의 종류만도 두 자릿수다.

게다가 정확도 역시 80~90% 이상이라니.

"그렇군요."

민철이 슬쩍 웃음을 내비친다.

이 정도까지 헤이에 대해 밝힐 정도라면, 분명 민철에게도 목적이 있을 것이다.

그리고 아무런 대가 없이 서인에게 이런 특종들을 제시할 이유도 없다.

세상에 공짜란 없다.

분명 대가를 치러야 한다.

아무리 마음 착한 사람이라 하더라도 무한정 베풀기만 하기는 여간 힘든 일이 아니다. 특히나 이민철이라는 인물이 목적 없이 기자들에게는 일종의 '선행'을 베풀고 있다는 행동을 아무런 이유 없이 하지는 않을 것이다.

"전 헤이 양의 이미지가 추락했으면 좋겠습니다."

"제가 알기론, 헤이 양은 홍보팀과 홍보 모델 계약 건을 두고 좋은 이야기가 오고 가고 있다고 알고 있습니다만."

"거기까지 알고 계시는군요."

"청진그룹 내부에 제가 알고 있는 인사들이 좀 있거든요."

과연 기자답다고 해야 할까.

최서인의 정보통도 보통이 아니었다.

"헤이 양의 이미지를 타락시키게 된다면 홍보팀에는 악영향을 끼칠 터인데……. 제 생각은 이렇습니다만, 한번 들어보시죠."

서인이 마이페이스를 유지하며 자신의 생각을 토로하기 시작한다.

"홍보팀과 계약하기 전에, 누군가가 헤이 양에 대해 '커다란 걸림돌'이 될 만한 무언가를 목격하게 되었다. 하지만 홍보팀 내에서 목격했기에 직접적으로 언급은 못하고 간접적으로 헤이 양과의 계약거리를 해지할 만한 건수를 만들어 계약을 파기한다. 이런 시나리오는 어떻습니까?"

"과연… 듣기 좋은 이야기로군요."

민철의 눈빛이 가늘어진다.

최서인.

이 남자도 보통이 아니다.

역시 오랜 기자 생활을 해와서일까.

"제 의견이긴 하지만, 결코 허구성 짙은 소설이라고는 생각하지 않습니다. 하하."

서인이 넉살 좋게 웃으면서 커피 한 모금을 들이켠다.

말 그대로다.

민철이 생각하고 있는 그대로를 입으로 언급한 것이었다.

"그 '커다란 무언가'를 저에게 말씀해 주실 생각은 없으신가요?"

이것이 서인의 목적이었다.

커다란 무언가.

민철이 밝혀준 자잘한 기삿거리가 아닌, 커다란 무언가를 서인은 노리고 있는 것이다.

민철의 계획은 애초에 이러했다.

서인을 통해서 헤이에 대한 안 좋은 자잘한 뉴스거리를 하나둘씩 내보내기 시작한다. 그렇다면 분명 기자들은 헤이라는 인물을 두고 철저하게 조사에 들어갈 것이다.

요즘 화두가 되고 있는 헤이에 대해 좀 더 털 것이 없나 하고 말이다.

이름 하야 '신상털이 이론'이다.

한 명을 집중적으로 다수가 털기 시작하면, 분명 다른 뉴스거리가 나올 것이다.

다수의 기자들의 표적에 들어오기 시작한 이후부터 이미 헤이는 끝났다 해도 과언이 아니다.

강호민 회장과의 불륜.

그 사건의 소식은 굳이 민철의 입을 통해 밝히지 않더라도 자연스럽게 기자들의 파파라치 실력에 의해 터지게 될 것이다.

그렇게 되면 홍보팀에서는 불륜을 이유로 계약을 파기하게 된다.

이것이 바로 민철이 세운 시나리오다.

자신이 직접 나서지 않고 외부 세력들을 이용해 알아서 적을 쓰러뜨리는 방법.

아군의 손해는 제로에 가깝다.

가장 이상적인 전략 방식이 아닐까.

그러나 외부 세력이기도 한 최서인 역시 보통 하이에나가
아니었다.

"밝혀주실 수 있다면 미리 말씀해 주실 수 없습니까?"

"하하……."

서인의 눈빛에 살짝 이채가 어린다.

보통 특종이 아니다.

물론 민철이 던져준 자잘한 특종거리도 충분히 기사거리가
될 수는 있다. 하지만 기자라 함은 대박 특종을 찾아 해매는 하
이에나와도 같은 법이다.

그 하이에나에게 과연 민철이 먹이를 던져 줄까.

"전제 조건이 있습니다."

조련사 이민철이 결국 최서인이라는 하이에나에게 먹이를
던진다!

특종이란 이름의 커다란 고기를 받아먹을 준비를 마친 최서
인이 빠르게 수첩을 꺼낸다.

"말씀하시죠."

"간단하게 세 가지입니다. 우선 첫 번째. 지금부터 제가 발
설하는 내용은 청진그룹 홍보팀과는 일절 관계가 없음을 인지
해 줄 것."

"어렵지 않은 조건이군요. 기억해 두겠습니다."

"그리고 두 번째. 일정 기간 텀을 두고 특종 기사를 뿌릴 것."

"시기는 언제쯤으로 하면 될까요?"

"최 기자님께서 제가 던져 준 기사들을 하나둘씩 뿌리고, 그 떡밥을 발견한 다수의 기자들이 슬슬 헤이 양에게 관심을 가질 때입니다. 갑작스럽게 터지면 헤이 측에서도 분명 외부의 정보 제공자가 있음을 눈치챌 가능성이 있으니까요."

철두철미하다.

서인의 인상에는 민철이 이리도 무섭게 느껴진 적이 없었다.

언론인으로서는 굉장히 상대하기 껄끄러운 상대임을 깨닫기 시작한 서인에게 민철이 마지막 조건을 제시한다.

"카페 머메이드라는 브랜드를 알고 계십니까?"

"네. 여기도 머메이드 아닙니까."

"맞습니다. 머메이드에 관한 기사 하나를 메인으로 걸어주시면 감사하겠습니다. 신라일보 홈페이지뿐만이 아니라 신문, 그리고 각종 소식 매체에도 말이죠."

신라일보는 그래도 나름 영향력을 가지고 있는 언론 집단이다.

그 언론 집단에 카페 머메이드의 기사를 싣기를 원하는 민철이었다.

"구체적으로 무슨 기사를 원하시는 건가요?"

"이겁니다."

민철이 서류 가방에서 다수의 종이들을 꺼낸다.

"이건……."

"이번 달 카페 머메이드 실적에 관한 내용입니다. 더불어 시장 수요에 대한 반응, 고객 만족도 1위 참고 자료, 직원들 내부에서도 일하기 좋은 직장, 알바생들이 선호하는 매점 등에 관한 인터뷰 기사들입니다."

"기사들이라고 하면… 이미 나갔던 적이 있는 내용이군요."

"어디까지나 참고만 해주셨으면 좋겠습니다. 최 기자님께서는 다른 기자분들을 데리고 머메이드가 좋은 회사임을 어필시킬 수 있는 기사를 대문짝만 하게 실어주시기만 하면 됩니다. 물론 아까도 말씀드렸다시피 동원할 수 있는 소식통 전부를 동원해서요."

"허허, 그렇군요."

서인이 고개를 끄덕인다.

그는 신라일보 측에서도 영향력이 꽤 있는 경력 있는 기자다.

그가 힘을 쓴다면 별로 어렵지 않게 머메이드에 대한 이미지 전환용 기사를 실어줄 수 있을 것이다.

하지만.

어째서?

"청진그룹이 아닌 머메이드에 관한 기사를 실어달라니, 그건 좀 의외군요."

서인의 기자 본능이 발동한다.

사실 서인이 언론인임을 가장해 민철은 분명 자신에게 이러이러한 기사를 내보내 달라는 요구를 해올 거라는 생각 정도는 했었다.

그런데 그 대상이 청진그룹이 아니다.

"최 기자님도 잘 아실 거라 생각합니다만."

민철이 슬쩍 웃음을 내비친다.

"청진그룹은 이미 정점을 찍은 글로벌 대기업입니다. 여기서 이미지가 좋으니 어쨌느니 보내봤자 청진그룹에 대한 사람들의 인식은 진작 자리를 잡았죠. 그렇다면 이 좋은 기회를 다른 신생 브랜드에 투자하는 게 좋지 않겠습니까?"

"오호……."

실로 매우 지당한 말이었다.

좋은 기사를, 그것도 자투리만 한 크기가 아닌 메인에 걸 정도라면 분명 다수의 사람들에게 홍보가 될 것이다.

기왕 그렇다면 신생 레이블인 머메이드에게 힘을 실어주는 게 좋은 거 아니겠는가.

"그 정도로 큰 특종거리를 가지고 있다는 게 놀랍군요."

이 정도까지 말한다면, 민철이 알고 있는 특종거리는 분명 보통이 아닐 것이다.

점점 더 민철의 정보에 관심을 가지기 시작하는 최서인 기자.

그가 민철의 3가지 조건을 수락함과 동시에 민철의 입에서 드디어 헤이에 관한 소식이 알려지기 시작한다.

그리고 정확히 한 달 뒤.

"말도 안 돼… 빌어먹을!!"

RP 기획사 대표가 사무실에서 손에 집히는 물건이란 물건은 죄다 던져 대기 시작한다.

소파에서 묵묵히 앉은 채 대표의 분노를 목격하고 있는 헤이와 그의 매니저.

"그러니까 내가 뭐라고 했나!! 그딴 불륜은 때려치우라고 했잖아!!"

"사장님도 알면서 못 본 척했잖아요!!"

"뭐?! 이년이 기껏 키워줬더니 감히 나에게 대들어?!"

"됐어요! 저도 짜증 나 죽겠단 말이에요!!"

헤이도 그렇고, 강호민도 그렇고.

서로 불륜에 관한 기사가 터지자마자 말 그대로 패닉 상태에 접어들었다.

강호민의 기업 이미지는 말 그대로 대추락을 하게 되었고, 헤이 역시도 마찬가지였다.

그동안 참가하고 있던 다수의 프로그램에서 자진 하차를 선언하게 되었으니 말이다.

물론, 청진그룹과의 홍보 모델 계약 건도 무산이 된 것은 굳이 말할 필요가 없다.

"어째서……!"

머리를 감싸 쥐며 고개를 푹 숙인 헤이의 머릿속에 체린이 했던 말이 떠오른다.

자신의 남자를 좋아하게 된 이유.

그녀는 분명 '미래와 능력'을 보고 좋아하게 되었다고 했다.

"돈이 제일이잖아……!!!"

체린이 했던 말에 헤이는 여전히 공감할 수 없다는 듯이 자신의 머리카락을 강하게 움켜쥔다.

"오호라."

인터넷 기사를 보던 구 부장이 상당히 흥미롭다는 듯한 표정을 지어 보인다.

처음에는 헤이에 대한 안 좋은 구설수들이 올라오기 시작했다.

그리고 뒤이어 갑자기 터진 불륜 사건.

물론 구설수가 다수 올라오기 시작하면 기자들의 시선이 헤이를 절로 쫓아가게 되고, 그렇게 되면 자연스럽게 불륜 사건도 결국에는 밝혀지게 된다.

따지고 보면 시간문제에 불과하다.

그러나 이 첫 스타트를 끊은 것이 바로 유독 청진그룹과 연이 많은 '신라일보'라는 점에 있다.

'설마 녀석이……'

구 부장이 멀리서 앉은 채 업무에 집중하고 있는 민철을 응시한다.

민철은 저번의 미팅을 끝으로 더 이상의 미팅을 잡지 않았다.

그때 당시는 다음 주에 도장을 바로 찍자는 이야기를 했지만, 헤이에 대한 구설수가 하나둘씩 터지면서 이미지 관리를 이유로 도장 찍는 일을 며칠씩 미루기 시작했다.

그러더니 결국 한 달째 되는 날.

드디어 폭탄이 터진 것이다.

정말로 기자들이 스스로 파파라치 행위를 통해 밝혀낸 것일까?

아니면…….

'…내가 녀석을 너무 과대평가하는 건가.'

기자와 일부러 접촉을 해서 구설수 몇 가지로 간을 보다가 큰 폭탄 하나를 장전해 터뜨린다.

만약 자신이 민철이었다면 이런 계획을 세우지 않을까 예상해 본다.

'아니, 그렇진 않겠지. 설마 녀석이 대단한 녀석이라 하더라도 이 모든 상황을 주도적으로 이끌진 않았을 거야. 그건 황 부장도 힘든 일이니까.'

어찌 되었든 민철은 프로젝트를 성공시켰다.

그게 외부의 세력에 의했든 그건 상관이 없다.

중요한 건 결과니까 말이다.

이로써 민철이 맡게 된 계약 해지 건에 대해서는 좋게 해결이 된 셈이지만, 아직 한 가지 숙제가 남게 되었다.

다른 홍보 모델을 찾아야 한다는 점이다.

제2장

승진

홍모보델 계약 해지 건 이후.

부서 내에서 민철의 입지는 기하급수적으로 올라가게 되었다.

물론 민철이 스스로 모종의 뒷거래를 펼치며 기사를 뿌려두기 시작하고, 신라일보가 결국은 헤이와 강호민 회장의 불륜 사건까지 캐내게 되었다는 결과에 도달했음을 정확하게 아는 이는 없었다.

그러나 민철은 결국 원인이나 과정이 어찌 되었든 아무런 문제 없이 계약을 해지할 수 있게 되었고, 그 덕분에 구 부장으로부터 매우 높은 평가를 받게 되었다.

그리고 눈치의 왕인 구 부장이 민철이 전혀 손을 안 쓰고 이번 일을 진행했다고 생각하진 않는다.

분명 뭔가가 있다.

심곡점에서 카페 머메이드와의 계약 이야기도 그렇고, 그리고 이번 일도 그렇고.

분명 민철에 대한 심증은 많이 존재하지만, 증거가 없다.

아직까지 체린과 민철에 대한 관계를 전혀 알지 못하는 구 부장이기에 심증만 존재할 뿐이지 민철이 카페 머메이드 대표의 딸과 그렇고 그런 관계라는 사실을 알고 있었다면 이런 심증 단계조차도 거치지 않았을 것이다.

'수상해, 하지만 분명 민철이 이 녀석이 뭔가를 했을 거란 말이야.'

그의 촉이 강력하게 주장한다.

분명 민철이 원인이라고.

그러나 심증만으로 그의 성과를 드러내기에는 구 부장의 위치도 고려해야 한다.

부장이라는 작자가 단순히 심증을 이유로 들어서 민철에게 '니가 했지?' 라는 질문을 어떻게 하겠는가.

그건 부장의 체면도 그렇고 설득력도 없다.

사람의 진의를 끌어내려면 설득력이 있어야 한다.

그러나 심증은 설득력을 이끌어내지 못한다.

심증만으로 네가 이러이러한 일을 해냈다고 주장하는 것은 설득이 아닌 단순히 고집에 불과할 뿐이니까.

'용의주도한 녀석이군.'

가볍게 혀를 차는 구 부장이었지만, 그렇다고 민철을 낮게 평가하는 것은 절대 아니다.

오히려 민철의 평가가 올라간 만큼 최근 그의 주변으로 다양한 이야기가 전해지고 있었다.

우선 가장 큰 이야기는 다름이 아닌…….

"민철 씨, 이번에 승진 이야기가 나오던데요?"

눈치 없는 대민이 사무실 한가운데에서 아무렇지도 않게 민철의 승진 이야기를 언급한다.

순간 민철이 가볍게 한숨을 내쉬며 주변을 둘러본다.

승진이라는 단어가 나오자마자 서 대리, 그리고 태봉을 포함해 다수의 인물들이 민철과 대민을 바라본다.

"대민 씨, 잠시만요."

"네?! 가, 갑자기 무슨 일로……."

"아무래도 좋으니까 일단 휴게실로 좀 와주시기 바랍니다."

"으아아아악?! 미, 민철 씨! 팔목 부러집니다! 부러집니다요!!!"

대민이 엄청난 비명과 함께 고통을 호소하지만, 민철은 아무렴 어떠냐는 식으로 대민의 팔목을 잡고 사무실 바깥으로 거의 강제로 끌고 나오다시피 한다.

아무래도 스트렝스 마법의 단계 조절에 실패한 모양인가 보다.

"아이고, 팔목아……."

휴게실에서 고통을 호소하는 대민에게 민철이 깊은 한숨을 내쉬며 말한다.

"대민 씨, 승진에 관해서는 가급적이면 사무실 내에서 이야기하는 걸 자제해 주셨으면 합니다."

"어째서요? 동기 중에서 민철 씨가 가장 빠르게 승진하는 셈이잖아요. 자랑거리 아닌가요?"

"아직 승진에 대한 정확한 이야기도 없고, 순전히 억측에 불과하니까요. 정식으로 승진 발표가 나면 그때 이야기하셔도 무방합니다. 그리고……."

민철이 자신의 관자놀이를 지그시 누른다.

대민은 다 좋은데, 인간이 너무 솔직하고 직설적이어서 문제다.

물론 그게 민철의 마음에 들지 않는다는 것 또한 아니다.

현대 사회에서 이렇게까지 정직한 심성을 가지고 있는 청년도 찾아보기 힘들 것이다.

타인을 속이고, 어떻게 해서든 타인을 이용해 먹으려 하는 불한당 같은 사람들이 대다수인 이 각박한 현실 사회에서 대민이란 존재는 말 그대로 활력소이자 오아시스 같은 역할을 해주기 때문이다.

그러나 이러한 경우는 예외적이다.

"듣는 귀가 많으니까요."

그리고 그 듣는 귀 중에 특히나 민철이 신경 쓰는 귀가 있다.

바로 강태봉이다.

"태봉 씨의 경우에는, 저보다 선임이지 않습니까."

"물론 그렇죠."

"그런데 제가 태봉 씨보다도 더 능력을 인정받고 먼저 직급이라는 걸 달게 된다면, 태봉 씨의 입장이 무엇이 될까요?"

"아……!"

대민이 차마 그 생각을 하지 못했다는 듯이 고개를 끄덕인다.

듣고 보니 맞는 말이다.

태봉은 대민과 민철보다도 좀 더 오래 이 부서에서 일을 하고 있었다.

그런데 후배이기도 한 민철이 먼저 직급을 달게 된다면?

태봉으로서는 자존심이 상할 일이 될지도 모른다.

게다가 민철은 상사들로부터 능력을 인정받은 엘리트다. 실제로 홍보팀에서 한동안 배출되지 않았던 엘리트 신입 사원이라는 타이틀을 이번 년도 상반기 때 이민철이라는 사람이 그대로 가져온 것이다.

거기서부터 이미 민철의 존재감은 상사들에게 많이 어필이 되고 있었다.

그의 능력.

그리고 그의 성과.

어딜 봐도 잦은 실수를 선보이는 태봉보다도 훨씬 더 인정받기 좋은 인재 아니겠는가.

"태봉 씨 눈치도 보이니 그런 이야기는 자제해주시기 바랍니다."

"…죄송합니다. 괜히 제 생각만 하느라……."

"아니요, 괜찮습니다. 다들 실수로 배워가는 거니까요."

대민도 악의를 가지고 일부러 그런 말을 하진 않았을 것이다.

그렇게 생각하며 민철은 앞으로 주의만 해달라는 식으로 당부를 하게 된다.

민철의 승진 소식에 대해서는 동기들 사이에서도 큰 화두에 오르고 있었다.

동기들 중에서도 가장 먼저 주임으로 승진할지도 모른다는 소식에 남성진의 심기는 실로 매우 불편하기 짝이 없었다.

그러나 그의 능력은 성진도 인정하는 바이다.

청진그룹은 대기업임에도 불구하고… 아니, 오히려 대기업이기에 능력을 많이 인정받게 되면 자연스럽게 그에 따르는 보상이 주어지는 시스템이다.

'그렇다 하더라도 설마 민철 씨가 먼저 승진을 하게 될 줄이야.'

그것도 동기들 내에서 가장 빠른 승진이라는 거라면 이야기가 달라진다.

민철이 엘리트 신입 사원을 차지하고 난 이후. 연말에는 남성진이라는 카드를 꺾을 사람이 없는 한 성진이 엘리트 신입 사원을 차지하게 될 것이다.

그리고 승진 역시 마찬가지.

사실 성진에게도 승진 이야기가 나왔지만, 그 이야기가 나온 것은 민철의 승진 이야기가 나오고 이후에서다.

무언가를 해도 민철보다 한 발자국 느리다.

그게 성진의 심기를 매우 불편하게 만들고 있었다.

"…더더욱 노력해야겠군."

화를 다스린다.

최근에 남성진이 터득한 자신의 마인드컨트롤 중 하나였다.

어차피 화를 내봤자 자신만 손해다.

그렇다면, 괜히 감정을 폭발시켜 자신만 스트레스를 받으면 그게 더 추할 뿐이다.

민철의 승진 소식은 경영지원팀에도 들려오기 시작했었다.

"그러고 보니 민철 씨, 이번에 주임으로 승진할지도 모른다는 말이 들려오던데요?"

"오, 민철 씨가요?"

서수준 주임의 말에 다른 회사원이 놀라움을 표출한다.

최근 들어서 민철과 대민과 자주 만나는 사이인지라 서 주임이 먼저 홍보팀 내의 일을 퍼뜨리기 시작한다.

"민철 씨가……."

서 주임의 말을 듣고 있던 예지가 혼잣말을 중얼거린다.

내심 티를 내지 않으려 노력하지만, 최근 들어서 매우 관심이 가는 인물 중 하나였기에 그의 승진 소식에 귀를 기울이지 않을 수가 없었다.

"예지 씨도 관심 있는 거야?"

아부의 왕이라 불리는 서 주임이 예지의 혼잣말을 들었는지 넌지시 묻자, 예지가 고개를 가로저으며 부정한다.

"아니에요. 그냥… 동기분인데도 벌써 대단하구나라는 생각에서요."

"하하, 대단하긴 하지. 나도 주임 다는 데 꽤 걸렸는데, 그

친구는 벌써 주임이라니. 다음에 만날 때는 이 주임이라고 불러야겠어. 하하하!"

물론 주임이라는 직책이 이렇게까지 화두가 될 만한 그런 직책은 아니다.

하지만 이민철이라는 인물이 회사 내에 끼치는 영향은 남다르다.

신입임에도 불구하고 신입답지 않은 일화는 이미 회사 내에서도 커다란 화두가 되고 있으니 말이다.

오죽하면 서 주임이 타 부서의 직원 승진 이야기를 꺼내겠는가.

"보고 배워야 할 사람이구나."

예지가 이번에는 서 주임의 귓가에 들리지 않게끔 작은 목소리로 중얼거린다.

자신의 할아버지가 그토록 칭찬을 하던 이유가 있었던 것이다.

"새로운 홍보 모델로는 최근 아시안게임에서 피겨 스케이팅 3관왕을 차지한 유리혜 씨가 어떨까 싶습니다."

회의실 내부에서 민철의 말이 참가자들의 귓가를 간지럽힌다.

그의 제안을 듣던 구 부장이 넌지시 질문을 던진다.

"이유는?"

"불후한 가정환경을 극복하고 이번 아시안게임에서 일약 스타덤에 오른 유리혜 선수입니다. 이미지도 깨끗할뿐더러 성공

신화라는 스토리를 가지고 있기에 그 면을 마케팅 부분에서 활용하게 된다면 손님들에게 많은 어필을 할 수 있을 거라고 생각합니다."

"유리혜 선수를 홍보 모델로 꼽은 가장 큰 우선순위가 있었나?"

이번에는 유 실장의 질문이었다.

다른 잘나가는 연예인도 아니고 스포츠 스타를 홍보 모델에 고용하는 것은 사실 불안한 면이 없지 않아 있다.

그 스포츠 스타가 다음 대회 때 좋은 성적을 거두지 못한다면 어떻게 되겠는가?

물론 지금 당장은 3관왕이라는 타이틀을 거머쥐었기에 일순간 떴을 가능성도 크지만, 그 흥행의 바람은 생각보다 거칠지 않다.

우리나라 정서상 화악 불길마냥 타오르고 그 꺼지는 속도 역시 기하급수적이기 때문이다.

"다음 대회에도 큰 활약을 선보일 겁니다."

"예측인가?"

"아니요. 이 선수의 주변 환경을 조사했습니다."

"그런 것까지 조사했나요?!"

대민이 놀란 눈동자로 되묻는다.

홍보 모델을 맡길 인물에 대한 조사는 기본 중에서도 기본이다.

더욱이 최근, 헤이의 경우도 있었기에 조금 더 신중히 접근할 필요가 있다고 생각한 민철은 최서인 기자를 통해서 스포츠

전문 기자와 연이 닿아 그녀의 기본 정보를 얻어내는 데에 성공했다.

물론, 당사자의 귀에 들어가면 모진 매를 맞을 각오를 해야겠지만 말이다.

"조심해서 나쁠 건 없죠. 그리고 유명한 말이 있지 않습니까?"

민철이 빙그레 웃으면서 장난기 가득한 말투로 대답한다.

"들키지만 않으면 만사 오케이라고 말입니다."

"하하하……."

대담하다.

헤이 때에는 그토록 조심했건만, 이제는 프라이버시를 터는데에 재미가 들린 모양인지 민철의 행동은 대범하기 그지없었다.

"여하튼 유리혜 양은 계속적으로 꾸준히 한국 신기록을 갱신하고 있을뿐더러, 그녀의 전담 코치의 의견을 들어봐도 기록 유지에는 문제가 없다고 합니다. 특히나 이번 아시안게임을 통해서 각종 매체 혹은 후원 단체에서도 그녀의 지원을 아낌없이 해주고 있는 상태고요."

"즉, 적어도 성적이 떨어질 이유는 없다고 보는군."

구 부장이 정리하듯 묻자, 민철이 고개를 끄덕이며 대답해준다.

"그렇습니다."

"과연… 그렇군."

철두철미한 자료 조사.

만약, 헤이를 지목하기 전에 민철이처럼 미리 사전에 조사를 해왔다면 분명 계약 해지라는 불편한 과정을 거치지 않았을 것이다.

'괜히 승진을 하는 게 아니구나……'

대민의 시선에는 오늘따라 이민철이라는 남자의 뒤에 후광이 보이는 착각마저 들고 있었다.

*　　　*　　　*

피겨스케이팅 부문 아시안게임 3관왕을 차지한 유리해 선수의 홍보 모델 계약 건을 놓고 구 부장이 잠시 고민을 해본다.

사실 유리해 선수는 후보 물망에 전혀 오르지 않았던 선수다.

그런데 갑자기 민철이 그녀를 제안한 것이다.

물론 나쁘진 않다. 3관왕이라는 성적, 그리고 불후한 가정환경을 딛고 일어선 성공 신화의 주역이라는 타이틀은 분명 광고 문구로 써먹기에 적당한 문구가 될 수 있기 때문이다.

그럼에도 불구하고 그녀가 홍보 모델 후보 명단에 전혀 없었던 이유는 바로 이번 아시안게임이 최근에 열렸다는 것 때문이다.

사실 아시안게임이 열리기 전까지, 즉 그녀가 3관왕이라는 위엄을 달성하지 전까지는 사실 그녀가 누구인지도 몰랐다.

그런데 갑자기 젊은 나이에 우리나라에만 금메달 3개라는 범접하기 힘든 선물을 가져다준 셈이다.

게다가 민철이 유리해 선수를 추천한 것 중 커다란 요인은 바로 이것이었다.

"여성 스포츠 선수 중에서도 제법 괜찮은 외모를 지니고 있더군요."

바로 이 점이다.

얼굴도 예쁘다는 점은 분명 커다란 플러스 요소로 작용한다.

더욱이 운동선수이기 때문에 몸매에 대해서는 굳이 논할 이유가 없다. 매번 운동을 하는데 살집이 잡힐 건덕지가 있을 리가 없기 때문이다.

균형 잡힌 몸매.

그리고 빼어난 미모.

게다가 구설수에 오른 적도 없을뿐더러 성격도 좋다.

불후한 가정환경에서 자란 탓인지 20살이라는 아주 젊은 나이임에도 불구하고 정신연령으로 따지면 결코 얕볼 수 없었던 것이다.

인터뷰를 할 때에도 어른스러움이 묻어 나온다.

그 점은 민철이 가장 잘 알고 있었다.

비록 광고 혹은 CF 모델로서의 경력은 없지만, 지금까지의 이력과 인터뷰 장면을 통틀어 봤을 때에는 미디어 촬영에도 금방 적응을 할 수 있으리라 판단된다.

괜히 민철이 아무런 생각 없이 그녀를 추천한 게 아니다.

"괜찮을지도 모르겠어."

구 부장의 중얼거림에 사원들 역시도 생각을 달리 먹어보기 시작한다.

유 실장의 경우에도 구 부장의 말에 동의하는 바이다.

왜냐하면 사실 유 실장도 아시안게임을 매우 즐겨보고 있었던 시청자의 입장이었다.

그녀를 마케팅에 사용하면 분명 도움이 될 거다.

게다가 피겨스케이팅과 냉방 가전제품.

상당히 밀접한 연관성을 지니고 있다.

"저도 괜찮다고 생각합니다."

서 대리 역시도 민철의 제안에 찬성의 표를 행사한다.

나쁘지 않다. 여론이 점점 좋게 형성됨에 따라 민철에게는 분명 이득으로 다가오고 있기 때문이다.

"민철아."

"예, 구 부장님."

프레젠테이션을 마친 민철에게 구 부장이 놀라운 제안을 하게 된다.

"이번 계약, 니가 한번 추진해 볼래?"

"제가 말입니까?"

"너도 알다시피 최근, 너의 승진에 대해서 이야기가 오고 가고 있다. 설마 모른다고 하진 않겠지?"

"…네, 알고 있습니다."

태봉을 위해서라도 가급적이면 공식적으로 말을 하지 않으려 했지만, 구 부장이 이렇게 직접적으로 질문을 던지면 이야기가 달라진다.

아는 걸 모른 척할 만큼 인색하진 않기 때문이다.

"그래서 만약 네가 이번 계약을 잘 해결한다면, 승진에 대해 적극적으로 고려를 해보마."

"이번 결과에 따라 제 승진이 결정되는 겁니까?"

"아니, 그건 아니야."

구 부장이 옅은 숨을 살짝 몰아쉰다.

"사실 네 승진에 대해서는… 공식적인 공문이 내려오기 전까지는 말을 아끼려고 했지만, 거의 80% 결정되다시피 했다."

이건 민철도 처음 듣는 말이다.

민철뿐만이 아니라 다른 사람들 역시도 마찬가지.

순간 태봉의 눈동자가 살짝 흔들리는 것을 목격한 민철이었지만, 애써 지적하진 않는다.

태봉의 자존심을 건드릴 만큼 민철도 사악한 인물이 아니기 때문이다.

"그렇군요."

"거의 결정된 이야기이긴 하지만, 그래도 중요한 것은 지금 당장의 승진 여부가 아니지."

그가 무슨 말을 하는지 민철도 아주 자세히 알고 있다.

구 부장이 눈치의 왕이라 불리지만, 그렇다고 민철이 구 부장보다 눈치가 안 좋다는 의미가 결코 아니다.

적어도 그보다 뛰어나면 뛰어났지, 결코 뒤처지지 않는 눈치를 가지고 있는 민철이기에 구 부장이 말하는 의미를 누구보다도 잘 파악해 낸다.

지금 당장의 승진 문제가 아니다.

앞으로의 미래가 문제다.

고작 주임 승진 한 번 하는 데에 모든 것을 투자할 가치는 없다. 물론 승진 자체는 좋은 현상이긴 하지만, 그래 봤자 주임 아니겠는가.

앞으로의 일이 훨씬 더 중요하다. 주임을 넘어서 대리, 팀장, 실장, 부장급으로 올라 이사, 전무 등 간부진까지 초고속으로 승진한다.

그리고 최종적으로는.

이 회사를 자신의 것으로 만들어낸다.

그것이 바로 고차원적인 존재와의 내기 조건이기도 하다.

레디너스 대륙에서 일인자의 지위를 차지한 레이폰 더 데스사이드.

그리고 이 세계에서는 이민철이라는 이름으로 또다시 정상의 위치에 오르면 된다.

만약 이 업적을 달성하게 된다면, 신과의 만남이 주선된다.

인간으로서 상상하기조차 힘든 신과의 만남.

그 만남을 통해 민철은 자신의 최후의 화술을 발휘할 것이다.

과연 신에게도 자신의 입담이 통할까?

인간의 화술 능력이 신에게 얼마나 통할지에 대해서는 미지수다.

그러나 신과 대등하게 싸울 수 있는 것은 검술도, 마법도 아니다.

오로지 화술, 즉 말이다.

자신은 그 누구보다도 신과 대등한 위치에서 싸울 수 있는 가장 강력한 무기를 지니고 있다.

청진그룹 정복기는 신과의 만남을 위한 프롤로그 격에 지나지 않는다.

"제가 직접 주도해 보겠습니다."

"좋군. 혹시 모르니 서 대리, 자네가 민철이를 지원해 줘."

"네, 알겠습니다."

"그리고 대민이 너도 민철이랑 같이 최대한 협력해서 이번 일을 추진해 보도록."

"저, 저도 말입니까?"

놀란 대민이 자신을 손가락으로 가리키며 다시 한 번 구 부장에게 진의를 묻는다.

그러자 구 부장이 피식 웃으며 재차 강조한다.

"그래, 너다. 너."

"아, 알겠습니다. 최대한 노력해 볼게요."

이번 프로젝트에서는 사실 태봉을 참가시키지 않았다.

왜냐하면 태봉의 입장도 생각을 해줘야 하기 때문이다.

자신보다 능력을 인정받고 먼저 일찌감치 승진하게 된 후배.

그러면 선배의 입장은 그 누구보다도 비참해진다.

'태봉이 녀석한테는 몹쓸 짓을 했군.'

사실 구 부장의 영향력이라면 태봉을 주임으로 승격시켜 줄 수도 있었다.

하지만 자신의 단독적인 생각으로 태봉을 주임 자리에 올려놔 봤자, 피곤한 것은 서로가 마찬가지다.

차라리 좀 더 경력을 쌓고 태봉을 승진시켜 주는 편이 본인에게도 좋을 것이다.

민철의 경우에는 이민철이라는 인물이 너무 특별하게 뛰어난 탓도 있다는 생각이 좀 든다.

그래서 구 부장이 주도적으로 하지 않았어도 알아서 승진 이야기가 나온 것이다.

'이번에도 지켜보마, 이민철.'

구 부장은 다시 한 번 민철의 능력을 감상할 수 있는 기회가 왔다는 사실에 매우 흡족한 기분이 들기 시작했다.

태릉 선수촌에서 나온 지도 벌써 몇 달이 흘렀다.

그동안 꾸준히 운동을 계속하는 유리혜 선수에게는 이번 아시안게임을 통해서 그동안 많은 변화가 있었다.

그중의 하나가 바로 자신의 집을 살 수 있게 되었다는 점이다.

"휴."

가볍게 한숨을 내쉬며 집 내부를 둘러본다.

비록 큰 집은 아니지만, 자신이 돌보고 있는 동생 2명, 그리고 자신을 길러준 할머니와 함께 살기에는 적당한 집이다.

그동안 건강이 많이 안 좋으신 할머니에게 뒤늦게나마 병원을 데려가고 약을 해줄 수 있다는 생각에 리혜는 뿌듯함마저 느끼고 있었다.

아직 초등학생, 그리고 중학생에 막 입학한 동생들을 학교 보내고 편찮으신 할머니를 재운 뒤 집 바깥을 나서는 리혜.

근처 아이스링크장에 가서 가볍게 몸을 풀기 위해 움직이는 그녀에게 한 통의 전화가 걸려온다.

"여보세요… 네?"

잠시 뜬금없는 말을 들은 리혜가 벙찐 표정으로 말을 듣더니 이내 고개를 끄덕인다.

"네… 알았어요. 일단 그쪽으로 갈게요."

아이스링크장에 가는 건 잠시 뒤로 미뤄야겠다.

그렇게 생각한 리혜의 발걸음이 빨라지기 시작한다.

회의실 내부.

서 대리와 대민, 그리고 민철 이렇게 3명이 모여 간단한 회의를 진행하고 있었다.

"일단 미팅은 내일로 잡아뒀습니다. 리혜 선수와 직접 통화를 한 건 아니고 코치와 이야기를 해봤는데, 당사자도 예상외의 제안이 들어와서 조금 당황하고 있다고 합니다."

"예상외요?"

민철의 보고에 서 대리가 의아함을 표시한다.

"홍보 모델 제안이 의외는 아닐 텐데……."

"아마도 서로 눈치를 보느라 딱히 리혜 선수에게 정식으로 홍보 모델 제안을 하진 않은 거 같습니다."

"그럴지도 모르겠군요."

이제 막 뜬 스포츠 스타에 불과하다.

단발성으로 CF 촬영 등에는 쓸모가 있을지 모르지만, 장기적으로 계약을 맺어 홍보 모델로 채용하는 건 아마도 고려 단계가 아닐까 싶다.

그럼에도 불구하고 청진그룹 홍보팀은 먼저 과감하게 손을 내밀었다.

어찌 보면 승부수가 될 수도 있지만, 민철은 그 승부수가 결코 낮은 확률의 승부수라고 생각하지 않는다.

오히려 '선점'이라는 점을 이용한다면 이들에게 충분한 메리트를 줄 것이다.

"미팅 일정은 바로 내일로 잡았으니, 빠르게 준비를 해둬야겠군요."

"그에 대해서는 사전에 준비 작업을 다 마쳐 뒀습니다."

"…그렇군요."

서 대리가 짐짓 놀란 표정으로 민철을 바라본다.

벌써부터 기초적인 자료 조사, 혹은 상대방에게 보여줄 샘플용 자료 등을 이미 인쇄까지 마친 상태였다.

'역시 빨라.'

업무적인 면에 있어서도, 영업이라든지 실무적인 면에서도 한 발자국 먼저 남들보다 앞서 나간다.

그게 바로 이민철이라는 남자의 장점이다.

그래서 단기간 내에 승진이라는 쾌거를 이룬 게 아닐까 싶다.

"그럼 저하고 대민 씨는 내일 미팅에 참가만 하면 되는 건가요?"

"네. 대민 씨하고 저의 경우에는 스케줄을 비워뒀으니, 서 대리님께서 시간만 내주시면 됩니다."

"어렵지는 않을 거예요. 이것보다 중요한 일은 아직 당분간은 없을 테니까요."

판촉물 관련 작업이라든지 그런 일도 거의 마무리가 된 상황에서 하루라도 빨리 먼저 작업을 진행해야 하는 것은 바로 홍보 모델 계약에 관한 일이다.

이 업무부터 해결하고 나서야 제대로 된 마케팅과 더불어 CF 촬영 등이 진행될 예정이기 때문이다.

"다른 부서들 눈치 보느라 요즘은 신경이 날카로워질 정도예요."

"하하하, 빠르게 해치우도록 하죠."

서 대리가 자신의 미간을 살짝 매만지며 솔직한 심정을 토로한다.

회사는 홍보팀 단독으로 움직이는 게 아니다.

다른 부서들의 일도 있기 때문에 가급적이면 빠르게 해결해야 하는 것이 홍보팀으로서의 입장에다.

게다가 최근에는 헤이에 관한 사건 덕분에 일의 진행도가 매우 늦어진 편이다.

빠르게 진행할 수 있으면 최대한 빠르게 진행해야 하는 편이 홍보팀으로서도, 그리고 홍보팀 때문에 다른 업무 진행을 못 하고 있는 타 부서들을 위해서라도 좋을 것이다.

*   *   *

유리혜 선수와의 약속이 잡힌 뒤.

미팅 날이 다가옴과 동시에 민철은 서 대리, 그리고 대민과 함께 차를 몰고 리혜가 거주하고 있는 지역 근처로 향하게 된다.

이미 구 부장을 통해서 미팅이 있음을 통보했기에 점심을 먹기 직전 3명이서 유리혜 선수를 보기로 한다.

자가 차량을 가지고 있는 인물은 민철밖에 없고, 그리고 운전이 가능한 사람도 민철이었기에 그의 차량에 몸을 싣고 도착한 일행들이 곧장 유리혜 선수가 연습하고 있는 아이스링크장으로 향한다.

"한 여름에 아이스링크장은 역시 시원하네요."

요즘 부쩍 길어진 긴 머리카락을 포니 테일 형식으로 묶으며 말하는 서 대리.

그녀의 모습을 힐끗힐끗 바라보던 대민이 붉어진 얼굴로 고개만 살짝 끄덕인다.

여전히 서 대리에게 마음이 있는 모양으로 추정된다.

'사내 연애란 참으로 복잡하군.'

쓴웃음을 내비친 민철이 곧장 앞장을 서며 유리혜를 찾는다.

"저기."

"아, 무슨 일로 오셨나요?"

마침 리혜의 연습을 도와주고 있던 코치가 정장 차림으로 도착한 이들을 보며 다가온다.

"청진그룹 홍보팀에서 왔습니다. 이민철이라고 합니다만……"

"아! 전화상으로 통화하셨던 그분들이군요!"

반응을 보아하니 아마 이 사람이 민철과 통화했던 리혜의 전담 코치가 아닐까 싶다.

"잠시만 기다려주세요. 리혜야!"

"네~"

코치의 말에 한창 빙판 위를 달리고 있던 리혜가 부드럽게, 그리고 빠르게 이들을 향해 다가온다.

리혜의 모습을 보고 있던 서 대리가 작은 목소리로 중얼거린다.

"마치 요정 같네요."

"그러게 말입니다."

민철도 공감한다는 듯이 고개를 끄덕인다.

레디너스에도 이런 비슷한 류의 스포츠가 있었다.

빙판 위에서 스피드를 겨루는 스포츠. 다만, 그렇게까지 많은 인기를 끌진 못했다.

사계절이 겨울 날씨로 이뤄졌던 국가들에서만 성행했을 뿐이지, 전 대륙에 걸쳐 인기 있는 스포츠 종목은 아니었기 때문이다.

심지어 열대 지역에 위치한 국가의 국민들은 동계 스포츠 자체를 모르는 사람들도 있었다.

민철이야 여러 국가를 오고가는 일을 많이 해왔기에 동계 스포츠에 무엇이 있는지에 대한 정보도 잘 알고 있었다.

아는 것이 힘이다.

달변가로서의 기본적인 마인드였기에 웬만한 상식, 혹은 기본 정보 같은 것은 다 꿰차고 있었다.

현대 시대의 동계 스포츠는 레디너스에 비해서 조금 더 체계적이라고 해야 할까. 막무가내로 빙판 위를 달린다는 느낌보다는 정해진 룰, 선수들 간의 매너 등이 보다 더 자리를 잡고 있는 형태라서 민철의 입장에서는 개인적으로 보기 좋았다.

그래서 아시안게임도 종종 챙겨 보곤 했다.

그것이 유리혜 선수를 알게 된 계기가 되었지만 말이다.

"리혜야, 인사해라. 어제 전화 주셨던 그 홍보팀 분들이다."

"안녕하세요!"

기운차게 인사하는 20대 풋풋한 여성.

전신 타이즈가 그녀의 군살 없는 몸매를 여과 없이 보여주고 있었다.

그리고 미모 또한 뛰어나다.

카메라를 통해 보는 것보다 실물이 더 예쁘다는 말이 나올 정도니까 말이다.

스포츠 스타가 홍행하기 위해서는 가장 큰 전제 조건이 필요하다.

바로 외모라 할 수 있다.

잘생기거나, 혹은 예쁘거나.

운동도 잘하는데 거기에 외모나 미모까지 뒷받침이 되어준다면 그 선수는 카메라에 모습이 비춰지는 것만으로도 웬만해선 인터넷 포털 사이트 검색어 순위에 오르게 된다.

나쁘게 말하면 외모지상주의라 할 수 있지만, 예쁘고 잘생긴 사람에게 이끌리는 건 인간 심리로서는 당연하다.

자리를 잡게 된 이들이 점심식사를 마친 뒤 근처 카페로 이동한다.

식사를 하는 동안 아시안게임에서 힘들었던 점, 그리고 유리혜 선수의 가정사 등 아주 기본적인 이야기들만 주를 이뤘다.

누가 보면 아무런 이야기도 아닐지 모른다.

하나 말이라는 분야에서 발동되는 민철의 기이한 능력은 이미 홍보팀 내부에서는 널리 알려져 있는 사실이다.

'또 뭔가를 알아내려고 하는 건가?'

서 대리도 내심 긴장하면서 민철을 슬쩍 바라본다.

민철과 대화를 하면 자신도 모르게 긴장된다.

말 한 마디 한 마디로 필요한 정보를 얻어내는 화술 능력은 결코 얕볼 수 없기 때문이다.

그러나 민철은 이번만큼은 정말 순수한 의미로 유리혜 선수와 사소한 이야기를 나누고 있었다.

교류, 그리고 공감대 형성.

이 두 가지 대화 형태가 지니고 있는 목적은 실로 매우 간단하다.

바로 친목이다.

친해져서 나쁠 것은 없다.

물론 너무나도 과도하게 친해진다면 그게 오히려 문제가 될 수도 있겠지만, 적당한 친목은 대화를 원활하게 이끌어가는 데에 커다란 역할을 하게 된다.

민철의 목적은 오로지 친목, 그 이상도 이하도 없었다.

"…계약에 대해서는 매우 간단합니다."

본격적으로 업무 관련 이야기에 들어간 민철이 살짝 대민에게 시선을 보낸다.

타이밍임을 눈치챈 대민이 주섬주섬 서류 가방에서 다수의 종이들을 꺼낸다.

"저희 냉방 제품 홍보 모델이 되어주셨으면 좋겠습니다. 우선 계약 기간은 1년 정도. 전속 모델이기 때문에 가급적이면 다른 회사와는 계약을 하지 않으셨으면 좋겠습니다."

"홍보 모델 형태의 계약을 말씀하시는 겁니까?"

아직 어린 리혜를 대신해 코치가 질문을 던진다.

민철이 고개를 끄덕이며 부가적인 설명에 임한다.

"네, 물론 CF촬영이라든지 각종 예능 프로그램 참가 등 그러한 면에서는 자유롭게 하셔도 됩니다. 그리고 이건 별도의 이야기지만……."

리혜를 바라보던 민철이 빙그레 미소를 지어 보인다.

"저희는 개인적으로 리혜 선수의 스폰서 역할까지 생각도 하고 있습니다."

"개인 스폰서 말씀이십니까?!"

"예, 어디까지나 유리혜 선수 개인 한정 스폰서이지만 말입니다."

놀란 코치가 눈동자를 크게 뜨며 민철을 바라본다.

스폰서라니.

그래도 되는 것일까?

그러나 민철은 이 미팅에 참가하기 전에 미리 구 부장과 합의를 해둔 상태였다.

유리혜 선수와 직접 만나보고, 민철을 포함해 서 대리, 그리고 대민이 판단을 해서 개인 스폰서 또한 고려하고 있다는 말을 언급해도 좋다.

이미 허락을 받아왔기에 민철은 자신이 내놓을 수 있는 최대한의 카드를 내놓는다.

어차피 이제 막 여론의 인기몰이를 하기 시작한 터라 홍보 모델 계약금 자체가 그리 비싼 몸은 아니다.

하지만 민철이 걱정하는 건 딱 하나다.

스포츠 선수들에게 있어서는 어떤 의미로 악재와도 같은 이미지 손실을 부르는 바로 그것을 직접 확인하고자 이 미팅 자리를 주선한 것이다.

"제가 묻고자 하는 질문에 대해 솔직하게 대답만 해주신다면, 저희는 앞으로 유리혜 선수와 좋은 관계를 맺고자 합니다."

"질문이라면······."

"간단합니다."

민철이 코치에게서 눈을 떼고 유리혜를 직접 마주 본다.

그녀 입을 통해서 진실을 듣고자 하는 의사 표현이었다.

"도핑에 관한 이야기입니다."

"······!!"

상당히 위험한 이야기를 꺼내는 민철.

운동선수에게 있어서 도핑에 관한 이야기는 거의 금기시되는 수준이다.

그럼에도 불구하고 민철은 아무렇지도 않게 도핑에 관한 말을 언급한다.

"물론 저희 쪽에서도 도핑과 유리혜 선수가 아무런 연관이 없음을 믿고 싶습니다. 하지만 만에 하나, 도핑 테스트를 통해서 유리혜 선수에게 어느 정도 혐의가 인정되는 순간, 유리혜 선수 혼자만의 이미지 손실이 아닌 저희 제품조차 손실을 입을 가능성이 크거든요."

"……."

"헤이 양에 대한 소문도 잘 알고 계실 겁니다. 사실 이번 홍보 모델 계약 건은 헤이 양과 먼저 추진되고 있었다는 것을 말입니다."

"네… 어느 기사에서 본 거 같아요."

리혜가 살짝 고개를 끄덕이면서 민철의 말에 대답한다.

그러자 민철이 마주 하던 말을 이어간다.

"불륜 사건이 터지고 나서 당연한 말이지만 저희와의 계약도 해지 절차를 밟았습니다. 물론 계약서를 작성한 상태는 아니었기 때문에 해지 절차라고 하기에도 우습지만요."

"……."

"기업이란 본래 영리를 추구하는 집단입니다. 게다가 홍보 팀인 저희는 더더욱 마찬가지죠. 그래서 만약 유리혜 선수가 도핑과 어느 정도 연관이 되어 있다면 솔직하게 말씀해 주시면 감사하겠습니다. 물론 여기서 어떠한 말이 오가든 저희는 철저하게 비밀을 엄수할 겁니다. 불안하시다면 비밀 엄수 계약서를 보여 드릴 수 있습니다. 혹시나 해서 가져왔거든요."

민철의 말에 대민이 또다시 서류 가방에서 무언가를 꺼낸다.

이들은 오기 전에 민철을 통해서 비밀 엄수 계약서에 사인을 해왔다.

만약 이들의 입을 통해 도핑 관련 이야기가 퍼질 경우에는 그 책임을 묻겠다는 내용이었다.

상대방에게 신뢰를 심어준다.

그리고 그 상대방으로부터 진실을 이끌어낸다.

물론 이민철이라는 남자의 입장에서는 그다지 좋지 않은 방식이라고 생각한다. 왜냐하면 자신들이 진심을 보여준다 하더라도 상대방 역시 진심을 보여줄 확률은 그리 높지 않기 때문이다.

도리어 자신들의 약점만 드러내는 꼴이다.

하지만 민철이 왜 이런 형태의 대화를 취하냐면 이유는 매우 간단했다.

유리혜라는 여자 때문이다.

그녀는 사회생활 경험이 없다. 머리싸움을 하면서 계약을 체결해 온 이력도 없고, 오로지 운동 하나만을 보고 성장해 온 여성이다.

지금도 얼굴 표정에서 속마음이 그대로 표출되고 있었다.

어찌 보면 순수한 그녀에게 오히려 이런 식의 솔직한 태도로 먼저 다가가는 편이 더 효과적이라는 판단 때문에 민철은 스폰서의 여지, 그리고 비밀 엄수 계약서까지 내놓은 것이다.

초강수를 띄운 민철.

코치의 존재도 있지만, 여기서 계약을 맺을 상대는 코치도 아닌 유리혜다.

민철의 진심이 닿을지 말지.

그 결과는 그리 오랜 시간이 걸리지 않아 도출되었다.

"그런 건 하지 않았어요."

단호하게 말하는 유리혜.

"도핑 같은 건 전혀 하지 않아요. 그건 제 자신이 용납하지 못하니까요."

올곧은 시선이 민철을 응시한다.

거짓이 없는 눈동자.

민철은 레이폰 더 데스사이드 시절 때에도 이 순수한 눈동자를 본 적이 거의 없었다.

대부분은 아직 세상 물정 모르는 어린아이들에게서 볼 수 있을 법한 그런 눈동자였다.

"그렇군요."

진심이 닿았다.

역시 그녀는 민철이 생각한 그대로 이상적인 홍보 모델이 되어줄 것이다.

계약을 성사시킨 뒤, 돌아가는 길에 서 대리가 운전석에서 슬쩍 궁금증을 내비친다.

"그래도 행여나 도핑에 관한 사건이 터지면 어떻게 하죠?"

"그건 아마 일어나지 않을 겁니다."

"어째서요? 유리혜 선수를 의심하는 건 아니지만… 거짓말을 할 수 있잖아요?"

"왜냐하면 코치에게 이미 도핑에 관한 사실을 확인했거든요."

"…네?"

운전대를 돌리며 빙그레 웃은 민철이 그간의 사정을 설명한다.

"코치에게 어느 정도 뒷돈을 쥐어주고 유리혜 선수에 대한 정보를 싸그리 모았습니다. 어차피 이번 계약이 성사된다 하더라도 코치에게 돌아가는 이득은 없으니까요. 그래서 뒷돈을 별도로 챙겨주며 코치에게 도핑에 관한 진실, 그리고 혹여나 앞으로도 생길 도핑 의혹 여부에 대해선 엄포를 늘어놓았습니다. 코치 역시도 최대한 그 점은 주의한다고 하더군요."

"그럼… 민철 씨는 유리혜 선수에게 확답을 듣기 전부터 이미 알고 있었다는 건가요?"

"네. 개인 정보 조사를 하면서 이미 그 점은 알고 있었습니다."

"정말… 그런 게 있으면 미리 공유 좀 해주세요."

서 대리가 깊은 한숨을 내쉰다.

설마 그런 것까지 미리 다 손을 썼을 줄이야.

뒤에서 민철의 말을 듣고 있던 대민은 오히려 이번에 승진되어 받은 주임이라는 지위조차 민철에게는 너무 턱없이 부족한 게 아닐까 하는 생각마저 들 정도였다.

제3장

체육대회

제법 분위기 좋은 가게 내부에서 드레스 차림을 갖춘 체린이 와인 잔을 기울인다.

　한껏 꾸미고 온 체린의 모습은 말 그대로 여신이라 할 정도로 아름다움을 뽐내고 있었다.

　붉은색이라는 컬러가 그녀의 성격에도 잘 어울리는 듯한 탓에 민철은 소위 말해 '눈이 호강한다' 라는 감정을 느끼고 있었다.

　레디너스에 있을 때에도 이렇게까지 수준 높은 미인은 찾아보기 드물다.

　게다가 체린은 능력 또한 출중하다.

　카페 머메이드 대표를 대신해 회사를 인수인계받기 위해 여기저기서 종횡무진 활약을 하고 다닐 정도니 말이다.

물론 민철에 비해서는 아직 한참 멀었다.

"아버지께서 매우 기뻐하시더라."

"그래?"

"민철 씨 덕분에 모든 지점이 전부 하나같이 매상이 훌쩍 뛰어올랐다고 하던데."

"다행이군."

얼마 전.

민철이 최서인 기자를 통해서 내보낸 카페 머메이드 단독 기사가 제법 호응이 좋았다는 말은 들은 적이 있다.

그런데 그게 민철이 상상했던 것 이상으로 뛰어난 홍보 효과가 된 셈이었다.

물론 민철이 먼저 기사라는 수단을 통해 포문을 연 감도 없지 않아 있다.

거기에 더해서 머메이드 자체적으로 각 지점에 각종 이벤트, 그리고 새로운 시스템을 도입해서 손님들에게 만족도를 끌어냈다.

체린이 고안한 건 바로 '회원제'였다.

"나름 생각을 많이 한 티가 나더군."

스테이크 한 점을 입안에 넣기 직전, 민철이 넌지시 체린의 아이디어를 칭찬한다.

당연하다는 듯이 민철의 칭찬을 받아넘기는 체린.

"회원제는 예전부터 고려하던 시스템이었어. 물론 회원이 아닌 사람들에게도 가게를 이용할 수 있지만, 회원으로 등록을 하게 되면 그에 따른 할인, 그리고 혜택 등을 줌으로 인해 머메이드 이용률을 높여가자는 전략이지."

"나쁘진 않아."

그리고 회원이라는 단어 자체가 주는 어감 또한 거슬리지 않다.

카페 머메이드의 회원으로 등록되면 체린이 말한 그대로 혜택을 누릴 수 있다.

그러나 그 혜택은 등급별로 차등을 두게 된다.

"포인트를 통해서 가게 이용 횟수, 혹은 주문량이 많을수록 높은 등급으로 승격시키고, 그에 따른 혜택을 부여하는 거지."

"괜찮은 아이디어군."

"내가 생각해도 스스로 나쁘다고 생각하지 않아. 그리고 회원제라 하면 뭔가 고급스러운 티가 나잖아?"

"음, 그렇군."

"……."

체린의 눈빛이 가늘어진다.

아까부터 민철의 대답은 직설적으로 말해서 영혼 없는 리액션뿐이었기 때문이다.

"대답에 너무 성의가 없는데."

"나름 성의를 가득 담아 이야기한 거야. 신경 쓰지 마."

"아니, 그건 절대로 아니야. 민철 씨, 나를 무시하는 건 아니겠지? 나, 민철 씨랑 나름 오랫동안 사귄 여자친구라고 생각하는데."

"……."

여자의 감이라는 건가.

민철이 속으로 혀를 차지만, 그의 특기인 마이페이스를 유지한다.

이럴 때 필요한 것은 매우 간단하다.

"가게 매출이 오른 뒤에, 또 다른 사업을 고안하고 있다고 들었는데."

"아, 그건……."

체린이 가볍게 손뼉을 치면서 주구장창 자신의 사업안을 내놓는다.

해결법은 실로 간단하다.

화두를 다른 쪽으로 돌리면 그만이다.

게다가 사업이라는 분야에 사족을 못 쓰는 체린이라면 좋아할 만한 미끼를 던져 주면 그만이다.

민철의 예상대로 체린의 말이 급격하게 빨라진다.

그녀도 그녀의 아버지 성향을 닮은 감이 없지 않아 있는 모양인지, 이런 쪽에서는 은근슬쩍 단순한 사고방식을 지니고 있다.

그가 체린에게 방금 전, 너무 성의 없는 대답만 들려준다는 잔소리를 받은 이유는 딱 하나다.

얼마 전에 대민이 했던 말이 아직까지 잊히지 않았기 때문이다.

'민철 씨, 저 서 대리님에게 고백할까 합니다!'

그때 당시 커피를 마시고 있던 민철은 솔직히 말해서 커피를 조금 뿜어버렸다.

너무 맥락에 어울리지 않는 말이 튀어나왔고, 그리고 이제 와서 갑자기 고백을 한다는 것도 웃겼기 때문이다.

물론 사랑이라는 건 이성적인 면보다 감성적인 면이 우선시한다는 점은 민철도 잘 알고 있다.

민철도 사랑을 해본 경험이 있는 남자니까 말이다.

심지어 현재진행형이다.

여하튼 그건 둘째 치고.

'왜 갑자기 그런 말을……'

'저도 잘 모르겠습니다. 그냥… 주체할 수 없는 패션(Passion)이라고 할까요.'

'그 열정을 업무 쪽으로 쏟으면 참 좋을 텐데 말입니다…….'

민철이 이런 충고를 들려준다 하더라도 대민이 갑자기 S급 신입사원이 된다는 보장도 없다.

사람이란 한순간에 바뀌지 않는 법이니까 말이다.

'그래서 이번 체육대회 때 고백을 할까 합니다만.'

'하필이면 체육대회군요.'

하기사.

생각을 해보면 오히려 대민의 그런 전략이 잘 맞아떨어진다고 볼 수도 있을지 모른다.

왜냐하면 평소 업무적인 면에서 대민은 늘상 서 대리에게 잔소리를 듣는 타입이다.

그런데 체육대회에서 새로운 면모를 보여준다면?

그게 남자로서의 어필도 되지 않을까.

'운동은 잘하십니까?'

'제가 이래 봬도 막노동판 출신입니다. 까짓것 못할 게 뭐가 있 겠습니까, 하하하!'

결론부터 말하자면, 근거 없는 자신감이다.

하지만 남자라면 자신감이 없는 것보다는 그래도 허세기가 조금 있어도 자신감이 있는 편이 당당해 보이고 좋다.

게다가 여자는 남자가 자신감이 있는 모습을 더 선호한다 하지 않던가.

그런 면으로 따지자면 분명 나쁘지 않은 태도라 할 수 있을 것이다.

'민철 씨, 제발 저 좀 도와주시면 안 됩니까?'

'그것도 상당히 뜬금없는 부탁이군요.'

'그치만 민철 씨는 실제로 여자친구분도 있으시지 않습니까!'

사랑을 하고 있는 남자, 이민철.

아무래도 대민의 뇌리에는 민철이 그런 이미지로 각인되어 있는 모양인가 보다.

그래도 민철도 그리 매정한 사람은 아니다.

최대한 자신의 능력이 닿는 데까지는 도와주기로 말을 해주지만.

승산 없는 싸움이 될 가능성이 매우 크다.

민철이 이 세계로 와서 유일하게 그에게 '당황함'이라는 감정을 심어준 사건이 바로 대민이 서 대리를 마음에 품게 되었다는 사건 이다.

그 사건과 설마 대면하게 될 줄이야.

굉장히 난감한 감정을 다스리며 다시 한 번 스테이크 한 점 을 입안으로 털어 넣는다.

"민철 씨, 듣고 있어?"

"어? 어… 듣고 있지, 물론."

"정말, 제대로 들으라고. 민철 씨 능력 있는 거 아니까 나한테 충고해 줄 거 있으면 언제든지 말해달라는 뜻으로 이야기해 주는 거니까."

"알고 있어."

회사의 기밀을 아무렇지도 않게 털어놓을 만큼 체린도 바보는 아니다.

그러나 이민철이니까.

이 한마디가 주는 신용은 체린에게 있어서 실로 어마어마했다.

그러나 불행스럽게도.

민철은 그녀의 말에 귀를 기울일 수 없는 상황이기도 했다.

사무실로 출근한 뒤, 요즘 들어 부쩍 많이 듣는 단어가 있었다.

"우리 부서가 이번에 체육대회 트로피 타 오는 거다."

"……."

눈치의 왕이라 불리는 구 부장의 의외의 일면이라고 할까.

스포츠라는 분야에서 은근히 승부욕을 보여주고 있었다.

회의 시간에 하는 첫마디가 바로 위의 말이었을 정도니 말이다.

대민과 민철은 아직 구 부장에 대해서 잘 모른다.

그러나 구 부장의 이런 성격을 이미 진작부터 잘 알고 있었다는 듯이 서 대리가 잔소리를 늘어놓는다.

"회의 시간에 할 말은 아니라고 생각합니다만."

"왜 아니야. 사내 체육대회도 엄연히 회사 생활의 일부라고. 보이지 않는 접대와 눈치의 싸움이라는 걸 잘 모르는 모양인가 보구만."

"저도 잘 압니다만, 회의 시간에 체육대회의 중요성을 강조하기보다 우선 홍보 모델 계약 진행 상황에 대해 공유를 해야 하는 편이 더 좋지 않을까요."

"흐음, 그렇긴 하지."

유리혜 선수와 정식으로 계약을 체결한 뒤, 조만간 CF 촬영에 들어갈 예정이다.

청진그룹이라는 브랜드에 어마어마한 힘이 실려 있는 건 사실이지만, 그렇다고 마케팅을 게을리하는 건 회사 내에서도 있을 수 없는 일이기도 하니까 말이다.

"도핑 쪽에 대해서는 걱정 없겠지?"

구 부장이 다시 한 번 확인하듯 묻자, 이번에는 민철이 그에게 확신을 준다.

"재차 계속 강조하고 있기도 하고, 또 확인도 하고 있으니 그 점에 대해서는 걱정하실 필요는 없을 거 같습니다."

"그렇군. 아무튼 민철이, 니가 담당이니까 계속 잘 확인해라."

"…제가 담당이었습니까?"

이건 듣도 보도 못한 발언이었다.

그러나 구 부장이 이제 와서 새삼 무슨 소리냐는 듯이 다시 강조한다.

"당연하지. 너, 이제 일반 사원 아니다. 주임이라고. 이 주임."

"……."

"알겠지?"

주임이라는 말이 나오는 순간, 태봉의 안색이 살짝 안 좋아진다.

물론 태봉도 잘 알고 있다.

민철의 능력은 진짜다.

계약서가 담긴 서류 봉투를 다른 참고 자료 봉투와 착각해서 줄 만큼 잔실수가 많은 태봉에 비해서는 민철이 더 주임 자리에 어울리는 건 사실이니 말이다.

"태봉이, 너도 너무 섭섭하게 생각하지 마라. 계속 하면 너도 승진할 수 있을 테니까."

구 부장도 태봉의 심정 변화를 잘 알고 있다는 듯이 말하자, 태봉이 고개를 끄덕인다.

"네, 저도 알고 있습니다. 민철 씨… 아니, 이 주임의 성과니까 당연한걸요."

하품을 하던 유 실장도 여기에 대해 한마디 던진다.

"그래, 짜샤. 나도 실장 자리 달기 전까지 엄청 오래 걸렸다니까."

"그건 니가 게으른 거고."

구 부장의 말에 사원들이 작게 웃음소리를 터뜨린다.

"여하튼 유리혜 선수는 앞으로 민철이… 아니, 이 주임이 잘 관리해."

"예, 알겠습니다."

"그럼 다음 안건은……."

이렇게 하나하나씩 중요한 업무를 맡아간다.

그러면 그럴수록 민철도 빠르게 성장할 것이다.

맡게 되는 일이 많아지면 그만큼 회사 적응도 빨라지니까 말이다.

한편.

다른 부서들이 체육대회에 엄청난 의욕을 선보이고 있을 무렵, 인사팀의 차 실장은 골머리를 아프게 하는 업무를 맡게 되었다.

"…허, 참……."

위에서 공문을 통해 내려온 종이를 훑어보던 차 실장이 옅은 한숨을 내쉰다.

"늘상 그렇지만, 누군가를 회사에서 내보내야 하는 일이 발생하면 짜증이 난단 말이지."

회사란 본래 그런 것이다.

능력이 없으면 과감하게 자를 수 있는 게 바로 영리 집단 아니겠는가.

말 그대로 해고다.

다른 회사에 비해 비교적 평등하게 기회를 부여하는 만큼 청진그룹은 능력주의 사상이 많이 박혀 있는 집단이기도 하다.

여기서 성과를 내지 못하면 당연히 회사에서 퇴출을 당한다.

심지어 최근에는 감사팀에서 몇몇 부정적인 사례를 적발한 모양인지 그에 관한 정보 파일을 보내오기까지 했다.

아마도 차 실장의 책상 위에 놓여 있는 대상자의 명단은 감사팀에서 보내온 블랙리스트와 별반 다를 게 없을지도 모른다.

"무섭구만, 무서워."

몇몇 직급 있는 사람들의 이름도 보인다.

이 나이에 회사에서 잘리게 되면 어떻게 돈을 벌겠는가.

"역시 얌전히 내 자리 하나 지키고 있는 게 제일일지도 모르겠어."

작은 한탄을 내쉬며 차 실장이 바쁘게 키보드를 두드리기 시작한다.

차 실장의 중얼거림을 들은 모양인지 근처를 지나던 오태환 대리가 말을 걸어온다.

"또 무슨 일이신가요, 차 실장님?"

"…저번의 그거다."

"저번의 그거라면… 혹시 그 데스노트인가요?"

인사팀 내부에서는 감사팀의 입김을 통해 만들어진 퇴출 권고자 명단을 '데스노트'라는 비유적인 단어를 통해서 사용하고 있었다.

"우와, 이게 그 소문의……."

명단에 적혀 있는 인물들의 숫자는 대략 10여 명 안팎이었다.

대부분이 회사 업무에 관한 부정적인 비리 사례에 연루된 자였다.

그 명단 내부에는…….

"홍보팀 쪽에도 한 명이 껴 있군요."

오 대리의 말에 차 실장의 미간이 살짝 찡그려진다.

"홍보팀이든 어느 부서든 퇴직을 권고하는 일 자체는 영 껄 끄러운 일이란 말이지. 그래도 나름 지금까지 같이 회사에서 일해온 동료인데 말이야."

차 실장은 깐깐하고 틱틱거리는 외형적인 모습과는 달리 그 래도 내면적인 모습은 인간적인 요소가 더러 보인다.

나름 오랫동안 같이 일해온 오태환 대리이기에 차 실장의 이런 면모는 잘 알고 있다.

"그래도 위에서 하라면 해야지요. 그게 회사원의 비애 아니 겠습니까?"

"그렇긴 하지. 내가 아무리 커버를 쳐 준다 하더라도… 아 니, 사실상 그럴 이유도 없긴 하지만."

이들에게는 미안한 말이지만, 그래도 잘못을 먼저 저지른 쪽은 바로 이들이다.

차 실장은 내려받은 명단을 파일로 정리하며 머릿속을 비운 다.

청진그룹 체육대회.

본사 내에서 벌어지는 체육대회이긴 하지만, 여기에는 또

다른 목적이 숨어 있다.

우선 표면적으로는 '단합'이라는 게 가장 적합하다.

체육대회의 본질 자체가 단합을 위해서 주기적으로 이런 행사를 거행한다 봐도 무방하기 때문이다.

회사라는 집단은 단합이 중요하다.

물론 사람이란 존재는 애초에 타인을 잘 생각하지 않는 이기적인 존재이기는 하지만, 그래도 회사라는 같은 집단에 소속되어 있는 한 이들은 동료 혹은 동지라는 사상을 가지며 열심히 업무를 꾸려야 한다.

회사가 잘 성장해야 받는 월급도 오르니까 말이다.

그러나 각 사원, 혹은 부서 단위로 놓고 보자면 청진그룹 체육대회는 또 다른 목적이 존재하고 있다.

바로 부상으로 떨어지는 상금이다.

대기업이라는 호칭에 걸맞게 단합을 목적으로 한 체육대회라고는 하지만, 상금의 규모 자체가 생각 외로 어마어마하다.

한 달 월급의 족히 2배가량 되는 개인 MVP 상금.

그리고 우승한 부서에게 떨어지는 상금 역시 결코 무시할 수 없는 규모다.

말 그대로 체육대회에서 우승을 하게 되면 보너스 개념의 부상이 떨어진다고 생각하면 될 것이다.

그래서 이번 체육대회를 위해 개별적으로 연습을 시작하는 부서도 속출하고 있었다.

바쁜 업무를 내팽개칠 수는 없지만, 그래도 비교적 한가한 사원들은 주말에도 같이 모여 연습을 할 정도였다.

체육대회를 벌일 장소는 근처 대학교 운동장 하나를 통째로 대여해 치러질 예정이다.

청진그룹 재단하에 있는 사설 대학교 하나에서 치러질 예정이기에 꽤나 대규모로 펼쳐질 거라는 말도 들었다.

그리고 사원들뿐만이 아니라 사원의 가족, 친지, 그리고 지인들도 체육대회를 관람할 수 있다.

그 덕분에 체린은 한 가지 작은 음모를 꾸미고 있었다.

"이번 체육대회 때 나도 갈 거야."

푸흡!

순간 민철이 작게 커피를 뿜어낸다.

체린이 이렇게 직장 공적인 자리에 이민철의 여자친구로서 모습을 드러낸 적은 전례가 없던 것도 아니었다.

심곡 지점에서 일을 할 때 친한 직장 동료들끼리 작은 회식 자리를 가질 때 체린도 합석을 했던 적이 있었기 때문이다.

물론 그때 당시에는 돈냥 대표를 꼬드기기 위해 체린이 어쩔 수 없이 그 자리의 중개자로 합류해야 했기에 부가적으로 민철의 직장 동료들과 회식 자리를 가졌다는 명분이 있지만, 이번 체육대회 참석은 상당히 예상외였다.

카페 내에서 체린과 짧은 데이트를 즐기고 있던 와중에 불의의 일격을 당한 민철이 표정 관리에 들어가며 입가에 묻은 커피를 휴지로 훔친다.

"무슨 꿍꿍이라도 있나 보군."

"어머, 여자친구가 참가한다는데 꿍꿍이라니. 이상한데? 아니면 혹시 회사 내부 여사원이랑 나 몰래 바람이라도 피우고 있는 거야?"

"그런 건 아니야."

"그럼 거리낄 것이 없잖아."

아니, 맹렬하게 거리끼는 게 있다.

왜냐하면 이체린이란 인물이 결코 평범한 인물이 아니기 때문이다.

그녀는 카페 머메이드 대표의 딸이자 예비 대표라 봐도 무방하다.

그런 그녀가 공식석상에서 모습을 드러낸다는 거 자체만으로도 이미 커다란 파장을 불러일으킬 것이다.

"이제 슬슬 우리 관계를 밝혀도 좋다고 생각하니까."

체린도 전혀 생각이 없는 여자는 아니다.

지금까지는 민철이 단순히 일개 사원이라서 모양새가 나진 않았지만, 그래도 일단은 주임이라는 직책을 달게 되었다.

게다가 체린도 그렇고 민철도 그렇고, 서로 젊은 축에 속한다.

한쪽은 청진그룹에서 엘리트라 불리는 주임.

그리고 한쪽은 한창 잘나가는 카페 브랜드의 차기 대표.

두 젊은 엘리트 커플이 외부에 주는 시너지 효과는 결코 적지 않을 것이다.

"그리고 슬슬 민철 씨의 승진에 내 힘을 보태고 싶기도 하고."

"흐음."

체린과 그렇고 그런 관계를 유지하고 있다는 게 승진에는 아무런 도움이 안 되는 것처럼 보일지도 모른다.

그러나 은연중에 분명 체린과의 관계가 결정적인 역할을 하게 될지도 모른다.

가장 대표적인 예로는 폐점 직전의 심곡 지점을 다시 되살릴 정도의 영향력을 행사했다.

그리고 체린이 대외적으로 연애 사실을 밝힌다고 입을 꺼낸 것은 개인적인 이유도 있다.

민철의 곁에서 평생의 반려자로 자리매김하고 싶다.

그 의사를 체린은 간접적으로 표출하게 되는 셈이다.

'체린다운 표현 방식이군.'

물론 이 진의를 민철이 직접 언급한다면 체린은 엄청나게 부끄러워할 것이다.

본래 그런 여자니까 말이다.

직접 티는 안 내겠지만, 그래도 홍조 정도는 띨 수 있지 않을까.

"아버님께서는?"

"허락하셨어."

"그럼 문제는 없겠군."

민철 입장에서는 거리낄 것이 전혀 없다.

체린과의 관계는 분명 이점으로 작용할 테니까 말이다.

"그렇게 알고 체육대회 때 스케줄 따로 안 잡아둘게."

"아버님도 같이 오시는 건가?"

"아니, 아빠는 개인 사정 때문에 오지 않기로 했어. 그리고 단합을 목적으로 만드는 체육대회인데, 그 자리에서까지 아빠가 참석하게 되면 분명 업무 이야기가 나오게 될 테니까. 그런 건 피해야지, 안 그래?"

즉, 놀 땐 놀자.

이 뜻이 아닐까.

체육대회가 다가올수록 구 부장의 의욕은 더더욱 불타오르기 시작한다.

특히나 그 의욕이 정점을 찍었을 때는 바로 이런 발언이 나왔을 때였다.

"주말에 특훈을 하자."

그 말이 나오자마자 서 대리가 표정은 급격하게 일그러지기 시작했다.

회사원에게 주말이란 날은 얼마나 소중한 날인지 누구보다도 잘 알고 있는 사람이 스스로 주말에 모여서 체육대회 관련 특훈을 하자니.

이 무슨 말도 안 되는 소리인가.

"목표는 우승이다."

강한 의욕을 내비치는 구 부장.

사원들이 강력한 반발을 하고 싶어 했지만, 본래 회사 생활이라 함은 이런 것이다.

위에서 하라면 하는 게 좋다.

괜히 눈에 밟히는 모습을 보이면 언제 어디에서 그 행동이 칼침으로 작용할지 모르기 때문이다.

"어휴, 정말…….."

서 대리가 깊은 한숨을 내쉬면서 거의 포기 상태에 이른다.

체육대회까지 남은 기간은 2주.

두 번의 주말 희생만 치르면 구 부장의 이런 모습을 당분간은 보지 않아도 된다.

그 생각으로 나름 위안을 삼으며 사원들은 힘없이 구 부장의 말에 찬성을 한다.

마침 홍보팀 내부에서 주말 특훈 일정이 결정되는 와중에, 인사팀에서 예상치 못한 손님이 찾아오게 되었다.

"안녕하세요."

"음? 오 대리잖아."

인사팀에서 설마 홍보팀으로 찾아올 줄은 예상하지 못한 모양인지 구 부장이 의외라는 시선으로 오태환 대리를 바라본다.

"무슨 일이냐, 여기를 다 찾아오고? 그보다 차 실장은?"

"잠시 여기저기 다닐 일이 있어서요."

"음?"

데스노트 관련 건에 대해서는 아직까지 감사팀, 그리고 윗선과 인사팀 내부에서만 이야기가 나오는 중이다.

다른 부서에는 이야기가 퍼지지 않는 상황이었기에 왜 오태환 대리와 차 실장이 다른 부서에 이곳저곳 돌아다니기 시작했는지 그 이유를 알 수가 없었다.

"유 실장은 어디 가셨나요?"

"유 실장이라면… 잠깐 외근 나갔는데."

"혹시 언제쯤 들어올 수 있을지……."

"그거야 나야 모르지. 그 녀석, 유흥을 엄청 좋아하니까."

또 어디 가서 몰래 뒷돈이나 땡겨 받고 있는 건 아닐는지 모르겠다는 구 부장의 걱정 어린 말이 민철에게는 들려오는 듯하다.

구 부장의 대답을 들은 오 대리가 고개를 끄덕이며 말한다.

"알겠습니다. 그럼 나중에 다시 찾아올게요."

"유 실장 오면 그냥 내가 연락하라고 할까?"

"아니에요. 아무래도 제가 직접 와서 이야기를 드려보는 편이 모양새가 좋을 거 같아서요."

"……."

순간 구 부장의 시선이 날카로워진다.

눈치의 왕, 구 부장이 이런 걸 놓칠 리가 없다.

물론 이민철 역시 마찬가지였다.

구 부장의 자리에 비교적 가까운 위치에 있는 민철. 굳이 멀리 있다 하더라도 마법을 통해서 대화 내용을 청취하는 데에는 문제가 없을 것이다.

'무슨 일이 있군.'

민철과 구 부장, 두 사람이 동시에 이런 생각을 품게 된다.

괜히 인사팀에서 유 실장을 직접 찾아오는 게 아니다.

게다가 사실 유 실장은 회사 업무에선 그다지 일을 잘한다는 평가를 받지 못하고 있다.

주로 사람 만나는 일에 특화되어 있기는 하지만 회사가 바라는 것은 외근도, 그리고 실무도 무난하게 소화할 수 있는 멀

티 플레이어다.

게다가 유 실장은 그다지 깨끗한 사람만은 아니다.

뒤에서는 암암리에 자신의 목돈을 챙기기도 하는 그런 사람이기도 하니까 말이다.

자기중심의 시선이 회사 업무에 비해 조금 높다는 평가를 받을 만도 하다.

"그럼 먼저 가보겠습니다."

오 대리가 홍보팀 사무실 바깥으로 나선다.

그와 동시에 구 부장이 다시 한 번 의기투합을 목적으로 외친다.

"이번 주 주말, 오전 10시에 집합인 거 알아둬!"

"네, 네에……."

일부러 화두를 돌리면서 오 대리가 유 실장을 찾아온 흔적을 지운다.

그게 구 부장으로서 할 수 있는 최대한의 대처 방식이었다.

하나 이미 민철은 모든 정황을 눈치챈 상황이었다.

그렇다고 구 부장에게 직접적으로 다가가서 오 대리의 방문에 관한 상담을 요청할 생각은 전혀 없다.

민철이 굳이 나서야 할 이유도 없을뿐더러, 나선다 하더라도 괜한 참견만 되기 때문이다.

각자의 일은 각자가 알아서.

그렇게 생각하며 민철이 머릿속을 정리하기 시작한다.

대민과 서 대리와의 관계.

체린의 참가.

그리고 마지막으로 오 대리의 홍보팀 사무실 방문.

'이번 체육대회는 파란의 연속이 될 가능성이 크겠어.'

민철의 미간이 절로 찡그려지기 시작한다.

＊　　＊　　＊

어영부영 시간이 흐른 결과, 결국 주말이라는 날짜가 다가오게 되었다.

주말.

사회인으로서는 정말 달콤한, 일종의 사막의 오아시스와도 같은 꿀맛과도 같은 날이라 할 수 있지만, 그렇다고 대한민국에서 주말의 휴식이 보장된다고 보기에는 매우 어렵다.

일이 있으면 나와야 한다.

그게 바로 대한민국의 샐러리맨들의 현실이다.

물론 그 일이 차라리 잔업이고 특별수당까지 더해준다면 오히려 환호하는 사람들도 더러 있을 것이다.

돈을 많이 벌 수 있는 기회가 있다는 건 어디까지나 나쁜 이야기는 아니기 때문이다.

여기서 문제가 발생한다면, 바로 그 '돈을 주느냐, 안 주느냐'의 갈림길의 기로라 할 수 있다.

대부분의 회사들은 특별수당을 주지 않는 편이다.

청진그룹은 물론 주는 편이긴 하다.

그러나 이렇게 주말에 따로 부서끼리 단합의 목적으로 모이게 되면, 특별수당이고 뭐고 없다고 봐야한다.

"다들 모였나?"

"네……."

힘없이 대답하는 홍보팀 부서들.

몇몇 특별한 사유가 있는 사원들을 포함해서 전부 출석한 셈이었다.

그 특별한 사유가 있는 사원 범위 내에는 유 실장, 그리고 강 태봉도 끼어 있었다.

'유 실장이 없는 건 좀 아쉽군.'

민철이 슬쩍 주변을 둘러보며 입맛을 다신다.

오태환 대리가 유 실장을 찾아왔다는 행동에 커다란 의미를 부여하고 있던 그다. 마침 유 실장에게 슬쩍 오태환 대리의 방문 이야기에 대해 떠볼 좋은 찬스라 생각을 했지만, 공교롭게도 그는 자리를 비운 상태다.

친척의 결혼식이라는 말을 들은 기억이 난다.

태봉 역시 비슷한 이유에서였다.

"뭐, 유 실장이나 태봉이나 그다지 큰 주축 인물은 아니니까."

구 부장이 냉정하게 홍보팀 내부의 전력들을 파악한다.

하기사.

구 부장의 말이 맞을지도 모른다.

유 실장의 경우에는 매번 유흥 문화를 즐기는 회식 자리에 자주 참석하다 보니 배가 술배로 볼록 뛰어나온 체형을 유지하고 있다.

태봉 역시도 어리바리한 성격답게 그다지 뛰어난 운동신경을 보여주지 못하고 있었다.

"역시 여기서는 대민이가 믿음직스럽구만!"

막노동을 전전하며 근력과 체력을 길러온 대민.

아마도 홍보팀의 에이스가 아닐까.

적어도 구 부장은 그렇게 많은 기대감을 가지고 있었다.

물론 대민 본인 역시도 그런 자신감에 취해 있었다.

"저만 믿어주시기 바랍니다. 하하하!"

이번 체육대회를 통해서 서 대리에게 좋은 점을 어필할 찬
스가 될 것이다.

업무적인 면에서는 매번 빵꾸가 나 잔소리를 듣는 포지션이
지만, 체육대회라면 이야기가 달라진다.

몸을 쓰는 일에서는 결코 남에게 질 생각이 없다는 강한 자
신감을 표현하는 대민.

"구기 종목을 제외하고 개인 MVP를 가리기 위한 종목들도
많이 있으니까… 팔씨름 같은 것도 있고."

"오, 좋지요!"

"각 부서당 최대 2명씩만 나갈 수 있으니까. 팔씨름 자신 있
는 두 사람 선정해서 내보내면 되겠군."

구 부장이 고개를 끄덕이면서 전략을 짜기 시작한다.

체육대회에서 이기면 보너스와 비슷한 어마어마한 상금이
할당된다.

그 상금을 위해서라도 눈치의 왕이 직접 친히 강림을 하게
된다.

"대민아, 넌 일단 팔씨름 나가라."

"예!"

"그리고 남은 한 명이… 좀 어렵네."

남자 사원들도 몇몇 있지만, 영 못 미덥다.

차라리 구 부장이 직접 나설까 하는 그런 심각한 수준에 이르고 있을 정도니 말 다한 셈이다.

"제가 나가도 되겠습니까?"

그때, 민철이 손을 들면서 구 부장에게 자신의 존재를 어필한다.

"민철이, 네가?"

"네."

"비실비실해 보이는데?"

"겉과는 다르게 팔 힘은 강합니다."

"흐음……."

고민을 하던 구 부장이 못 믿겠다는 듯이 대민을 슬쩍 턱으로 가리킨다.

"대민아, 니가 한번 상대를 해봐라."

"저, 정말입니까?"

대민이 꿀꺽 침을 삼킨다.

대민은 사실 민철의 힘을 잘 알고 있다.

왜냐하면 미래산업에 같이 갈 일이 있었을 때, 무거운 판촉물을 아무렇지도 않게 들고 혼자서 트렁크로 날랐던 그다.

대민도 한여름에 땀을 한 바가지 흘릴 정도로 쩔쩔맸던 그무거운 판촉물 박스를 민철은 거친 호흡 한 번 내쉬지 않고 해결한 것이다.

겉보기와는 달리 진정한 실력자다!

적어도 대민은 그렇게 생각하고 있었다.

하지만 승부는 승부!

'팔씨름과 무거운 물건을 드는 건 엄연히 다르니까!'

대민이 속으로 강한 자신감을 보이며 구 부장의 제안에 고개를 끄덕인다.

막노동판에서 자신보다 팔씨름이 강한 사람은 없었다.

비록 상대자들의 연령대가 높았다고는 하지만, 그 사람들 역시 일반인에 비해 근육의 양이 장난이 아니다.

결코 약한 사람들 속에서 강한 팔씨름을 지니고 있다고 생각하지 않는 대민이 민철을 도발한다.

"이번에는 안 질 겁니다."

"후회하실 텐데요."

민철이 슬쩍 입가에 미소를 그린다.

사실 민철은 대민을 봐줄 생각을 하고 있었다.

대충 대민과 대등한 모습만 보여줘도 그만이니까.

하지만 대민의 도발로 인해 민철의 승부욕이 살짝 고개를 추켜올린다.

"오랜만에 힘 좀 써보도록 하죠."

맞은편에 자리를 잡으며 앉자, 한두 사람씩 구경꾼들이 모여들기 시작한다.

홍보팀 신입 사원들끼리의 팔씨름 대결!

"이 주임, 설마 지는 건 아니겠지?"

"하하하!"

근처 다른 선배 사원의 말에 같은 부서 동료들이 크게 웃음을 터뜨린다.

최근 민철이보다 이 주임이라는 호칭으로 자주 불리는 민철이었기에 이제는 그런 호칭이 어색하지 않을 시기도 되었다.

그러나 몇몇 사람들, 예를 들자면 구 부장과 같은 경우에는 이 주임보다는 민철이라고 부르는 경우가 더러 있다.

아무래도 습관이라는 게 하루아침에 바뀌는 게 아니기 때문이리라.

"그럼, 시작!"

구 부장의 말에 따라 대민이 빠르게 힘을 준다!

선빵필승!

처음부터 맹렬하게 몰아붙이는 대민이었으나…….

'우, 움직이지 않아?!'

대민의 팔뚝이 터져 나갈 만큼 울긋불긋 알통들이 솟아오르지만, 민철은 조금의 미동도 없이 그저 대민의 근력을 받아내고 있었다.

'이 무슨 괴물 같은 힘이지!!'

대민도 혀를 내두를 정도였다.

자신은 전력을 다하고 있었다.

나시 티 위로 뻗은 대민의 팔뚝과 힘줄만 봐도 그가 장난으로 이 팔씨름에 임하고 있지 않음을 보여준다.

'시시하군.'

민철은 팔씨름에 들어가기 전에 미리 스트렝스 버프 마법을 건 상태였다.

그리고 당연한 말이겠지만 스트렝스 버프가 걸려 있는 민철은 제아무리 천하장사라 하더라도 이기기 힘들 것이다.

"그럼 슬슬 저도 본실력을 드러내 보죠."

쿠웅!!!

그 말과 동시에 대민의 팔이 완전히 반대 방향으로 꺾인다.

두꺼운 대민의 팔뚝이 그대로 민철의 힘에 의해 넘어가 버린 것이다!

"마, 말도 안 돼……!"

다른 사원들이 침음성을 흘린다.

누가 봐도 대민의 압승일 거라고 생각했지만, 결과는 민철의 승리였다.

매번 화려한 말솜씨로 상대방을 농락하는 이미지가 강한 민철이었기에 직접 몸을 쓰는 일에서 강한 면모를 보여주자 색다른 이미지가 창출되고 있었다.

"이 주임, 자네… 생각보다 괜찮은 녀석이로구만."

"감사합니다, 구 부장님."

눈치의 왕, 구 부장은 대민이 지든 민철이 이기든 이미 상관이 없었다.

중요한 것은 홍보팀 내에서 팔씨름 분야에 강력한 두 카드가 생겼다는 점이니까 말이다.

홍보팀 말고도 다른 부서들 역시 주말에 나와 나름 단합을 위한 노력을 하고 있었다.

그건 남성진 역시도 마찬가지였다.

"줄다리기를 할 때에는 시작하자마자 바로 몸을 뒤로 젖힌 다는 생각으로 하면 됩니다."

여성 사원들에게 줄다리기 요령을 알려주고 있던 남성진.

그의 말에 여사원들이 고개를 끄덕이며 귀를 기울인다.

부사장의 아들이라 하더라도 이런 행사에는 빠질 수가 없다.

체육대회도 사회생활의 일환이다.

이 핑계, 저 핑계를 둘러대며 빠진다면 회사 동료들과의 친분, 혹은 좋은 관계를 유지하기 힘들기 때문이다.

물론 그렇다고 개인 사정으로 인해 어쩔 수 없이 참가하지 못하게 된 경우까지 사회생활이 부족함을 탓할 수는 없다.

그러나 가급적이면 이런 단체적인 목적이 강한 행사가 있다면 참가를 하는 것이 신입 사원의 입장에서는 이득이 될 것이 틀림은 없다.

그걸 잘 알기에 남성진 역시도 별다른 불만을 품지 않고 적극적으로 행사 준비에 참여하고 있었다.

청진그룹 내부에서는 이 행사를 위해서 별도로 특별 MC와 더불어 초청 가수도 섭외하고 있는 중이다.

그만큼 청진그룹의 체육대회는 다른 회사들에 비해 품격이 다르다.

하나의 축제의 장으로 만들고자 하는 게 바로 청진그룹 체육대회의 궁극적인 목표이기 때문이다.

"그럼 잠시 쉬었다가 하죠."

"네……!"

줄다리기 실전까지 연습을 마친 여사원들이 남성진의 말에 고개를 끄덕이며 털썩 주저앉는다.

음료수를 들고 직접 하나씩 여사원들에게 건네준 뒤 성진이 가볍게 이마에 맺힌 땀방울을 닦아낸다.

학생이었을 시절 때에도 운동신경이 남다른 성진이었기에 이번 총무팀에서도 에이스로 활약할 예정이다.

사실 성진은 돈이 목적이라기보다는, 자신의 존재감을 체육대회에서 어필하는 게 가장 큰 목적이라고 할 수 있었다.

체육대회는 결코 우습게 볼 수 없다.

남성진이 비록 부사장의 아들이라는 타이틀을 가지고 있지만, 회사원 전부가 남성진이라는 인물이 어떤 사람인지 알지 못한다.

매사에 최선을 다하고 노력하는 모습을 보인다.

체육대회에서 그런 이미지를 타인에게 굳혀두게 되면, 남성진이라는 사람의 지지율이 자연스럽게 올라간다.

지지율.

그 요소를 신경 쓰기 위해 남성진은 일부러 동기들 모임에서도 주최자 역할을 스스로 떠맡고 있다.

무슨 일이 있을 경우, 혹은 동기들끼리의 정보 교환 등.

그 중심에는 언제나 남성진이 있었다.

그렇기 때문에 매번 이민철에 대한 칭찬을 접하지 않을 수 없었다.

이번에 주임이 된 남자.

동기 중에서도 가장 승진이 빠른 사람.

엘리트 신입 사원.

그 모든 호칭을 민철이 앗아간 것이다.

"어렵군."

항상 최고라는 이름의 왕좌에는 언제나 남성진이 차지하고 있었다.

그러나 이번에는 조금 어렵다.

민철을 넘기가 쉽지가 않은 셈이다.

"이번 체육대회에서는 많은 노력을 기울여야겠군."

혀를 차면서 개인 연습에 돌입하는 남성진.

이번 체육대회는 서진구 회장 대리를 비롯해서 한경배 회장까지 직접 출두할 예정이다.

그간 몸 상태가 안 좋아 웬만하면 외부 활동을 자제해 오던 한경배 회장.

그러나 최근에는 몸 상태도 좋아졌고, 그리고 슬슬 다시 회사에 얼굴을 비춤으로 인해서 자신의 존재감을 과시할 예정이다.

한경배 회장은 공평한 사람이다.

부사장의 아들이라 하더라도 남성진이 능력이 된다면 그에게 합당한 직위와 보상을 내려준다.

남성진은 한경배의 그러한 점이 마음에 들었다.

편법 따위는 압도적인 자신의 능력으로 찍어 누른다.

완벽주의자 남성진은 적어도 그렇게 생각을 하고 있었기 때문이다.

　서로 각기 다른 부서들이 그렇게 체육대회라는 목표를 두고 열심히 노력하고 있을 무렵.

　"…어? 유 실장님!"

　결혼식장 안에서 깔끔하게 양복을 차려입은 유 실장이 자신을 부르는 낯설지 않은 목소리에 고개를 돌린다.

　"오 대리잖아?"

　"하하, 설마 유 실장님을 여기서 뵙게 될 줄은 몰랐네요."

　우연도 이런 우연이 다 있을까.

　친척 결혼식장에 왔다가 우연치 않게 회사 동료와 마주치게 된 것이다.

　극히 드문 확률은 아니더라도 신기한 건 마찬가지였다.

　"넌 무슨 일로 왔냐?"

　"신부 측 친척으로 왔지요."

　"성함이 어떻게 되시는데?"

　"유혜라 양이요."

　"진짜냐?!"

　놀란 유 실장이 동그랗게 눈동자를 뜨면서 손가락으로 어느 한 결혼식 행사장 내부를 가리킨다.

　"혹시 저기서 하는 결혼식 행사 신부분 맞지? 2시에 하는 거."

　"네, 그런데요?"

　"이야… 진짜 대한민국 땅 좁네. 나는 신랑 측 때문에 왔지.

녀석이 내 조카거든."

"진짜입니까?! 기가 막힌 우연이네요, 이거."

"하하하, 그러게 말이다. 그럼 우린 사돈이냐?"

"에이, 전 그냥 먼 친척인데요, 뭘. 그리고 직장 동료 관계만
으로도 좋습니다. 하하."

"하긴, 여기서 더 이상 복잡한 관계는 서로 늘리지 말도록
하자, 우리. 나중에 괜히 이상한 것에 얽혀들 수 있으니까."

유 실장이 기분이 좋아진 모양인지 오 대리의 어깨를 토닥
여 준다.

마침 그때, 오 대리가 뭔가 할 말이 떠오른 모양인지 살짝 목
소리를 낮춘다.

"잠시 시간 좀 내주실 수 있나요?"

"음? 왜?"

"유 실장님에게 묻고 싶은 말이 있어서요."

"아… 그리고 보니."

이제야 뭔가를 떠올린 유 실장이 저번에 구 부장이 자신에
게 남겼던 말을 떠올린다.

"너, 내가 외근 나갔을 때 사무실에 한번 찾아왔었다며? 전
화로 하라니까 급한 것도 아니고 게다가 직접 얼굴 보면서 이
야기해야 할 거라고 하던데."

"네, 그렇게 되었지요."

"뭔데 그러냐."

"여기서 이야기할 건 아니고요. 커피라도 한잔하실까요? 어
차피 이제 식도 다 끝났고, 조만간 집에 가실 거죠?"

"그렇긴 하지."

"차 가지고 오셨나요? 제가 모셔다드릴게요."

"어, 그러냐? 그럼 뭐… 주는 호의, 무시하지 않지."

집도 가까운 터라 굳이 차를 몰고 오지 않았던 유 실장이다.

하나 그렇다 하더라도.

'이 녀석이 왜 이리 친절하게 대한담.'

타 부서라서 자주 마주칠 일은 없지만, 이상하게 오늘따라 친절하게 대하는 꼴이 뭔가 미묘한 기분을 선사하고 있었다.

"그럼 가시죠."

"그러자."

유 실장도 구 부장과 비슷하게 어느 정도 눈치는 보유하고 있다.

게다가 직접 얼굴을 보고 할 말이라니.

'뭔가 있군.'

나름 각오를 하며 앞장서기 시작한 오 대리를 따라 발걸음을 옮기기 시작한다.

노력의 결과를 볼 수 있는 체육대회 당일!

사설 대학교 운동장에서 개최된 청진그룹 체육대회는 말 그대로 인산인해(人山人海)를 이루고 있었다.

홍보팀 소속으로 참가자 자격을 얻게 된 민철은 목에 참가증을 상징하는 명함을 꽂은 채 누군가를 기다리고 있었다.

"좀 늦는군."

아무래도 차가 막히는 모양인지 예정되었던 시간보다 10분

정도 늦게 도착할 예정인가 보다.

마침 그때, 민철이 기다리던 인물과는 다른 인물이 민철에게 말을 걸어온다.

"오, 민철 씨, 여기서 다 뵙게 되는군요."

신라일보의 최서인 기자가 민철을 알아보며 반갑게 손을 흔든다.

"최 기자님이 여긴 어쩐 일이십니까?"

"하하, 우리 신라일보에서는 제가 취재를 나오게 되었습니다. 청진그룹의 체육대회도 공채 못지않게 인기 있는 뉴스거리니까요."

카메라를 들어 보이며 '난 일하러 왔습니다' 라는 강력한 의지를 표시해 준다.

"민철 씨는 누구 기다리시나요?"

"예."

"오, 누구십니까?"

"그건……."

잠시 고민하기 시작하는 민철.

그가 기다리고 있는 인물은 다름이 아닌 이체린이다.

"여자친구 기다리고 있습니다."

"하하, 그렇습니까?"

분명 이체린이라고 말한다면 최서인은 체린의 정체를 단박에 알 수 있을지도 모른다.

각종 기업 행사와 관련된 기사를 전반적으로 맡고 있는 최서인이라면 체린의 존재를 모를 리가 없기 때문이다.

"여자친구분이라… 민철 씨는 인기가 많아 보이니까요."

"그런 셈이지요."

두 남자가 대화를 나누고 있을 무렵, 서로 대화의 주체가 되고 있던 바로 그 여성이 모습을 드러낸다.

"미안, 많이 기다렸어?"

또각또각.

굽 소리를 내면서 자연스럽게 민철의 곁으로 다가온 미인.

그 모습을 보자마자 최 기자의 눈빛이 가늘어진다.

"죄송하지만, 혹시 민철 씨가 기다리고 계시다는 분이……"

"예, 체린입니다."

"어허, 이거 참… 설마 민철 씨의 여자친구분이 카페 머메이드 대표의 따님이실 줄이야!"

최 기자가 한 방 제대로 먹었다는 듯한 표정을 지어 보인다.

어떠한 상황인지 대략 눈치챈 체린이 살짝 고개를 끄덕이며 인사한다.

"안녕하세요."

"하하, 안녕하세요! 저번 인터뷰 때 한 번 뵈었지요?"

"네, 그때 이후로 오랜만이에요."

민철이 헤이 관련 사건을 통해서 최 기자에게 머메이드 특집 기사를 실어달라고 요청했을 때였다.

체린도 그때 당시 최 기자의 인터뷰 상대였기 때문에 그녀가 어떠한 존재인지 단박에 알 수 있었던 것이다.

"이거 참, 특종 아닌 특종을 알아버리게 되었네요."

"당연한 말씀이지만, 가급적이면 대문짝만 한 기사보다는 그냥 흘러가는 식으로 실어주시기 바랍니다."

어림도 없는 부탁임은 민철도 잘 알고 있다.

그러나 말이라도 대략적으로 이렇게 해두는 편이 좋지 않을까라는 생각에서 한 말이다.

소위 말해서 '그냥 해본 말'이다.

"하하, 알겠습니다. 그럼 전 다른 쪽 일이 있어서… 먼저 실례하겠습니다."

"네, 수고하세요."

최 기자를 보낸 민철과 체린.

어차피 이 둘이 같이 참가하는 것만으로도 대다수의 사람이 이들의 관계를 알게 될 것이다.

그런 의미로 따지자면 결국 최 기자에게 이들의 관계를 들키든 말든 크게 상관이 없다는 말도 되는 것이다.

아니, 애초에 민철과 체린의 관계를 밝히기 위한 체육대회다.

그렇다면 굳이 상관이 없지 않을까.

체린이 민철의 옆으로 다가와 자연스럽게 팔짱을 낀다.

민철보다도 키가 작은 체린이 뭐가 그리 기분이 좋은지 작게 웃음을 지어 보인다.

"다른 사람들 눈치 안 보고 대놓고 연애한다는 거, 참 기분 좋은 일이네."

"그렇군."

그동안 체린의 신분 덕분에 다른 사람들, 특히나 기업 관련 혹은 아는 지인들에게는 이런저런 애정을 과시(?)하지 못했던 것이 나름 한이 되었던 모양인가 보다.

체린은 이상한 쪽으로 욕심이 많아서 더러 이런 발언을 하곤 한다.

그게 또 민철에게는 매력 아닌 매력으로 느껴지고 있었다.

"빨리 가자. 나, 다리 아파."

"그럼 일단 앉을 만한 곳을 찾아보자. 여기 오면서 몇 군데 알아뒀으니까."

"역시 민철 씨."

청진그룹 체육대회 덕분에 각종 노점상들이 사설 대학교 내부에 자리를 잡기 시작했다.

덕분에 교통을 통제하고 있는 학교 관계자들은 진땀을 빼고 있었지만, 청진그룹이 만든 사설 대학교이기에 뭐라 불만을 제기하진 못하고 있었다.

게다가 어차피 특별수당도 주니까 그냥 일을 한다는 식으로 생각하며 이번 체육대회 서포터 역할을 도맡게 되었다.

체육대회가 시작되려면 아직 어느 정도 시간이 조금 남은 상황이다.

잠시 휴식을 취하고 있던 체린이 민철에게 슬쩍 다가가 묻는다.

"민철 씨 직장 동료분들에게 인사나 건네볼까?"

"…안 그러는 편이 좋을 텐데."

"어째서? 어차피 한 번씩 다 볼 사이인데."

"흐음."

내조의 여왕, 이체린.

그녀는 일찌감치 자신의 포지션을 굳히고 싶어 하는 그런 눈치였다.

어쩔 수 없다는 듯이 고개를 끄덕인 민철이 체린을 데리고 자리에서 일어선다.

"그럼 우선 홍보팀 쪽으로 가보자."

"응."

체린이 기운차게 고개를 끄덕이며 다시 한 번 민철과 팔짱을 낀다.

한편, 행사장에 도착한 유 실장은 사실 그렇게까지 좋은 표정을 유지할 수 없었다.

"씁쓸하구만, 씁쓸해."

혀를 차면서 사설 대학교 내부로 진입한 뒤 주차장에 차를 세운 유 실장.

그때 마침 구 부장이 유 실장을 기다리고 있었다.

"왔냐."

"예……."

결혼식에 다녀온 이후로 유 실장의 안색은 급격하게 나빠지고 있었다.

물론 유 실장이 그러는 이유에 대해서는 구 부장도 들은 바가 있었기 때문에 굳이 상세하게 이유를 묻지는 않았다.

결혼식 당일.

오태환 대리와 함께 카페에 자리를 잡은 유 실장은 그때 당시, 오 대리에게 믿기지 않는 말을 들었다.

오 대리는 자신이 알고 있는 정보가 사실인지 거짓인지 알아내기 위해서, 단지 그러한 이유로 유 실장을 찾아왔다.

유 실장은 그때 많은 고민을 했었다.

거짓말을 할까?

끝까지 부정할까?

그러나 끝까지 시치미를 잡아뗀다 하더라도 결국 감사팀에서 증거 자료를 제출할지도 모른다.

그렇게 된다면 정말 끝장이다.

"여튼 일은 벌어졌으니, 체육대회가 끝날 때 즈음에 한번 이야기나 해보자."

"…예, 알겠습니다."

유 실장답지 않게 주눅이 든 모습이었다.

구 부장도 나름 유 실장과 오랫동안 친한 형, 동생 사이로 지내오고 있지만 그래도 이런 이야기가 오고 갈 때마다 마음이 아픈 건 부정할 수 없는 사실이기도 하다.

"제수씨는 안 데리고 왔냐?"

"애들 숙제 도와주고 있습니다. 유치원에서 뭔가 내줬나 봐요. 그리고 제 와이프가 본래 이런 행사 잘 안 좋아하는 거 구 부장님도 아시잖아요?"

"하긴, 그렇지."

"형님은요?"

"애들 데리고 관계자석에서 대기하고 있다."

"그렇군요. 오랜만에 뵙는 거니까 가서 인사라도 드리죠."

"그래."

구 부장이 힘내라는 듯이 유 실장의 어깨를 토닥여 준다.

어차피 인생이라는 게 다 그런 거 아니겠나.

자리를 옮길 무렵, 홍보팀 부서 관계자석에는 구 부장의 아내와 자식들뿐만이 아니라 새로운 인물이 추가되어 있었다.

"어머, 안녕하세요."

자리에서 일어선 한 젊은 여성.

목에 걸려 있는 참가증을 보아서는 분명 청진그룹 홍보팀 직원의 관계자임에는 틀림이 없다.

"누구……."

유 실장이 넌지시 묻는 말에, 마침 관계자석으로 다가온 민철이 유 실장과 구 부장에게 가볍게 인사하며 여성을 소개한다.

"제 여자친구입니다. 이채린이라고……."

한 번 더 채린을 슬쩍 바라본 민철이 중요한 말을 입에 담는다.

"카페 머메이드 대표의 딸입니다."

"뭐어?!"

놀란 구 부장과 유 실장이 나지막이 비명을 질러댄다.

이 순간, 구 부장은 어느 한 사건이 뇌리를 스치고 지나간다.

폐점 직전까지 몰려 있었던 심곡 지점.

그리고 그 심곡 지점은 카페 머메이드와의 계약을 통해서 기적적으로 폐점 절차를 밟지 않게 되었다.

소문으로만 무성하던 민철의 활약이 실제 증거로 등장한 것이다.

'그렇군, 그래서였어……!'

구 부장이 침을 꿀꺽 삼키며 민철과 체린, 두 젊은 커플을 바라본다.

＊　　　＊　　　＊

영업팀 황 부장도 심곡 지점의 폐점 위기 탈출에 대해서 매우 궁금하게 생각하고 있었다.

그런 궁금증이 설마 이런 곳에서, 그것도 너무나도 허무하게 풀릴 줄이야.

"이, 이럴 때가 아니지!"

홍보팀을 책임지고 있는 부장으로서 구 부장이 이런 만남을 가볍게 넘길 리가 없었다.

다급하게 자신의 지갑에서 명함 한 장을 꺼낸 구 부장이 명함이 똑바로 잘 보이도록 내밀며 말한다.

"청진그룹 홍보팀 구인성 부장이라고 합니다."

"이체린이라고 해요."

체린도 아주 자연스럽게 자신의 명함을 꺼낸 뒤 구 부장에게 건네준다.

비록 체린도 스스로 놀러 왔다는 마인드를 지니고 왔다 하더라도, 자연스럽게 업계 관계자와 마주하게 되면 이런 식으로 영업 아닌 영업 자리가 마련된다는 것 정도는 아주 잘 인지하고 있었기 때문이다.

그래서 언제 어딜 가든 명함을 항상 지니고 다닌다.

이런 연줄이 훗날 자신이 일하고 있는 집단에게 커다란 이익을 가져다줄 수 있기 때문이다.

회사원이란 항상 이런 마인드를 지니고 있는 게 대다수다.

유 실장 역시 구 부장에 뒤를 따라 자신의 명함을 건네준다.

"같은 홍보팀 유문주 실장입니다."

"만나서 반가워요."

두 사람과 서로 명함을 교환한 체린이 빙그레 웃어 보인다.

설마 카페 머메이드의 대표 딸이 이런 미인일 줄이야.

말이 대표의 딸이라 하더라도, 사실상 거의 머메이드 매점 관리 자체를 거의 체린이 도맡고 있다 해도 무방하다.

인수인계에 가까울 정도의 단계였기에 업계 내에서는 조만간 젊은 여사장이 머메이드를 차지할 거라는 소문도 돌고 있었다.

물론 그 소문에 거짓은 없다.

실제로도 매장 하나를 관리하다가 본사로 자리를 옮긴 체린은 자신의 아버지를 대신해 머메이드 대표 자리의 대리직으로 활동하고 있었기 때문이다.

"민철아, 잠깐 나 좀 볼까?"

구 부장이 체린에게 들리지 않게끔 작게 말하자 민철이 고개를 끄덕인다.

"잠시 일이 있어서, 좀 갔다 올게."

"응. 다녀와, 민철 씨."

체린이 가볍게 손을 흔들어 보이며 그를 배웅해 준다.

구 부장의 뒤를 따라 홍보팀 부서 인원들이 모여 있는 쪽으로 향하는 민철.

가던 도중, 체린에 관한 이야기가 나오지 않으려야 않을 수가 없었다.

"너랑 저분이 사귀는 거, 진짜냐?"

"네, 진짜입니다."

"하아, 그랬었구만!"

구 부장이 자신의 머리를 가볍게 탁! 친다.

황 부장과 함께 자신이 그렇게나 궁금해하던 심곡 지점 사건이 여기서 해결된 것이다.

"설마 강매시킨 거냐?"

유 실장도 심곡 지점에 관한 에피소드를 잘 알고 있기에 어두 없이 곧장 질문을 던진다.

그러나 민철은 고개를 절레절레 흔든다.

"아니요, 강매는 아니었습니다."

"그렇다면?"

"미래를 위한 투자죠."

"투자라……."

뭔가 납득이 되지 않을 만한 추상적인 표현이다.

실제로 체린은 민철의 미래를 보고 투자를 한 셈이다.

그리고 굳이 그런 추상적인 이유를 둘러대지 않아도 충분한 사유가 있다.

"다른 제품에 비해 청진그룹의 제품이 우수하다는 건 당연하니까요."

"그거야 뭐… 당연한 말이긴 하지."

청진그룹은 A/S적인 면에 있어서도 서비스 측면에서 많은 호평을 받고 있다.

물론 다른 기업에 비해 조금 비싸게 물건을 파는 경향도 없지 않아 있다. 하지만 외국에서 즉구로 구할 수 있는 가격과 우리나라에서 팔고 있는 판매가가 별로 차이도 없고, 가격 차이에 있어서 그나마 편차가 덜하다는 이유로 양심적인 판매 전략을 세우고 있다는 평도 많이 듣고 있는 축에 속한다.

더욱이 한경배 회장의 회사 경영 방침이 나름 청렴한 청진그룹의 이미지를 만들어주고 있었다.

물론 회사 내적으로 부정부패가 전혀 없을 리는 없었다.

그 부정부패를 척결하기 위해 청진그룹 감사팀은 다른 집단에 비해 꽤나 막강한 파워를 지니고 있다.

그리고 그 피해를 볼 만한 사람이…….

홍보팀 내부에도 존재한다.

"유 실장."

"네, 구 부장님."

"그거는… 언제쯤 말할 거냐?"

구 부장의 말에 유 실장의 얼굴이 다시 한 번 난색을 표한다.

순간 민철은 두 사람이 분명 얼마 전에 오태환 대리가 찾아왔던 일과 연결되는 일임을 직감할 수 있었다.

'유 실장의 퇴사에 관련된 일인가.'

유 실장은 타 하청 업체로부터 회사 몰래 뒷돈을 받아먹은 경력이 존재한다.

물론 그게 감사팀에게 어떠한 경로로 들어갔을지에 대해서는 민철도 알 수가 없었다.

얼마 전에 미래산업 사건을 통해서 유 실장의 행태를 어느 정도 파악한 민철.

분명 유 실장의 성격상으로는 뒷돈을 받은 혐의가 한 번으로 끝나진 않았을 것이다.

여러 차례 이러한 일이 반복되었을 터.

꼬리가 길면 잡힌다고 하지 않던가.

청진그룹 감사팀의 시선에 유 실장의 부정 사례가 들어왔고, 그 부정 사례를 통한 척결 명단이 인사팀 내에 공문으로 내려왔다면, 그 사실 여부를 확인하기 위해 오태환 대리가 홍보팀을 방문했을 가능성도 크다.

모든 것이 자연스럽게 연결된다.

민철은 두 사람의 대화를 통해 어느 정도 확신을 품게 된다.

"체육대회 끝나고 말하는 편이 좋을 거 같습니다. 아직 결정을 제대로 못 내려서요."

"음, 그러냐."

안 좋은 이야기가 될 수 있다.

그렇다면 최대한 체육대회가 끝난 뒤에 하는 게 좋지 않을까.

유 실장의 판단은 실로 옳다고 할 수 있다.

회사 내부 사람들만 있는 것도 아니고, 사원들의 관계자들까지 와 있는 상황에서 좋지 않은 이야기를 해봤자 아무런 소용이 없기 때문이다.

놀 때는 놀자.

그게 유 실장의 마인드 아니었나.

'그래도 유쾌한 체육대회가 되진 않겠군.'

민철은 속으로 쓴웃음을 지으며 홍보팀 사원들이 옹기종기
모여 있는 행사 준비장으로 발걸음을 옮긴다.

"민철 씨!!"

대민이 민철이를 부르며 다가온다.

"저, 결심했습니다!"

"무엇을 말입니까?"

"이번 체육대회가 끝나고 서 대리님에게 고백하기로요!"

"……."

이쪽은 이쪽 나름대로 고역을 치르고 있었다.

누구는 지금 회사 내에서 쫓겨나게 될 법한 상황인데, 누구
는 사내 연애를 꿈꾸고 있다.

'사람 입장이라는 게 참… 제각각이군.'

가볍게 한숨을 내쉰 민철.

물론 그는 대민의 사랑도 응원하는 편이다.

하지만 시기가 너무 안 좋다.

"그건 조금 다음으로 미루는 게 좋을 겁니다."

"어째서요?!"

"뭐어……."

오랜만에 민철의 화술 능력이 발동되어야 할 때인가.

본능적으로 그렇게 느낀 민철이 오랜만에 '설득'이라는 화

술 기법을 발동하기 시작한다.

"대민 씨가 활약할 수 있는 장소가 체육대회라는 건 저도 인정합니다. 하지만 서 대리님이 보고자 하는 건 바로 대민 씨의 '업무 능력 향상' 일 겁니다."

"멋있는 모습이 아니라요?"

"예. 체육대회에서 활약을 해봤자 대민 씨의 평가가 올라가는 건 아닙니다. 그저 '운동 신경은 좋네' 라는 새로운 면모만 보여줄 뿐입니다. 새로운 면모를 보여주는 것도 물론 좋은 현상입니다. 하지만 서 대리님이 대민 씨의 가장 안 좋게 보는 단점을 제대로 커버하지 못한다면, 대민 씨의 고백은 무용지물로 돌아갈 수 있을 가능성이 큽니다."

"저, 정말입니까?"

"예."

이제 여기서 마무리만 지으면 된다.

그 마무리가 될 마지막 멘트는 실로 매우 간단하다.

"여자친구를 사귀고 있는 제 말을 믿으세요."

"……!!"

가장 확실한 멘트가 바로 이것이다.

이민철 본인의 경험담!

여자친구가 실제로 있는 민철의 이 말은 신뢰도가 쌓이게 해준다.

애인이 없는 사람의 연애 상담과 애인이 현재 있는 사람의 연애 상담은 엄밀히 다르다.

물론 현재의 기준을 놓고 보지 않아도 연애 경험이 많은 사람이라면 이야기가 달라진다.

즉, 민철은 대민이 해보지 못한 연애 경험을 했다.

경력이라는 건 좋은 말로 '신뢰' 라는 감정을 더해주기 때문에 설득이라는 과정에서 보다 손쉬운 이점을 취하게 해준다.

민철의 마지막 한마디에 대민이 고개를 끄덕인다.

"그렇다면 업무적으로 좋은 모습을 보인 뒤에 고백 타이밍을 잡는 게 좋겠군요."

"일단 제 의견은 그렇습니다. 아, 그렇다고 체육대회를 대충해서는 안 됩니다. 구 부장님의 눈 밖에 나면 사회생활이 힘들어지니까요."

"물론입니다!!"

대민이 강한 자신감을 드러낸다.

참 단순한 사람이라서 다루기 쉽다는 민철의 평가였다.

"한경배 회장님께서 입장하고 계십니다."

사회자의 말에 따라 사원들이 단상을 바라본다.

한경배 회장.

얼마 전까지만 하더라도 휠체어의 도움을 받고 다녔지만, 지금은 두 다리를 통해 걸을 수 있을 만큼 건강 상태가 많이 호전되었다.

손녀인 예지의 입장에서도 한경배 회장의 현재 이 모습은 계속해서 보고 싶다는 감정이 치밀어 오르고 있었다.

"친애하는 가족 여러분들을 위한 시간입니다. 부디 그간의 업무에서 받은 스트레스를 여기서 떨쳐 내버릴 수 있는 시간이 되었으면 좋겠습니다."

한경배 회장의 짧은 말을 끝으로 드디어 체육대회 시작을 알리는 신호탄이 울린다.

우승 상금을 향한 부서들의 치열한 경쟁이 펼쳐지기 직전.

각 부서들의 명칭이 달려 있는 현수막 쪽으로 자리를 옮긴다.

이미 사원들의 관계자로 참가한 사람들끼리 서로 이야기를 나눈 상태였다.

물론 그중에서도 가장 독보적인 존재감을 뽐내는 인물은 바로 카페 머메이드 대표의 딸, 이체린이었다.

"영업 1팀의 황고수 부장이라고 합니다."

"어머, 반가워요. 이체린이라고 해요."

심지어 영업 1팀에서까지 명함을 돌리러 올 정도로 체린의 존재감은 이미 일파만파 퍼지고 있었다.

"어이, 황 부장. 여긴 홍보팀 진영이라고."

"서로서로 잘 먹고 잘 좀 삽시다. 이럴 때 아니면 언제 이체린 양하고 자리를 마련해 보겠어?'

물론 마련은 할 수 있겠지만, 그렇게 되면 별도로 업무 시간을 또 배정해야 한다.

자리가 마련되어 있을 때 미리미리 안면을 터두는 것도 회사원의 스킬이다.

그리고 이런 거 하나하나가 나중에 쌓이게 되면 해야 할 야근도 안 하게 되는 경우도 찾아오니 말이다.

영업팀 황 부장뿐만이 아니라 영업 3팀, 그리고 다른 부서에서도 체린에게 인사를 하고자 여기저기서 찾아오고 있었다.

졸지에 만남의 장이 되어버린 홍보팀 진영.

"미안해요. 제가 다른 곳에 가 있어야겠네요."

"하하하, 죄송할 게 뭐가 있겠습니까. 민철아, 너도 체린 양하고 잠시 사람들 좀 만난 다음에 와라. 어차피 네 차례 시작하려면 멀었으니까."

"알겠습니다."

결국 체린을 데리고 자리를 뜨게 된 민철.

그때, 태봉이 슬쩍 고개를 끄덕이며 민철을 배웅한다.

"잘 다녀오세요, 민철 씨."

"아, 네……."

순간 민철이 의아함을 품는다.

왜 저렇게 표정이 어두운 걸까?

그러고 보니 태봉은 자신의 가족, 심지어 지인들도 한 명도 데려오지 않았다.

웬만하면 한두 명은 데려오는 게 정석인데, 태봉은 한 명도 없다니.

'다들 바쁜 건가. 아니면…….'

순간 안 좋은 쪽으로 자연스럽게 머리가 돌아간 민철이었지만, 이내 다시 고개를 돌려 체린에게로 향한다.

"무슨 생각을 그렇게 해?"

"아니야. 일단 나가자."

"응."

체린을 에스코트하며 자리를 옮기는 민철.

그의 머릿속에는 또 다른 가설이 세워지고 있었다.

*   *   *

홍보팀 현수막이 위치한 진영 쪽에 나온 뒤부터 민철의 행동이 조금 수상해 보였다.

적어도 체린의 여자로서의 감이 그렇게 말을 해주고 있던 터였다.

"민철 씨, 무슨 생각을 그렇게 골똘히 해?"

"…아무것도 아니야."

"……."

체린의 눈길이 더욱 가늘어진다.

하지만 딱히 캐물을 생각은 없어 보인다.

아마도 체린의 시점으로 보자면, 직장에 관련된 문제일 게 분명하니 말이다.

직장 내의 문제 가지고 민철이 체린에게 여러모로 왈가불가했던 적은 별로 없다.

오히려 민철이 스스로 해결하는 편이 더 도움이 될 것일지도 모른다.

물론 심곡 지점과 같은 그런 상황이 아니고서는 사실 체린의 도움은 별로 필요가 없다 해도 무방하다.

왜냐하면 애초에 카페 머메이드와 청진그룹과의 관계는 딱히 밀접한 관련도 없기 때문이다.

그럼에도 불구하고 이 두 젊은 커플은 각 현수막을 돌아다니면서 졸지에 영업 아닌 영업을 하게 되었다.

더불어 체린과 민철이 현재 그렇고 그런 관계임을 알려주는 행동도 하고 있었다.

이렇게 타인에게 이들의 관계를 공연하게 밝힌다는 의미는 한 가지다.

"결혼 시기는 언제쯤으로 잡을까."

"……."

드디어 나왔다.

결혼 이야기.

민철이 이마에 송골송골 맺힌 식은땀을 닦아내며 말한다.

"벌써부터 그런 이야기는 좀 빠르다고 생각하는데."

"농담으로 해본 말이야. 그런데 민철 씨, 나랑 결혼하는 이야기가 나오는데 왜 그리 안색이 파랗게 변해? 설마 싫은 거야?"

"하, 하하. 그럴 리가 없지."

자고로 결혼이라 함은, 남자의 무덤이라 불리기도 한다.

물론 이체린이라는 여자 자체를 놓고 보자면 결코 나쁜 여자도 아니다.

게다가 집안에 돈도 많다.

이런 걸로 따지면 얼씨구나 하고 결혼을 하는 경우도 있겠지만, 문제는 체린의 남자 기준에 충족할 만한 남자가 거의 없다는 점이다.

이민철이라는 남자가 아니고서는 아마 체린도 스스로 결혼 이야기를 먼저 꺼내거나 하진 않았을 것이다.

"아무튼 인사나 드리러 가자."

"응. 그나저나 아까 만났던 그… 황 부장님이 민철 씨 면접 때 힘 좀 써주신 분 맞지?"

"그런 셈이지."

민철이 소속된 학과 대학교 교수님, 그리고 그 교수와 연줄이 있는 학교 선배인 황고수 부장과 연계된 지원 사격을 통해 면접 때 비교적 손쉽게 높은 점수를 받았다는 것은 체린도 진작부터 알고 있었다.

민철과 사귀기 시작하기 전부터 청진그룹 면접에 관한 일화는 이미 민철과 공유를 하고 있었기 때문이다.

"나중에 정식으로 고맙다고 인사를 드려야겠네."

"그럴 필요까진 있을까?"

"그치만 민철 씨, 나중에 이동하는 부서의 상관이 될 사람이라며?"

"…그렇긴 하지."

민철이 훗날 한경배 회장의 주도하에 독립적으로 창설될 부서로 이동할 것이란 사실은 체린도 잘 알고 있다.

그리고 그 부서를 책임지게 될 사람도 황고수란 남자가 될 거라는 점 역시도 민철을 통해 들은 바가 있다.

민철은 가급적이면 회사 내적인 이야기는 체린과 공유를 하는 타입이다.

어차피 그녀의 성격상 별다른 곳에 가서 퍼뜨릴 일도 없고, 퍼뜨려야 할 이유도 없다.

그리고 체린은 매우 현명한 여성이다.

내조의 여왕이라 불릴 정도로 민철을 많이 배려하고 생각하는 여자이기에 오히려 그녀에게 이런 이야기를 털어놓는 쪽이 민철에게는 두 사람의 관계를 유지하는 중요한 역할을 하게 만든다.

민철이 회사 내적인 이야기를 털어놓음으로 인해 체린에게 '나는 너와 이런이런 이야기도 공유하고 있다'는 사실을 인식시켜 준다.

그럴수록 체린의 민철에 대한 믿음이 더더욱 증가하게 된다.

이것도 민철이 생각하는 화술 기법 중 하나이기도 하다.

비밀, 혹은 이야기나 소재의 사적인 농도가 짙어질수록 듣는 상대방은 그 사람에 대한 믿음과 신뢰를 보여줘야 한다.

이런 이야기를 공유하면 공유할수록 관계도 진전된다.

그 사실을 잘 알기에 민철은 가급적이면 체린에게 이런 이야기를 하는 편이긴 하다.

물론 이야기를 할 뿐이지 체린이 해결해 주길 바라는 마음으로 말하는 건 아니다.

"최근에 우리 팀 부서 내에서 누군가가 잘릴 수도 있다는 생각을 하고 있었거든."

"어려운 이야기는 아니었네."

결국 민철이 먼저 말을 꺼내게 되지만, 체린은 당연하다는 듯이 말을 받는다.

"퇴사 권고라는 건 회사 내에서도 흔히 있는 일이잖아. 특히나 능력제로 운영되고 있는 청진그룹에서는 더더욱."

"그렇긴 하지."

청진그룹은 대기업답게 다른 기업에 비해 근무 환경, 혹은 그 대우가 매우 좋은 편이다.

야근수당, 그리고 주 5일제 등등 이러한 것을 지키는 회사 자체도 사실 별로 없다.

그렇기 때문에 이들은 철저하게 능력제 시스템을 중시한다.

능력에 따라 월급을 받는다. 그게 바로 한경배 회장의 철저한 경영 마인드이기 때문이다.

물론 두말할 필요도 없이 서진구 회장 대리 역시 마찬가지다.

두 사람은 거의 세트라 해도 무방하다.

하지만 손녀인 한예지는 조금 마인드가 달라 보이긴 한다.

"아."

뭔가 떠오른 민철이 체린을 슬쩍 바라본다.

"왜?"

"중요한 사람이 있었지."

"누군데?"

중요도 순번으로 따지면 정말 중요한 사람이 있었다.

바로 한예지.

한경배 회장의 유일하게 남은 혈육이기도 하다.

하지만 과연…….

체린과 마주 인사를 시켜도 될까?

이 점에 대해서는 사실 민철도 확신을 하지 못하고 있었다.

'…아니, 이것만큼은 피하자.'

제아무리 민철이 체린과 여러모로 회사 생활에 대해 공유를 한다고 하지만, 그렇다고 예지까지 소개시켜 줄 수는 없다.

그것도 조금은 시기상조라는 느낌이 강하니 말이다.

게다가 굳이 민철이 체린을 데리고 예지에게 다가와 소개시켜 주면, 왜 민철이 자신에게 굳이 머메이드 카페 대표의 딸을 소개시켜 주는지 의심부터 하게 될 것이다.

현재 예지는 아무한테도 자신의 정체를 들키지 않은 것으로 인식하고 있다.

그러나 그 생각은 말 그대로 착각에 불과하다.

이미 민철은 그녀가 한경배 회장의 손녀라는 걸 알고 있으니 말이다.

그렇기 때문에 의심을 심어주는 것은 어찌 보면 역효과가 될 수도 있다.

그런 생각이 들자 민철은 자연스럽게 예지와 체린을 접촉시키는 건 피하자는 결심을 하게 된다.

"아니, 아무것도 아니야."

"민철 씨, 사람을 궁금하게 만들었다가 이제 와서 아니라고 하는 게 가장 짜증나는 화술이라는 거, 잘 알고 있지?"

"…인정하지. 미안해."

민철이 스스로 잘못을 인정하며 사과한다.

잘못한 일이 있을 때에는 그냥 직설적으로 사과의 말을 꺼내는 게 좋다.

특히나 체린과 같은 눈치 빠른 여자라면 더더욱 말이다.

"알면 됐어. 더 이상은 그 일에 대해선 묻지 않을게."

체린도 머리가 나쁜 여자는 아니다.

민철을 믿고 있기에 민철이 판단한 게 옳다는 걸 믿는 터라 더 이상 캐묻지 않기로 결정한다.

"자, 빨리 돌아다니고 자리로 돌아가자. 오랜만에 힐 신고 돌아다니니까 발 아파."

"알았어."

우선 이 공주님의 성격에 어울려 줘야 한다는 생각을 품은 민철이 체린을 에스코트하기 시작한다.

체육대회 진행 순서는 실로 매우 간단하다.

오전, 그리고 저녁 직전인 오후 5시까지 체육대회를, 그리고 저녁부터는 각종 연예인들의 축하 무대가 이어질 예정이다.

즉, 다시 말해서 청진그룹의 체육대회는 체육대회 파트, 그리고 축하 무대 파트. 두 파트로 나뉘어 진행된다는 것을 의미한다.

사원들이 노리는 것은 물론 연예인들이 직접 오는 축하 무대도 있지만, 중요한 것은 상금이 걸려 있는 체육대회도 포함되어 있다.

"으라차차차!!!"

100미터 달리기 시합.

그곳에서 대민이 압도적인 허벅지 근육을 뽐내면서 선두 자리를 유지한다.

홍보팀 대표로 나간 두 사람 중 대민이 먼저 결승전에 진출한다.

뒤이어 총무팀 대표로 나온 남성진 역시 어렵지 않게 결승전에 진출해 두 사람이 서로 맞붙게 되었다.

결론은…….

"감사합니다."

남성진의 우승이었다.

거친 호흡을 내뱉으며 민철이 주는 음료수를 받는 대민.

"헉헉… 왜… 민철 씨가 안 나가고… 헥헥……."

"저야 뭐, 한 명이서 너무 많은 종목에는 중복으로 출전하지 말라는 룰이 있으니까요."

본래대로라면 민철이 100미터 달리기 경주에 나갔으면 아마 남성진을 누르고 일등을 차지했을지도 모른다.

그러나 민철은 이미 앞서 여러 달리기 경주에 참가를 했다.

이어달리기뿐만이 아니라 오래달리기 등등.

그리고 민철이 참가한 경주마다 홍보팀이 일등을 싹 쓸어오는 놀라운 효과를 발휘하고 있었다.

그 중간에는 남성진과의 대결도 있었지만, 민철은 너무나도 압도적인 실력으로 가볍게 우승을 차지한 것이다.

헤이스트 마법을 이용하면 별로 어렵지 않은 성과이기도 했다.

이런 식으로 활약을 넓혀갈수록, 구 부장의 얼굴에는 만연에 미소가 활짝 피워지고 있었다.

"하하하! 우리 이 주임 덕분에 아주 홍보팀이 날아다닌다니까!"

구 부장이 기분이 연신 좋은 모양인지 맥주 캔을 든 채 이 주임이라는 단어를 연호하고 있었다.

술을 좋아하는 유 실장도 마주 마셔주곤 있었지만, 평소에 비해서는 확연하게 음주량이 준 모습을 선보인다.

'…수상하군.'

게다가 더 수상하게 여길 만한 것은 아까부터 태봉의 모습이 보이지 않는다는 점이었다.

태봉이 참가하기로 한 경기 수 자체도 그다지 많은 건 아니었기에 별로 모습을 안 보이는 건 어느 정도 납득이 간다.

그러나 혼자서 너무 기분이 다운되어 있는 것도 좀 그렇지 않은가.

마침 근처에서 체린과 둘이서 이야기를 나누고 있는 서 대리의 모습이 시야에 들어온다.

대민은 이미 체력 방전으로 인해 멀찌감치에서 드러누운 채 체력을 보충하고 있었고, 다른 사원들도 제각각 작은 소모임을 만들어 대화의 장을 열어가고 있었다.

체린과 서 대리는 아무래도 나이가 비슷하다보니 다른 사람들에 비해 훨씬 말이 잘 통하는 모양인가 보다.

게다가 성별도 같은 여성이다.

회사 내에서는 찾아보기 힘든 두 또래 여성들의 만남이기에 두 사람도 허물없이 이야기를 주고받고 있었다.

'서 대리에게 말해두는 편이 좋겠군.'

그렇게 결심한 민철이 서 대리에게 다가가 자신의 행방에 대해 흔적을 남기도록 한다.

"잠깐 자리 좀 비우겠습니다."

옆에 있던 서 대리에게 슬쩍 말을 하자, 서 대리가 놀란 표정으로 묻는다.

"곧 있으면 민철 씨 차례인데……."

"금방 돌아오겠습니다. 그보다 태봉 씨는 어디 갔는지 아십니까?"

"글쎄요. 그러고 보니 안 보이네요."

"그렇군요. 감사합니다."

고개를 끄덕이며 작은 감사를 표한 민철.

인적이 드문 장소를 찾으며 서서히 마나를 널리 개방한다.

수련에 수련을 거듭한 끝에 드디어 6클래스에 도달한 민철이다.

레이폰 더 데스사이드 시절 때에도 6클래스까지는 한번 도달했던 민철이라서 이번 세계에서는 별다른 어려움 없이 쉽게 6클래스까지 그 업적을 이룰 수 있었다.

"흐읍!"

짧은 외마디 기합 소리와 함께 전신을 중심으로 마나의 오오라가 넓게 퍼진다.

이미 근 1년 동안 같은 사무실에서 근무하던 사원들이었는지라 태봉의 오오라 정도는 쉽게 구별할 수 있는 수준까지 오게 되었다.

"…찾았다."

태봉의 행방을 찾은 민철이 빠르게 걸음을 재촉한다.

* * *

태봉을 찾는 일은 그리 오래 걸리지 않았다.

체육대회가 열리는 대운동장 근처에 마련된 한 노점상에서 가볍게 대낮부터 반주를 기울이고 있었기 때문이다.

"태봉 씨."

"…어이쿠, 이 주임님 아닙니까."

약간 말에 가시가 돋친 듯한 그런 말투였다.

평소 민철에게 이렇게까지 톡 쏘는 말투를 보여주지 않았던 그다.

아마도 술의 기운이 어느 정도 영향을 미쳤으리라.

그렇게 판단한 민철이 자연스럽게 태봉의 옆에 앉는다.

"다른 분들도 다 현수막에 계시는데, 왜 혼자서 여기에 계시는 겁니까?"

"…저 같은 건 있어봤자 별로 도움이 안 될 테니까요. 아니, 오히려 분위기만 망칠 겁니다."

"……?"

의아함을 표시하는 민철.

그와 동시에 빠르게 그의 뇌세포가 활동에 임하기 시작한다.

"혹시… 유 실장님과 관련이 있는 일입니까?"

"하! 잘 알고 계시는군요. 그렇다면 당연히 이 주임님도 알고 계시겠네요."

태봉의 동공이 살짝 풀린다.

"저의 '퇴사'에 관해서도 말입니다."

"……."

민철의 가설이 확신에 이르는 순간이었다.

오태환 대리가 사무실을 방문했을 때부터 민철은 분명 누군가에게 불똥이 튀길 수도 있을 거라는 예상은 하고 있었다.

그리고 그 후보가 바로 유 실장이라는 것도 말이다.

하지만 예상과는 다르게, 권고사직을 받게 된 인물은 다름이 아닌 태봉이었던 것이다.

"자세한 내막은 저도 잘 모르겠습니다."

"하하, 천하의 이 주임님도 모르는 게 있나 보군요."

또다시 소주 한 잔을 기울인다.

노점상 주인도 슬슬 걱정이 되는 듯한 눈치를 민철에게 보내온다.

어쩔 수 없이 가볍게 한숨을 내쉰 민철이 슬쩍 빈 소주 한 병을 밑으로 내린다.

그와 동시에 생수를 가득 채운 뒤 테이블 위에 올려놓는다.

이윽고 오른손을 통해 살짝 마나를 흘려 넣는다.

미각을 속이는 마법.

아마도 이 생수를 마시는 사람들은 마치 '소주'를 마시는 듯한 착각을 품게 될 것이다.

물론 내용물은 말 그대로 물이다.

기초적인 마법이었기에 금세 시동어조차 없이 마법을 거는 데에 성공한다.

"제가 한 잔 따라 드리겠습니다."

"…그냥 저 상관하지 말고 체육대회 즐기시는 게 더 좋을 거 같습니다만……."

"그래도 못 본 척을 할 수는 없죠. 누가 뭐라 해도 태봉 씨는 저의 첫 '사수' 이신 분이니까요."

"……"

민철의 화술이 또다시 발동되어야 할 타이밍이다.

분명 속사정이 있을 터.

그러나 사람이란 존재는 쉽사리 타인에게 자신의 속내를 드러내지 않는 법이다.

사람의 마음이란 이름의 방에 출입하게 위해서는 문을 열어야 한다.

잠겨 있는 그 문을 열기 위해서는 3가지 방법이 존재한다.

첫 번째, 문을 강제로 박살 낸다.

두 번째, 맞는 열쇠를 찾아 문을 연다.

그러나 가장 이상적인 방법은.

안에서 문을 걸어 잠근 사람이 스스로 잠근 문을 열어주는 게 아닐까.

"태봉 씨가 어떤 일을 겪었다 하더라도, 그리고 권고사직을 받았다 하더라도 최대한 저는 태봉 씨의 힘이 되어줄 겁니다."

"하지만 이미……"

"고민이라는 건 본래 타인에게 털어놓음으로 인해 조금이라도 고통을 덜 수 있다고 하지 않습니까? 만약 권고사직 일이 나중에 언젠가는 밝혀질 일이라면, 미리 저에게 말씀해 주시는 것만으로도 심적인 부담을 덜할 수 있다고 생각합니다."

"……"

"아무한테도 먼저 이야기하거나 그러진 않습니다. 태봉 씨,

누구보다도 저를 잘 아시는 사람으로서 그 점에 대해서는 걱정
하지 않아도 될 거라고 봅니다."

민철의 말에도 일리가 있다.

혼자서 끙해봤자 무슨 소용인가.

게다가 이미 취기로 인해 본인이 스스로 자신의 퇴사에 대
해서 말을 털어놓은 상황이다.

여기서 더 이상 민철에게 꼬장을 부려봤자 외형적으로 틀려
먹은 사람밖에 되지 않을 거라 판단한 태봉.

애초에 그는 유 실장이나 구 부장처럼 호쾌한 성격이거나
아니면 눈치 9단인 사람도 아니다.

어찌 보면 소심하거나 얌전한 성격에 불과한 그가 타인에게
대놓고 민폐를 끼치거나 할 일은 찾아보기 힘들 것이다.

"…사실은……."

태봉이 힘겹게 입을 떼기 시작한다.

"민철이 녀석은 도대체 어딜 간 거냐? 대민아!!"

"네, 구 부장님!"

구 부장의 부름에 대민이 헐레벌떡 뛰어온다.

"민철이 녀석, 어디 갔냐!"

"그게……."

대민이 뭔가 말을 하려던 도중에, 서 대리가 대민을 대신해
구 부장에게 대답을 들려주기 시작한다.

"잠시 요 근처에 좀 갔다 온다고 했어요."

"핸드폰은?"

"가져갔을 거예요. 아마 통화하면……."

서 대리의 말이 끝나기도 전에, 근처에서 이들의 대화를 경청하고 있던 체린이 손가락으로 어느 한 방향을 가리킨다.

"저기 오고 있네요."

"엇……!"

체린의 말대로 민철이 빠른 걸음으로 다시 홍보팀 진영 쪽으로 다가오고 있는 모습이 보이고 있었다.

역시나 애인 관계라고 할까.

금방 민철을 발견하는 모습이 명실공히 연인 관계라는 말이 절로 나올 정도였다.

"저 찾으셨습니까?"

"이 주임! 다음 네 차례니까 후딱 준비해서 나가라고. 이번 경기는 제기차기인 거, 잘 알고 있지?"

"알고 있습니다."

고개를 끄덕이면서 운동장으로 향하는 민철.

이 세계로 오고 나서 제기차기라는 걸 처음 접하긴 했지만, 그렇다고 자신감이 없다거나 그러진 않다.

왜냐하면.

'운동으로 나를 뛰어넘을 일반인은 없을 테니까.'

그런 마음가짐으로 경기에 임하게 된 민철은.

이번에도 이변 없이 우승을 싹쓸이하고 돌아오게 되었다.

체육대회 결과.

최종 우승, 홍보팀.

그리고 MVP는 두말할 필요도 없이 이민철이 차지하게 되었다.

팀 단체 우승과 더불어 개인 MVP까지 모조리 다 쓸어간 홍보팀.

청진그룹 체육대회 역사를 통틀어 봐도 찾아보기 힘든 전무후무(前無後無)한 기록을 연달아 세우며 팀을 우승까지 올려놓은 민철의 활약상은 다른 부서에게도 발 없는 말처럼 순식간에 퍼져 가고 있었다.

물론 이 사실에 가장 분해할 사람은 바로 남성진이었다.

하나 성진은 오히려 체육대회에서 민철에게 뒤쳐졌다는 것에 대한 분노는 크게 느끼지 못했다.

왜냐하면 그것보다 민철의 연애 대상자에게 더 많은 관심이 쏠려 있었기 때문이다.

"카페 머메이드 대표의 딸이라……."

성진도 도대체 어떤 식으로 민철이 심곡 지점을 되살렸는지에 대한 의구심을 품고 있었다.

뒷조사까지 할까 했지만 차마 그건 예의가 아닌 거 같아서 그 욕망을 억누르고 있던 상황에 오히려 민철 쪽에서 그에 대한 해답을 제시해 준 셈이었다.

"설마 그런 든든한 아군을 가지고 있을 줄이야."

카페 머메이드는 성진도 인정하는 신생 브랜드 회사 중 하나다.

뛰어난 회사 운영과 사업적 감각은 성진도 본받고 싶을 만큼 좋은 행보를 보여주고 있었기 때문이다.

그런데 이민철이라는 남자가 카페 머메이드와 연관이 있다?

그렇다면 그 좋은 행보의 흔적에.

이민철이라는 남자의 이름 세 글자도 남아 있는 게 아닐까.

회사 내적으로도, 그리고 외적으로도 이미 성진이 이룩하지 못한 금자탑을 점차적으로 쌓아가고 있는 이민철.

"역시… 대단한 사람이야."

라이벌이면서 동시에 성진은 이번만큼은 민철을 인정할 수밖에 없었다.

한편, 체육대회가 마무리되고 드디어 저녁 시간대에는 연예인들의 축하 무대가 펼쳐지기 시작한다.

본래대로라면 홍보팀 회식이 잡혀 있을 예정이었으나.

"죄송합니다, 먼저 가보겠습니다."

"……"

태봉의 불참 소식에 구 부장은 잠시 미간을 찡그릴 수밖에 없었다.

홍보팀 회식 자리에 이렇게 일방적인 통보를 하고 빠지는 건 결코 상관으로서 용납하기 힘든 모습이다.

하나 현재 태봉의 상황을 고려하자면, 오히려 그를 회식 자리에 끌고 가는 것이 그를 더 불편하게 만들 수 있다.

그런 생각에 구 부장은 차마 태봉의 발목을 붙잡지 못한다.

"그래, 오늘 하루 수고 많았다. 가서 쉬어라."

"네……"

"그리고 '그 일'에 대해서는 내일모레, 회사에서 이야기하자."

"알겠습니다."

어차피 홍보팀 식구들에게는 말을 해야 한다.

그 시간이 늦어지면 늦어질수록 괴로워지는 것은 태봉과, 그리고 그와 함께 일해왔던 동료들이다.

차라리 일찍 말을 해두는 편이 더 좋을지도 모른다.

하지만 아직은 시기상조다.

이제 막 체육대회에서 단합이라는 분위기가 막 끓어오른 시점이다. 여기서 괜히 태봉의 퇴사 소식에 분위기를 다운시키고 싶지는 않았다.

냉정하게 들릴지도 모르지만, 남아 있는 사람들은 남아 있는 한 살아남을 수 있게끔 최선을 다해야 한다.

태봉이 떠난 뒤, 구 부장이 다시 억지로 웃으면서 남은 사원들과 지인들에게 말한다.

"자자! 근처에 좋은 가게를 잡아뒀으니 회식이나 하러 가죠! 회식 이후에 축하 무대를 관람하실 분은 참가증을 가지고 다시 이곳으로 오시면 무대를 관람할 수 있다고 합니다."

구 부장의 말에 몇몇 연예인들의 무대가 보고 싶었던 사람들의 표정에 화색이 돌아온다.

어차피 무대 공연은 저녁 8시 반부터 시작된다.

그사이에 저녁을 먹을 시간 정도는 충분히 있다.

게다가 회사 부서 회식과는 다르게 음주 파티라든지 그런 건 없을 예정이다.

무엇보다도 구 부장의 가족들도 와 있으니 여기서 술 파티를 벌일 수는 없을 테니 말이다.

부담 없이 저녁 식사를 즐기고 다시 이곳으로 돌아와 연인들, 혹은 가족들만의 뒤풀이를 즐기면 된다.

그런 생각을 품으며 이들은 대운동장 바깥으로 나섰다.

식사를 하는 도중에도 체린의 인기는 가히 상상조차 할 수 없을 정도였다.

홍보팀 내부적으로 가게를 전세를 낸 것도 아니고, 타 부서와 같이 식사를 하는 자리인지라 여기저기서 또다시 영업용 자리가 만들어진 셈이었다.

불행인지 아니면 다행인지 영업 1팀은 같은 가게로 배정되지 않았다.

"이렇게 아름다운 미인분이 설마 차기 카페 머메이드 대표분이라 하시니, 믿기지가 않군요."

"어머, 고마워요."

"그나저나 우리 이 주임의 여자친구분이라고 하기에는 너무 아까운데요? 하하하!"

"민철 씨, 그렇게 안 좋은 사람은 아니니까요."

체린 역시 영업용 미소를 지어 보이면서 다른 사람들의 잔을 받아준다.

상대방들은 죄다 술 냄새와 담배 냄새를 풀풀 풍기는 중년 남자들임에도 불구하고 체린은 표정 변화 없이 이들의 말 상대가 되어준다.

어찌 보면 체린이라는 여자 자체가 이질적일지도 모른다.

오히려 모델이라는 직업이 어울릴 만큼 아리따운 여성이 한

신생 브랜드의 차기 대표라고 하니 말이다.

민철도 옆에서 적당히 맞장구를 쳐 주며 구 부장과 유 실장, 그리고 타 부서 사람들과 적당히 어울려 주는 쪽으로 말을 맞춰주고 있었다.

이 자리의 주인공은 민철이 아닌 바로 이체린이다.

그렇다면 체린을 위주로 화두를 끌어가는 게 당연하다.

이렇게 술자리가 끝난 뒤.

"민철 씨는 어떻게 할 거야?"

가게 바깥으로 잠시 나온 체린이 민철의 앞으로의 향방을 묻는다.

"글쎄, 공연이라도 보러 갈까?"

"좋지."

오늘은 여러모로 민철이 몰랐던 사실들을 많이 접했다.

조금이라도 연예인들의 무대 공연을 보면서 머리를 식혀볼까.

그렇게 생각한 민철의 결정에 체린도 별다른 불만 없이 동행을 결정한다.

제4장

어리석은 판단

체육대회가 끝난 이후.

오랜만에 지하철 출근을 하면서 회사 입구로 들어선 민철은 오늘도 가장 먼저 출근해 사람들을 맞이하고 있는 회사 입구 안내원 아가씨와 마주하게 된다.

"안녕하세요."

"어머, 민철 씨. 안녕하세요."

매번 똑같은 인상착의, 그리고 매번 똑같은 말투와 인사.

안내원이라는 직책을 맡고 있으면 분명 정규직은 아닐 터.

그럼에도 불구하고 이 여성은 항상 회사에, 그것도 민철이 청진그룹에서 일하기 시작하기 전부터 늘상 회사 로비에서 사람들을 맞이해 왔다.

도대체 정체가 뭘까.

매번 그런 의구심을 품는 민철이었지만, 그렇다고 여성의 사생활을 그렇게까지 치밀하게 묻고 싶은 생각은 전혀 없다.

혹시 또 모르지 않는가.

회사 기숙사에서 출퇴근을 하면서 새벽 일찍 일어나 사람들을 맞이하는 일을 할지도 말이다.

"오늘도 일찍 출근하시네요."

안내원 아가씨의 말에 민철이 쓴웃음을 지어 보이며 대답해 준다.

"오늘은 지하철 출근이었거든요."

"아, 그렇군요."

안내원 여성이 빙그레 웃으면서 무슨 말인지 납득했다는 듯이 고개를 살짝 끄덕여 보인다.

이 아가씨는 생각보다 눈치가 빠르다.

눈치의 왕으로 알려진 구 부장에 비할 바는 아니지만, 그래도 제법 눈치가 있는 편이다.

지하철 출근.

그 단어를 언급하자마자 여성은 민철이 사람들이 붐비는 출근 시간대를 피하기 위해 일찍 출근했음을 직감적으로 눈치챈 것이다.

그래서 민철이 이런 말을 하자마자 알았다는 듯이 고개를 끄덕인 것이다.

하지만 민철이 이 여성을 굉장히 높게 사는 이유는 따로 있다.

바로 마이페이스를 유지한다는 점이다.

도통 알 수가 없는 저 웃는 표정.

분명히 얼굴은 웃고 있지만, 도저히 속내를 모르겠다.

마법을 익히고 있는 상태의 민철이라 할지라도, 평소 다른 사람들에게 느껴지는 마나의 기운이라든지 고유의 아우라 같은 게 전혀 느껴지지 않는다는 말이다.

'이상한 여자야.'

이 정도로 자신의 속내를 감출 수 있는 사람은 정말 보기 드물다.

심지어 민철조차도 제대로 만들 수 없는 가히 순도 100퍼센트 마이페이스.

레디너스 대륙에서는 마법을 익힌 사람을 지금의 이 현실 세계에서보다도 훨씬 더 손쉽게 찾을 수 있었다.

그래서 고유의 아우라를 통한 감정의 변화를 상대방에게 들키지 않게 만들기 위해서 필사의 수련을 해왔다.

결국, 이 여자도 그런 비슷한 유라는 소리가 아닐까?

'아니, 너무 깊게 오해했어.'

그녀는 평범한 인간으로밖에 보이지 않는다.

마치 그녀가 현실 세계에 존재하는 평범한 인간과는 다른 인간처럼 단정을 짓는 것은 상대방에게도 실례가 되는 일이 아닐까.

그렇게 생각하며 민철이 가볍게 인사를 한 뒤 로비를 벗어난다.

"좋은 하루 보내세요."

안내원 여성의 배웅 멘트를 맞이하며 민철이 엘리베이터에 몸을 싣는다.

그러면서 동시에 천천히 체육대회 때 강태봉 본인에게 직접 들었던 일에 대해서 떠올리기 시작한다.

강태봉.

그는 결코 유능한 사원이 아니다.

일을 특별하게 잘하는 것도 아니고, 그렇다고 특별히 모난 실수를 자주 하진 않는다.

물론 최근에 들어서 갑자기 커다란 실수를 몇 번 저지르곤 한다.

회사 업무에 익숙해져야 할 시기에 오히려 잦은 실수의 반복 때문에 때때로 구 부장에게 잔소리를 직접 들을 때가 있다.

그게 다 태봉이 잘되라고 하는 잔소리라는 건 본인 역시 알고 있었다.

하지만 세상에는 되는 일이 있고 안 되는 일이 있다.

특히나 민철이 주임으로 승진하면서, 그에게는 암묵적으로 압박감이 느껴지기 시작했다.

자신도 뭔가를 해야 한다.

아무런 성과 없이 오히려 후배에게 뒤처지는 건 말이 안 되지 않는가.

그래서 자처했던 유 실장과의 미팅 참석.

하지만 오히려 그게…….

태봉에게는 악재로 작용하고 말았다.

미팅 당시의 일.

술을 좋아하는 유 실장과는 달리, 태봉은 그렇게까지 술을 잘 마시는 편이 아니다.

덕분에 화장실에 자주 들락날락거리는 사이에, 거래처 상대 방과 마주치게 되었다.

"어이쿠, 강 사원님."

"아, 이 대표님."

고개를 살짝 숙이면서 인사하는 태봉.

거래처 상대방이라기보다는, 청진그룹 홍보팀에서 타 판촉 물 제작 의뢰를 맡기고 있는 소규모 공장 대표이기도 하다.

미팅이라 쓰고 접대를 받는다고 읽는 편이 더 어울릴 만한 이 상황에서, 이 대표가 슬쩍 태봉에게 무언가를 꺼낸다.

"이거 받으세요."

"이건……."

"하하하, 몇 장 좀 넣어뒀습니다."

"……?"

태봉도 전혀 눈치가 없는 남자는 아니다.

이게 말로만 듣던 바로 그 뒷돈이다.

유 실장이 암묵적으로 하청 업체들에게 여러모로 뒷돈을 받 는다는 건 태봉도 대략적으로 눈치를 채고 있었다.

그런데 어째서 자신한테?

"저기… 이런 걸 저한테 줘봤자… 아무런 의미가 없을 텐데 요."

애초에 태봉은 힘없는 일개 사원에 불과하다.

돈을 줘야 할 상대가 잘못된 거 아닌가.

하나.

이 대표의 눈빛이 진지함을 머금는다.

"어차피 저희 쪽에는 아마 의뢰를 맡기지 않을 겁니다."

"누가… 요?"

"청진그룹 쪽에서요."

"……!!"

그렇다면 이 대표는 유 실장이 이 대표 측에 일거리를 주지 않을 거라는 사실을 알고 일부러 접대 자리를 만들었다는 의미 아니겠는가.

어째서 그런 행동을?

물론 접대 자리가 회사 기반이 흔들릴 만큼 큰 비용을 차지하는 건 결코 아니다.

그럼에도 불구하고 이번 미팅 자리를 성사시켰다.

게다가 태봉에게 돈을 준다.

이 의미는 도대체…….

태봉의 머릿속이 혼란으로 가득 찰 무렵, 이 대표가 다시 한 번 눈빛을 반짝이면서 슬쩍 말한다.

"공짜로 주는 건 아닙니다. 그러니 안심하시길."

"공짜가… 아니라고요?"

"예, 간단합니다. 강 사원님께서는 그저 제가 원하시는 파일 하나를 전해주시면 됩니다."

"파일이라니…….."

"아까 술자리를 통해서 들었습니다만, 강 사원님께서 이번

에어컨 제품의 홍보 문구를 고려 중이라고 들었습니다."

"아… 네. 일단은요."

홍보에 필요한 것은 물론 홍보 모델의 비주얼 또한 중요하다 할 수 있지만, 그것 못지않게 중요한 게 있다.

바로 회사 제품을 한 방에 나타낼 수 있는 임팩트 있는 한 문장의, 혹은 한 단어의 문구다.

그 문구를 제작하는 데에 태봉이 선택되었다.

선택된 이유는 매우 간단했다.

다른 사원들에 비해서 문장력이 좋아 보인다는 말 때문이었다.

물론 민철도 있었지만, 민철은 그때 당시 홍보 모델 계약 건수를 책임지고 있어서 차마 그쪽에 관련된 일은 맡을 여력이 없었다.

고심 끝에 테마가 될 문구를 생각하고 있던 태봉에게 이런 제안이 들어올 줄이야.

"그치만 이건 회사 기밀입니다만……."

"저도 알고 있습니다. 그래서 직접 그 문구를 달라고는 말씀하지 않겠습니다. 그저 강 사원님께서 정해두신 몇 가지 후보안 모음집 정도만 보내주셔도 괜찮습니다."

"하지만……."

"그 문구가 타 회사에 직접 활용되진 않을 겁니다. 그저 자료 조사용으로만 쓸 테니까요."

"……."

"그리고 만약, 강 사원님께서 기껏 생각하신 테마 문구가 타 회사 문구와 겹치게 된다면 그것도 그것 나름대로 난감한 일 아니겠습니까? 이럴 때는 서로 누이 좋고 매부 좋고, 꿩 먹고 알 먹고지요. 회사들끼리 겹치지 않게끔 사전에 미리 알아보는 것도 좋습니다. 게다가 강 사원님께서는 이번 일을 통해서 부수입도 생기고, 좋지 않습니까?"

침을 꿀꺽 삼킨 태봉이 봉투 안의 내용물을 바라본다.

만 원권도 아니고, 오만 원권이 수도 없이 두둑하게 들어 있다.

얼마인지조차도 감이 안 잡힐 만큼 많은 액수임에는 틀림이 없다.

게다가 생각을 해보라.

비록 심증이기는 하지만, 유 실장이 하청 업체들을 통해서 뒷돈을 여기저기 챙기고 있다는 것도 태봉은 어렴풋이 눈치를 채고 있다.

유 실장도 하고 있는데, 자신이라고 해봤자 회사에 커다란 위해가 될까?

안 걸리면 그만이다.

뭐든지 걸리지만 않으면 장땡이라는 말이 있다.

더욱이 이번 일은 태봉이 추진하고 있는데, 그 누가 뭐라고 할까.

"······."

"두 눈 딱 감고! 강 사원님하고 저만 비밀로 하면 됩니다."

분명 이 대표의 오늘의 목적은 태봉인 것이 틀림이 없다.

또한 타 기업으로부터 청탁을 받아 이런 뒷거래를 추진하는 것 역시 의심할 바가 아니다.

청진그룹을 견제하기 위한 기업 중 한 곳일지도 모른다.

하기사.

생각을 해보라.

태봉 본인이 고작 테마 문구 하나 넘겨준다고 청진그룹이 휘청휘청하겠는가? 청진그룹은 애초에 에어컨만 파는 그런 가전제품 기업이 아니다.

청진생명, 청진조선, 청진미디어 등등.

각종 분야에서 대활약을 하고 있는 대기업이기도 하다.

고작해야 에어컨 분야에서 약간의 부진을 보인다 하더라도 별로 티도 안 날 것이다.

그런 생각이 점차적으로 태봉의 사상을 좀먹어가기 시작한다.

한번 맛을 들인 유혹의 손길은 결코 자제할 수 없다.

"그럼……."

태봉이 봉투를 뒷주머니에 챙기기 시작하자, 이 대표의 입꼬리가 슬쩍 올라간다.

"현명한 선택을 하셨습니다, 강 사원님. 어차피 회사에서 평생을 일하는 것도 아니지 않습니까? 좋은 일이 있을 때 개인 이득 정도는 이렇게 눈치껏 챙겨두는 편이 훨씬 좋습니다. 인생 선배로서도 강 사원님의 선택이 옳음을 보장해 드리죠."

이 대표의 눈가에 더더욱 짙은 웃음 주름이 새겨진다.

돈의 유혹 앞에 당당하게 버틸 수 있는 사람은 정말 찾아보기 힘들다.

성인군자가 아니고서야 돈의 유혹에 어떻게 아무렇지도 않게 대응할 수 있단 말인가.

'내가 정말 잘한 짓인가…….'

양심에 거슬리는 행동을 하게 되면 인간은 항상 자신의 행동에 대한 옳고 그름을 의심하게 된다.

그러나 이미 저지른 일.

만약, 그른 일을 저지르게 된다면 인간이 할 일은 대부분 간단하게 정해진다.

'그래, 난 딱히 나쁜 일을 한 게 아니야. 테마 문구는 아직 정해지지도 않았고, 그저 후보안 몇 개만 주는 거잖아.'

자기 자신의 행동을 합리화하기 시작한다.

이게 바로 인간의 습성이다.

자신은 결코 나쁘지 않다.

그렇게 생각을 하면서 태봉의 눈빛은 어느 순간, 이 대표와 같은 눈빛을 하고 있었다.

탐욕에 물든 눈빛. 바로 그것이었다.

"그럼 너무 오랫동안 자리를 비우면 유 실장님께서 의심하실 테니, 이만 먼저 들어가 보도록 하죠."

"아, 제가 먼저 갈게요. 화장실은 제가 이 대표님보다 먼저 들어왔으니까요."

"후후후, 그렇군요. 역시 젊으신 분이라 저보다 머리가 빨리 돌아가시는 거 같습니다."

이 대표의 말에 태봉이 머쓱하게 머리를 긁적인다.

그러면서 화장실 바깥을 나와 서서히 유 실장과 이 대표, 둘이서 술자리를 기울이고 있던 룸을 향해 발걸음을 옮긴다.

'들키면 안 되겠지.'

그리고 조심스럽게 돈 봉투를 자신의 뒷주머니에서 꺼내 재킷 안쪽 주머니로 옮겨 넣는 것도 잊지 않는다.

*　　*　　*

욕망이라는 함정에 넘어간 태봉.

한번 유혹에 넘어간 이는 두 번 다시 청정 구역에 발을 들여놓을 수 없게 된다.

테마 문구를 시작으로 이 대표는 또다시 몇 가지 요구 사항을 전해오기 시작하고, 태봉은 자연스럽게 뒷돈을 챙기면서 자신이 맡고 있는 회사 기밀 정보에 대해 흘리기 시작했다.

그런 행동이 계속 되풀이된다는 건, 결국 태봉에게 안 좋은 쪽으로 작용하게 되었다.

"음……."

체육대회가 개최되기 얼마 전.

구 부장이 고개를 갸우뚱하며 회의 시간 내에서 한 가지 의문을 표시한다.

"이번 테마 문구 컨셉이 말이다."

"예? 예… 무슨 일이십니까?"

태봉이 살짝 긴장한 표정으로 구 부장을 바라본다.

그러나 구 부장은 태봉의 그런 변화를 눈치채지 못하고 계속해서 자신이 할 말을 이어간다.

"그… 있잖냐, DT 산업 쪽 말이다."

"아, 네… 있죠."

청진전자와 같이 가전제품을 취급하는 DT 그룹 계열사 중하나다.

"그런데 이번 냉방제품 테마 문구가 미묘하게 우리를 저격했다는 느낌이 들거든."

"저격이라니요……."

"예를 들어서 이런 거 있잖냐. 우리 같은 경우에는 '잔잔하고 시원한 바람' 이라는 게 이번 전반적인 컨셉 문구인데, 그쪽에서 내놓은 슬로건은 '거침없는 돌풍, 시원함을 만끽하세요!'란 말이지."

"……."

"시원함이라는 걸 일부러 우리 쪽과 겹치게 한 걸까? 게다가우리는 잔잔한 산들바람 같은 느낌인데 저쪽은 마치 이런 산들바람은 택도 없다는 듯이 돌풍이라는 단어를 사용했어. 문구단어가 미묘하게 겹치는 것도 그렇고,"

상대적으로 청진전자의 제품이 이미지가 약해 보인다.

그걸 말하고 싶은 게 구 부장의 솔직한 심정이었다.

"뭐… 우연이라는 것도 있으니까."

"하, 하하……."

태봉이 진땀을 흘리면서 구 부장의 눈을 최대한 피한다.

눈치의 왕이라 불리는 구 부장이지만, 그는 나름 인간적인면모도 가지고 있다.

설마.

그 착한 태봉이 뒷돈을 받으면서 회사 기밀 정보를 하나둘씩 빼돌리고 있다는 생각은 상상조차 하지 못했던 것이다.

그리고 결국.

점차적으로 몇 가지 수상한 정보들이 접수되기 시작한다.

테마 문구를 시작으로 DT 전자 측에서 계속적으로 청진전자 제품을 겨냥한 듯한, 소위 말해서 '이미지 사냥'에 들어선 헌터마냥 청진전자를 저격한 듯한 그런 홍보 방식이 계속적으로 등장하게 되었다.

홍보팀 자체적으로도 이를 수상하게 여기기 시작한 단계에서, 그보다도 더 빨랐던 쪽은 바로 청진그룹 내의 암행어사 집단이라 불리는 감사팀이었다.

다른 회사 내부 부서에 비해 청진그룹은 감사팀의 권한이 매우 막강한 편이다.

감사팀의 조사가 이뤄지기 시작한 시점부터, 태봉의 긴 꼬리는 어느 순간 어둠에서 드러나게 되어버렸다.

"……."

사무실 책상에 얼굴을 묻은 채 아무런 말없이 그저 허무하게 시간을 보내고 있는 태봉.

그의 권고사직 소문은 이미 체육대회 이후로 순식간에 부서 내에 퍼지게 되었다.

오태환 대리가 유 실장을 찾았던 이유도 태봉과 자주 미팅을 나서면서 실제로 태봉이 뒷돈을 받으면서 회사 기밀 정보를 하나둘씩 유출했었는지에 대한 확인을 맡기 위해서였다.

유 실장의 입장에서는 당연히 모를 수밖에 없었다.

아니, 은연중에 알고 있었다 하더라도 유 실장은 그런 사실에 대해 모른 척을 했을 것이다.

왜냐하면 뒷돈에 관해서는 유 실장도 결코 당당한 입장에 있는 편이 아니기 때문이다.

유 실장과 태봉의 다른 점은 바로 정도 조절의 차이였다.

유 실장의 경우에는 구 부장이라는 브레이크가 있었고, 아무래도 사회생활을 오래 한 사람이다 보니 이 정도 선까지는 받아도 된다는 나름의 철칙이 있었다.

그러나 태봉은 그 경우의 수가 달랐다.

그에게는 브레이크가 없었다.

뒷돈을 통해 월급보다도 짭짤한 수입을 만지는 순간부터 그의 이성은 더 이상 제 기능을 할 수 없는 브레이크가 되어버린 것이다.

아무리 밟아도 그의 행동은 정지하지 못한다.

고장 난 브레이크가 이렇게나 위험하다.

"태봉아."

구 부장이 태봉이를 부른다.

힘없이 자리에서 일어선 태봉이 슬쩍 구 부장을 바라본다.

"…이번 것은 아무리 나라고 해도 커버를 쳐 줄 수가 없다."

"예, 알고 있습니다."

찰나의 욕심이 부른 대참사.

그것은 곧.

퇴사라는 잔혹한 결과로 이어지게 되었다.

태봉이 책상 사무실을 정리하고 있을 무렵, 대민이 슬쩍 다가와 묻는다.

"태봉 씨… 도와드릴까요?"

"하하, 괜찮습니다."

힘없이 웃어 보이는 태봉.

그 모습이 대민을 더욱 안타깝게 했다.

물론 이번 권고사직에 대해서는 태봉도 딱히 입이 열 개라도 할 말이 없었다. 애초에 그의 범실이 너무 컸기 때문이다.

하나 구 부장과 유 실장, 두 사람도 나름의 양심의 가책은 느끼고 있었다.

미팅, 혹은 접대 비슷한 자리를 가지게 된다면 분명 뒷돈이라는 청탁이 들어오게 마련이다.

그 유혹을 잘 뿌리치느냐, 잘 못 뿌리치느냐.

감사팀의 권한이 막강한 청진그룹 내에서는 그 뒷돈이 특히나 양날의 칼로 작용한다.

받으면 분명 수입적인 면에서는 짭짤하다 할 수 있다. 그때당시 이 대표가 했던 말처럼 서로 비밀을 유지하면 된다. 그러면 알 수 있는 사람은 없으니까.

그러나 그 유혹에 넘어간 시점부터 모든 것이 아웃이다.

결국 그것을 시작으로 하나둘씩 기밀 정보를 넘기다 보면, 결국 들키게 되어 있으니까 말이다.

청진그룹 감사팀은 권한이 막강하면서 동시에 능력 역시 출중하다.

이들의 손에 걸린 부정적인 행위는 결국 거의 90% 이상으로 발각이 되었다.

태봉의 경우에도 마찬가지였다.

'한순간의 욕심이 커다란 화를 불렀어.'

제아무리 민철이라 하더라도 여기선 태봉의 힘이 되어줄 수가 없다.

민철도 태봉의 말을 들으면 뭔가 도움이 되어줄 수 있는 방법이 있지 않을까라는 생각에 그의 속사정을 들어봤지만, 이건 구 부장의 말 그대로 커버를 쳐 주기 힘든 상황이었다.

그리고 잘못은 태봉에게 있기에 딱히 회사의 탓도 할 수가 없었다.

민철은 그저.

찰나의 유혹에 넘어간 사원의 비참한 최후를 바라보는 게 고작이었다.

그렇게 한동안 짐을 챙기던 태봉이 또다시 깊은 한숨을 내쉰다.

청진그룹 내에 입사를 해서 그동안 얼마나 자랑스럽게 회사를 다녔는가.

하지만 어느 순간, 자신의 감정을 컨트롤하지 못해 이런 비극을 맞이하게 되었다.

그렇다고 감사팀에게 유 실장이 뒷돈을 받고 있다는 이야기를 흘릴 생각은 또 없다.

어차피 유 실장의 부정 행각을 실토한다 하더라도 자신이 퇴사를 당하는 건 변함이 없기 때문이다.

게다가 유 실장은 심증만 있을 뿐이지, 실제로 뒷돈을 받고 하는 그런 장면을 태봉은 본 적이 없다.

물론 안 보이는 장소에서 분명 오고 가는 무언가가 있었을 것이다.

그렇다 하더라도 증거재판주의를 취하고 있는 우리나라 사법주의처럼 명백한 증거가 없는 이상 타인을 매도하는 것은 외형적으로도 좋지 않다.

태봉도 그 정도 이성적인 판단은 할 수 있었다.

"잠깐, 다들 주목 좀 해."

구 부장이 가볍게 손뼉을 몇 번 치면서 부서 내 사람들의 시선을 모은다.

그곳에는 어찌 보면 마지막으로 볼 수 있는 태봉이 구 부장의 옆에 어정쩡하게 서 있었다.

"오늘 이후로 강태봉 사원은 우리 회사를 나가게 되었어. 다들 알고 있다시피 그 일이 원인이긴 하지만, 그렇다고 그간 우리랑 같이 일했던 태봉을 너무 욕하지는 말았으면 좋겠어."

"네."

"당연하죠, 구 부장님."

사원들이 입을 모아 대답한다.

물론 그중에는 진심이 담기지 않은 빈말을 하는 사람도 있을지 모른다.

하나 말이라도 이렇게 해주는 게 어디인가.

비록 속마음은 거짓이라 할지라도, 실제로 저렇게 듣기 좋은 말을 해주는 것만으로도 상대방에게는 상처를 덜 줄 수가 있다.

회사 내라 하더라도 사람 사는 곳이다.

업무와 사는 곳이 아니니까 말이다.

"그동안 태봉이에게 수고했다고 한 마디씩 이야기도 좀 해 주고, 그리고 태봉이 넌 오늘 저녁 시간 비면 같이 소주나 하자."

"그치만 전 술은……."

"얌마, 체육대회 때 혼자서 잘도 퍼마셨잖냐."

"……."

"어차피 다 끝난 일이다. 너에게는 물론 안 좋은 쪽으로 해결되긴 했지만, 그래도 고소당하거나 그러지 않은 것만으로도 다행으로 여겨라."

"그, 그렇긴 하죠."

회사 기밀을 외부로 퍼뜨린 죄는 실로 매우 중죄라 할 수 있다.

그러나 감사팀은 태봉을 퇴사시키는 것으로 이번 일을 마무리 지었다.

구 부장으로서는 그나마 다행이라고 생각을 하고 있었다.

"아무튼 오늘 시간 되는 사람들은 태봉이랑 같이 술자리 참석 좀 해줬으면 좋겠어."

"저, 참석하겠습니다!"

대민이 손을 번쩍 들며 외친다.

이윽고 민철도 대민을 따라 손을 든다.

그때, 구 부장이 눈을 흘기며 민철을 바라본다.

"이 주임은 오늘 할 일 좀 많지 않나?"

"금방 할 수 있습니다. 회식 시간에 맞춰서 최대한 업무 끝내도록 하겠습니다."

"가능해? 2~3일 동안 최대한 빨리 해야 하는 일일 텐데."

"네, 가능합니다."

"허허……."

다른 사람에 비해 민철의 업무 효율이 상당하다는 건 구 부장도 익히 잘 알고 있는 사실이다.

그렇다 하더라도 저 정도로 빠르게 할 수 있다는 건 구 부장으로서도 이해가 잘 안되기도 했다.

그러나 이민철이니까.

요즘은 구 부장은 이런 마인드로 민철을 많이 믿고 일을 맡기는 행동을 취하고 있었다.

"알았다. 하지만 대충 일하거나 그러면 곤란하다고."

"나중에 구 부장님께 제대로 보고서를 올리겠습니다."

"뭐… 그렇게까지 하진 않아도 되지만… 아무튼 알겠다."

민철의 참석에 뒤이어, 남자들의 술자리에는 정말 웬만해선 끼지 않는 서 대리 역시도 손을 든다.

별일이라는 듯이 바라보는 구 부장에게 서 대리가 쓴웃음을 내지으며 말한다.

"태봉 씨 전 사수였던 제가 빠지면 모양새가 안 나잖아요."

"하하, 역시 서 대리야. 그런 점이 마음에 든다니까."

태봉이 처음 입사했을 때, 서 대리도 그때 당시에는 주임이라는 직책을 달고 태봉을 데리고 다니면서 일을 가르친 적이 있다.

그때가 떠올라서일까.

서 대리의 눈은 여전히 태봉을 응시하고 있었다.

그때까지만 하더라도 아무것도 모르던 순진무구한 회사원에 불과했던 태봉이 설마 돈의 유혹에 넘어가 회사 기밀을 유출했다는 이유로 퇴사를 당하게 될 줄이야.

사람에 대한 배신감도 조금 느껴지긴 했지만, 동시에 태봉이 심적 압박을 얼마나 많이 받고 있었는지 서 대리는 어느 정도 공감하고 있었다.

"유 실장, 너는?"

"저야 당연히 참석해야죠."

미팅 때 태봉을 제어하지 못한 유 실장도 나름의 죄책감을 가지고 있었다.

자신이 미리 태봉에게 접대 자리에 가서 이러한 청탁이 들어올지도 모르니 주의해라.

이런 가르침을 사전에 해줬다면 이야기는 달라졌을지도 모른다.

"그럼 그렇게 알고, 오늘 스케줄 비워두도록."

"예."

태봉의 작별 회식 약속이 잡히는 순간이었다.

*　　　*　　　*

태봉의 회식 자리에 참가하게 되었지만, 대부분은 태봉의 한탄 신세를 들어주는 쪽으로 이야기가 흘러가고 있었다.

처음 태봉이 입사했을 때부터 오늘 날까지.

안 좋은 일로 퇴사를 하게 되었지만, 이것도 결국은 본인의 운명이리라.

"우욱······!"

화장실에서 헛구역질을 하기 시작하는 태봉.

그의 등을 토닥여 주며 구 부장이 깊게 한숨을 내쉰다.

"인마, 술도 못 마시는 녀석이 그렇게 무작정 퍼마시니까 그렇지."

"···죄송합니다, 구 부장님······."

"됐다, 인마. 마음껏 토하고 정신 좀 차려라."

사실 구 부장의 마음은 구토를 하고 있는 태봉보다도 더욱 착잡할 따름이었다.

일은 잘 못한다 하더라도 어쨌든 자신이 데리고 있던 부하 직원이다.

그를 회사 바깥으로 내보내야 한다는 건 상관으로서 늘상 가슴이 아픈 일임에는 틀림이 없다.

다른 회사도 아닌 청진그룹이다.

치열한 본사 채용 경쟁을 뚫고 생존했던 그인데, 이렇게 한 순간의 유혹을 뿌리치지 못하고 회사 바깥으로 나가야 한다는 사실이 참으로 어이가 없을지도 모른다.

그러나 그것이 운명이거늘.

회사원은 회사에 비해 철저하게 을의 입장을 고수해야 한다. 돈을 주는 쪽은 다름이 아닌 회사인데, 어떻게 회사원이 갑의 입장을 취할 수 있겠는가.

물론 특이한 케이스도 있을지 모른다. 회사의 기밀을 몰래 입수해 협박하는 형태가 아니라면, 갑의 입장이 될 수가 없다.

그게 바로 회사원이라는 직종의 슬픔이다.

"민철아."

화장실 문 바깥에서 기다리고 있던 민철이 구 부장에게 다가온다.

"예, 부장님."

"미안한데, 오늘은 니가 태봉이 좀 데려다줘라. 유 실장 녀석은 내가 집까지 데려다줄 테니까."

"예, 알겠습니다."

"원래는 내가 데려다줘야 하는데… 아무튼 미안하다."

"괜찮습니다. 마침 대민 씨하고 서 대리, 그리고 태봉 씨 집 방향도 비슷하더라고요. 대민 씨하고 서 대리 데려다주는 길에 같이 태봉 씨도 데리고 가겠습니다."

"그래, 아무튼 부탁 좀 하마."

"네, 알겠습니다."

이미 전철도, 그리고 버스도 다 끊긴 시간대이다.

자가 차량을 가지고 있는 민철과 구 부장, 그리고 유 실장. 이렇게 3명이서 각자 다른 사원들의 집까지 데려다줄 생각이었지만…….

"5차 가자고, 5차!!"

"유 실장님, 그만 좀 하세요, 정말."

고래고래 소리치기 시작하는 유 실장에게 서 대리가 못살겠다는 듯이 잔소리를 늘어놓는다.

"대민 씨도 좀 말려보세요."

서 대리가 유 실장과 같이 술잔을 기울이고 있던 대민에게 도움을 요청한다.

그러나 대민의 반응은 실로 의외였다.

"옛?! 5차 가는 거 아니었습니까?"

"…이 사람들이 진짜…….

서 대리의 기분이 점점 저기압 형태로 변하기 시작한다.

하기사.

유 실장도, 그리고 대민의 기분도 민철은 십분 이해할 수 있었다.

오늘이 아마 태봉과 보게 되는 마지막 날이 될지도 모른다.

물론 분명 어느 순간, 그리고 사적인 약속이라도 잡게 되면 언제 어디서 볼 수 있는 게 태봉이라고는 하지만, 그래도 같은 홍보팀 사원으로서 만나게 되는 일은 오늘이 마지막 아니겠는 가.

또 남자로서의 우정이 있는 모양인지 대민 역시도 유 실장의 주장을 그리 싫게 받아들이고 있진 않았다.

더욱이 유 실장으로서는 태봉에 대한 죄책감도 어느 정도 작용하고 있었다.

같은 접대 자리에 있었음에도 불구하고 태봉이 부정적인 행위를 저지르고 있었다는 것을 제대로 눈치채지 못한 것이다.

아니, 혹여나 자신이 미리 태봉에게 그런 돈의 유혹에 어느 정도 선을 그을 수 있게 미리 교육을 시켜뒀더라면…….

자신의 실수도 어느 정도 인정하고 있는 바였기에 유 실장 또한 만취 상태로 돌입하게 되었다.

덕분에 구 부장은 유 실장을 직접 집까지 데려가야 하는 상황이 발생한 것이다.

"저 녀석 집이 또 잠실 방향이라… 민철이 너희 쪽 라인하고 완전 반대 방향이라서 난감하긴 하지."

"하하, 그러게 말입니다."

구 부장이 고래고래 소리치는 유 실장을 한심하다는 듯이 바라보며 혼잣말을 중얼거린다.

신도림 방향에 위치한 이민철 라인은 결국 구 부장, 유 실장과 반대쪽으로 이동해야 한다는 행동 제약이 걸려 있었기에 이렇게 배웅 팀을 2팀으로 나누게 된 것이다.

"여하튼 태봉이 녀석이 정신 좀 차리면 바로 가자."

"네, 알겠습니다."

구 부장의 손길이 또다시 바쁘게 헛구역질을 하는 태봉의 등을 두드려 주기 시작한다.

겨우겨우 몸을 가눌 수 있을 정도의 수준까지 구토를 마친 태봉.

뒷좌석에 태봉을 부축하는 대민, 이렇게 두 사람이 탑승하게 되고 민철의 옆에는 서 대리가 자리를 잡게 된다.

운전석에 들어가기 전, 구 부장이 똑똑 민철의 차량 뒷좌석 창가를 두드린다.

창문을 내리자, 구 부장이 태봉의 머리를 거칠게 쓰다듬는다.

"언제든지 연락해라. 밥 정도는 사줄 수 있으니까."

"…구 부장님……."

"네가 퇴사한다 하더라도, 넌 언제까지나 내 부하 직원이었던 놈이니까. 이래 뵈도 난 그렇게까지 정 없는 남자 아니다. 그러니까 회사 근처 지나거나 아니면 배는 고픈데 돈이 없으면 언제든지 연락해. 알겠냐."

"…네, 알겠습니다."

태봉이 고개를 깊숙하게 숙이면서 구 부장에 대한 감사함을 표현한다.

구 부장 역시 다시 한 번 태봉의 머리를 쓰다듬어주며 몸을 돌린다.

"그럼 민철아, 애들 잘 부탁한다."

"예, 알겠습니다."

차량에 시동을 걸기 시작하는 민철.

그와 동시에 서 대리가 의아함을 품은 채 묻는다.

"민철 씨도 술 마시지 않았어요?"

"마시긴 했지만, 음주 운전에 걸리지 않을 만큼 적게 마셨습니다."

"거짓말하지 마세요. 소주 1병 이상 마셨잖아요."

"불안하시다면 바로 앞에 검문소가 있으니 측정하고 가도록 하죠."

"……."

운이 좋은 것인지, 아니면 나쁜 것인지 모르겠지만 음주 운전 단속 검문소가 바로 앞 도로에 놓여 있었다.

구 부장이야 애초에 술을 적게 마셨다 하더라도, 민철은 그게 아니었다.

물론 평소보다도 적게 마시긴 했지만, 그래도 소주 1병은 운전하기엔 결코 적은 양의 음주 상태가 아니다.

차를 몰아 검문소 앞에 들어선 민철.

이윽고 측정기에 있는 힘껏 입김을 불어넣자, 경찰이 수치를 파악한 뒤 말한다.

"예, 확인했습니다. 안전 운전 하시길."

"감사합니다."

민철이 싱긋 웃어 보이며 다시 한 번 차를 몰아가기 시작한다.

어이가 없다는 듯이 바라보던 서 대리. 그러나 대민이 여기서 보조적으로 설명해 주기 위해 말을 이어간다.

"원래 민철 씨는 술이 엄청 강한 편이거든요. 1병 가지고는 티도 안 날 겁니다."

"그치만……."

그래도 직접 두 눈으로 안전하다고 확인을 한 서 대리다. 여기서 더 이상 자신이 토를 달아봤자 움직이기 시작한 차를 멈추는 일은 힘들다는 것을 깨닫고 얌전히 좌석에 몸을 묻는다.

순번상으로는 서 대리를 가장 먼저 데려다주고, 이윽고 대민과 태봉 순서로 데려다주면 된다.

가장 먼저 도착한 서 대리의 집 앞.

서 대리가 살고 있는 지역 근처를 처음 와본 민철은 혀를 내두를 수밖에 없었다.

'제법 사는 집안의 아가씨인가.'

아파트도 아니도 단독 주택으로, 게다가 정원까지 딸려 있는 저택 앞에 주차를 시켜놓는다.

대민도 놀란 모양인지 서 대리를 다시 한 번 바라보지만, 서 대리는 딱히 자신의 집에 대해 설명을 해주지 않는다.

"그럼 저 먼저 가볼게요. 바래다주셔서 고마워요."

"아닙니다."

"그리고 태봉 씨."

차에서 하차하기 전에, 서 대리가 태봉을 지그시 응시한다.

차를 타고 오는 동안 그래도 어느 정도 정신을 차린 모양인지 태봉이 서 대리의 시선을 정면으로 마주한다.

"네, 서 대리님."

"…안 좋은 일로 관두게 되었지만, 그래도 전 태봉 씨가 나쁜 사람은 아니라는 걸 잘 알고 있어요. 인간이라는 건 본래 돈의 유혹 앞에 무기력해지게 마련이니까요. 단지 그 상대가 태봉 씨였을 뿐이지, 만약 그 자리에 태봉 씨가 아닌 그 누군가가 있었다면, 분명 그 사람 역시도 유혹에 넘어갔을 거예요."

"……."

"그러니까 너무 양심의 가책을 느끼거나 그러진 마세요. 태봉 씨를 오랫동안 데리고 일한 제가 보증할 테니까요."

"감사합니다, 서 대리님."

"힘내세요. 나중에 또 언제든지 연락하구요."

서 대리가 하차하는 순간까지 태봉은 고개를 끄덕이며 그녀의 말을 받아들인다.

민철과 대민은 그들이 입사하기 전 태봉의 모습을 잘 모른다.

그러나 구 부장과 유 실장, 서 대리는 태봉을 오랫동안 봐왔던 선배들이다.

그들이라면 태봉이 어떠한 사람인지 잘 파악하고 있을 터.

그리고 이들이 입을 모아 태봉에게 힘을 내라고 말해주는 걸 보면, 분명 태봉은 나쁜 사람은 아닐 터이다.

자기 자신의 평가란, 스스로가 내리는 게 아니라 그 주변에 있는 지인들이 내리는 것이다.

태봉이 이렇게까지 응원을 받는다는 소리는 즉 이 사람은 결코 악인은 아니란 소리다.

단지, 충동적인 유혹에 약할 뿐.

서 대리에 뒤를 이어 대민까지 내려다준 민철은 마지막으로 태봉의 집 앞에 차량을 주차시킨다.

사이드 브레이크를 내린 뒤차에서 내린 민철.

그러자 태봉이 손사래를 치며 민철의 행동을 말린다.

"괜찮습니다, 전 여기서부터 알아서 갈 테니까요."

"…그렇습니까."

"네. 그보다도 참… 부끄럽네요. 팀에게 민폐를 끼치면서까지 개인 이익을 취했는데, 오히려 그 사람들한테 응원을 받다니……."

태봉의 눈시울이 붉어지기 시작한다.

필사적으로 울음을 참으려고 노력하는 그의 모습.

남자의 눈물.

그 눈물의 값어치를 민철은 아주 잘 알고 있다.

"…그동안 고마웠습니다, 민철 씨. 부족한 제가 민철 씨의 사수를 맡아서 민철 씨도 고생이 많았겠죠."

"아닙니다. 오히려 전 태봉 씨가 제 사수여서 다행이라 생각하고 있습니다."

"아하하… 사탕발림이라는 걸 알면서도 막상 들으니까 기분은 좋아지네요."

태봉이 힘없이 웃으면서 하차한다.

"아직까지는 딱히 뭘 할지, 그리고 회사를 관두면 난 무엇을 할 수 있을지 아무것도 결정한 건 없지만, 그래도 이렇게까지 많이 응원을 받았는데 결코 게으르게 살진 말아야지 하는 생각이 드네요."

태봉이 억지로 웃음을 지어 보인다.

바로 그 모습.

비록 억지라 하더라도, 웃으면 강제적으로라도 힘이 난다.

태봉도 그걸 잘 알기에 우는 모습 대신 웃는 얼굴로 민철에게 작별 인사를 건넨다.

"나중에 또 기회 되면 언젠간 만나기로 해요, 민철 씨!!"

"네, 기대하고 있겠습니다."

민철 역시 태봉을 웃는 얼굴로 보내준다.

사실 민철에게 태봉의 퇴사 여부는 크게 중요한 문제가 아니다.

태봉이 민철과 같이 한경배 회장이 만들 특별 독립 부서로 이동될 예정도 아니었을뿐더러, 오히려 민철과는 연관이 없는 같은 부서 사원에 불과할지도 모른다.

그러나 인간관계에서 일일이 다 이득 관계를 따지며 편을 갈라내는 건 매우 피곤한 일이다.

그저 그 사람이 좋으니까.

그 사람이 편하니까.

사람은 그렇게 하나하나씩 인간관계를 유지하는 게 아닐까.

"부디… 나중에 또다시 만날 수 있기를."

진심을 담은 기원을 남긴 채 민철 또한 다시 일상으로 돌아가기 위해 차량에 탑승한다.

제5장

신입 사원

태봉의 빈자리는 알게 모르게 홍보팀 내에서도 크게 작용하고 있었다.

민철은 홍보 모델 계약을 맺게 된 유리혜 선수를 통한 CF촬영 및 모델 제품 홍보 시안 등 각종 프로젝트를 담당하느라 정신이 없는 상황이었고, 대민은 서 대리와 함께 태봉이 진행하던 콘셉트 문구 제작과 더불어 전반적인 홍보 테마 시안을 작성하느라 매번 야근에 야근을 거듭하는 회사 생활을 보내고 있었다.

구 부장과 유 실장은 굳이 말할 필요도 없이 대부분의 시간을 외근에 할애하고 있었다. 특히나 구 부장의 경우에는 외근뿐만 아니라 회사 실무 업무까지 총괄해서 일일이 확인을 해야했기에 정신이 없는 상황이었다.

"진짜 죽을 맛이구만!"

모처럼 회사 사무실 내에 얼굴을 비친 구 부장이 늘어지게 신세 한탄을 하기 시작한다.

태봉이 비록 잔실수가 많이 있다 하더라도 그래도 나름 경력 있는 일반 사원이었다.

그가 빠지자, 구 부장으로서는 정말 힘겹게 그 모든 후폭풍을 감당해야 했다.

물론 민철이라는 우수한 인재 덕분에 조금은 나아지긴 했지만, 애초에 민철과 대민, 두 사람은 홍보팀 부서 내에서 인원 확충 TO에 맞게 뽑을 예정이었던 머릿수에 포함되어 있다.

지금 말하자면 태봉의 빈자리는 결국 홍보팀 TO에 비교해 한 명이 부족한 상황이라 봐도 무방할 것이다.

"그래도 조금만 참으시면 한 명 더 들어오지 않을까요."

서 대리가 대민과 함께 두꺼운 서류 다발을 책상 위로 내려놓으며 말한다.

"글쎄다. 그게 언제가 될지는 아무도 모르겠지."

청진그룹 본사 채용 기간까지는 아직 조금 여유가 있는 상황이다.

그러는 동안, 태봉처럼 본의 아니게, 혹은 자의를 통해서 회사를 나가는 사람이 더러 생길 경우에 중간에 특채, 혹은 상시모집을 통해서 몇 명의 인원을 더 확충하는 방향을 고려하고 있다.

한예지의 경우가 바로 그러한 경우라 할 수 있다.

물론 예지는 경영지원팀에서 인력 부족을 이유로 뽑은 인물이 아니다. 한경배 회장이 특별히 손을 써서 그녀를 회사 내에 추가시킨 경우였기에 어찌 보면 특채라고 하기보다는 소위 말해서 '낙하산'이라는 개념이 더 어울릴지도 모른다.

"인사팀에게 들어보니, 조만간 특채로 2명 정도 더 뽑을 예정이라고 합니다."

"2명이나? 별일이네."

얼마 전, 차 실장과 같이 점심 식사를 할 일이 있던 민철이 최근에 차 실장으로부터 그러한 이야기를 들은 기억이 새록새록 난 탓에 대화에 참가를 하게 된다.

"예정대로 홍보팀 한 명, 그리고 총무팀 한 명이요."

"총무팀? 최근에 누가 나갔나?"

"저하고 대민 씨 동기 중 한 명이 나갔습니다."

"무슨 이유로? 1년도 못 채우고 나갔다는 건 회사 생활이 힘들어서인가? …아니, 그렇다고 보기에는 좀 무리가 있을 터인데."

청진그룹의 일은 결코 힘들지 않다.

물론 능력제라는 시스템 자체가 심리적 압박을 주긴 하지만, 그래도 야근수당을 포함해 말 그대로 일한 만큼 돈을 주기도 하고, 근무 환경 역시 국내에서는 최고라 불리는 대기업이다.

게다가 지점도 아니고 본사 아니겠는가. 본사 채용은 결코 쉽지 않다. 합격하는 것도 쉽지 않은 이 자리를 스스로 박차고 나갈 이유는 전혀 없다.

"아무래도 성진 씨와 비교당하는 게 알게 모르게 스트레스를 많이 받은 모양인가 봅니다."

"과연… 그렇군."

총무팀에는 남성진이라는 거물이 존재한다.

독보적으로 존재감을 뽐내고 있는 남성진 앞에서 제아무리 발버둥을 쳐 봤자 무슨 소용이겠는가.

능력으로나, 그리고 뒷배경으로나 남성진을 이길 만한 사람은 고작해야 이민철 정도일 뿐이다.

"뭐, 사람에게는 여러 형태가 있으니까."

구 부장이 서류 종이 하나를 넘기며 말을 이어간다.

"그래서, 특채는 언제쯤 시행한대?"

"구체적인 일정은 잘 못 들었습니다만, 아마 빠른 시일 내에 할 거라고 들었습니다."

"차 실장에게 압박 좀 넣어야겠구만."

구 부장의 입가에 슬쩍 미소가 그려진다.

부하 직원은 빨리 뽑으면 뽑을수록 상관이 편해진다.

괜히 시간을 질질 끌다가는 신입 교육할 시간이나 타이밍도 애매해지기 때문이다.

할 일이 많을 때 한꺼번에 보여주기 식으로 일을 진행하면, 성장 속도도 빨라지니까 말이다.

"어이쿠, 실례합니다, 실례합니다."

홍보팀을 방문하게 된 차 실장이 연신 홍보팀 내부 사원들에게 자신의 존재감을 알리며 더불어 순수하게 바쁠 때 방문해서 미안하다는 말을 첨가한다.

"구 부장님 계십니까?"

"어, 나 여기 있는데."

차 실장에게 손을 흔들며 자신의 존재감을 어필하는 구 부장.

그러자 차 실장이 빙그레 웃으면서 다가온다.

"안 그래도 특채에 관해서 말씀드릴 게 있어서 왔습니다."

"그래? 차 실장이 직접 오다니 별일이구만."

"하하하, 인사팀이니까요."

특채는 본사 채용처럼 번거로운 절차를 취하지 않는다.

말 그대로 특채. 각 부서에서 정말로 필요한 사람을 뽑기 위해서 특별히 공고를 내걸어 원하는 인재를 뽑는다.

그러기 위해서는 우선 전제 조건이 깔리게 된다.

바로 해당 부서에서 직접 1차, 2차 면접을 치러야 한다는 점이다.

본래 본사 채용은 각 부서, 혹은 간부급 인사들이 총 출동을 해서 인재들을 채용하지만, 특채는 경우의 수가 다르다.

인원을 필요로 하는 부서에 직접 채용이 되는 시스템이기 때문에 해당 부서에서 1차, 그리고 2차 면접을 본다. 2차 면접은 회장인 한경배가 아닌 회장 대리인 서진구가 직접 볼 예정이다.

1차는 실무진, 그리고 2차는 간부진 면접. 이렇게 간략하게 치러질 예정이다. 2차 간부진의 경우에는 서진구 회장, 그리고 구 부장, 이렇게 2명이 참가할 예정이라고 한다.

하나 문제는 실무진인 1차 면접이다.

"개인적으로는 말이지요."

홍보팀 부서 내 작은 회의실에 들어선 차 실장이 단도직입적으로 말한다.

"서 대리와 이 주임을 실무진 면접에 내세우는 것도 나쁘지 않다고 생각합니다."

"두 사람을?"

"예, 어차피 실무진 면접이니까요."

어차피 유 실장은 외근 전담으로 활용되기 때문에 실무진 면접관으로 참관하기에는 다소 무리가 있다.

그렇다 하더라도 서진구 회장 대리와 함께 참가하기에는 애초에 구 부장의 존재가 있기에 그다지 참관의 의미도 없다.

사수를 맡게 될 인물들은 서 대리 아니면 이민철 주임, 둘 중의 한 명이 될 터이니 말이다.

"애들 교육도 미리 시킬 겸 1차 실무진 면접은 맡겨보는 게 좋지 않겠습니까?"

"음……."

구 부장이 팔짱을 끼고 고민을 해본다.

서 대리라면 맡길 의향은 충분히 있다.

최근, 팀장 후보에도 거론이 되고 있으니 말이다. 유 실장과 구 부장, 두 사람이 외근으로 바깥을 나서면 서 대리가 실무를 책임져야 한다.

그리고 무엇보다도 이민철.

그를 빨리 성장시켜야 태봉의 빈자리를 메꿀 수 있다.

그렇다면 사람을 채용하는 데에 그들의 의견도 충분히 반영

되면 좋을 터.

"뭐, 상관은 없겠지."

"그럼 자리를 바로 마련하도록 하죠."

차 실장이 빙그레 웃어 보인다.

일처리는 빠르게, 빠르게!

그게 바로 차 실장의 업무 태도다.

청진그룹 특별 채용.

이 공고가 나간 순간부터 수많은 젊은이들이 관심을 가지기 시작한다.

본사 공고 채용에 비해 특별 채용은 그다지 난도가 높지 않다.

1차, 2차, 그리고 최종 면접이라는 본사 공채에 비해 특채는 1차 실무진, 그리고 2차 간부진 면접이 전부니 말이다.

게다가 특정 분야, 즉 영업이면 영업, 총무면 총무 등 이미 그 분야가 정해져 있는 상태로 면접을 보기 때문에 질문이 들어오는 것에 대한 대답도 쉽게 구비할 수 있다.

그렇다 하더라도 회사 자체적으로 보는 영어 시험인 NET를 면제받을 수 있다는 말은 또 아니다.

기본적으로 공채든 특채든 NET 시험은 필수적으로 통과해야 한다. 그게 바로 청진그룹의 기본적인 입사 과정이기 때문이다.

"특채라······."

서울대학교 경영대 4학년, 유호수.

학교 내에 있던 컴퓨터를 매만지면서 혼잣말을 중얼거린다.

적당히 토익 준비와 더불어서 자격증 관련 시험을 준비하고 있던 그에게는 절호의 찬스가 될지도 모른다.

그러나.

다른 기업도 아니도 청진그룹이다.

호수가 아무리 서울대에 다닌다 하더라도 무조건 합격 가능성이 높다는 건 아니다.

차라리 청진그룹이 서울대, 연대, 고내 등 고학력 위주로 뽑는다 하면 오히려 다행이다.

그러나 순수하게 능력만으로 인물을 평가하기에 사람들이 어려움을 토하는 것이다.

타인에게 자신의 능력을 입증하는 것만큼 힘든 일은 없다.

그 일을 입사 시험부터 해내야 하니, 청진그룹 입사가 괜히 장원급제 급으로 어려운 게 아니다.

그래도 왠지 모르게 호수는 도전해 보고 싶은 생각이 들기 시작한다.

어차피 딱히 준비하고 있는 시험은 없다.

공무원 시험에 매달리며 허송세월 인생을 보내는 것도 아깝다.

그냥 무작정 영어 공부나 하는 것도 시간 낭비일 터.

그렇다면 하다못해 뭔가를 해보는 게 좋지 않을까.

"어차피 집에서도 압박이 심하니까."

한숨을 푸욱 내쉬던 호수가 백팩의 한쪽 끈을 어깨에 걸고서 자리를 뜬다.

그러나 그 순간이었다.

"어, 호수야!!"

마침 호수를 제때 발견했다는 듯이 자신보다 나이가 많은 동급생 형이 말을 걸어오기 시작한다.

"무슨 일이에요, 형?"

"너 말이야. 저번에 그… 교수님이 우리 과제 어디부터 어디까지 범위 내줬는지 혹시 기억 나냐?"

"아, 그거야……."

"잠깐만, 내가 책을 가져왔거든."

남자가 다급하게 백팩에서 전공서를 꺼내려던 찰나였다.

그러나 그전에, 호수의 답변이 들려온다.

"295페이지부터 305페이지까지예요. 기한은 1주일 뒤까지. 교수님이 메일로 보내달라고 하셨는데, 메일 주소도 알려 드릴까요?"

"오… 그랬었지. 고맙다."

"천만에요."

끄적끄적.

수첩 한 장을 뜯어 이메일 주소 3개를 적어준 호수가 별거 아니라는 듯이 대답한다.

"교수님이 주로 사용하는 메일은 맨 위에 있는 거고요. 다른 2개 메일은 혹시나 포털 사이트가 임시 점검할 때를 대비해서 부계정 메일로 보낼 수 있게끔 알려주신 거예요. 그리고 밑에는 교수님이 운영하시는 개인 홈페이지 주소요."

"어… 근데 너, 이걸 다 외운 거냐?"

"기본이잖아요."

살짝 웃음을 지어 보인 호수가 발걸음을 옮긴다.

한동안 호수의 뒷모습을 바라보던 남자가 머쓱하게 자신의 머리를 긁적인다.

"기억력이 진짜 좋은 녀석이구만."

"야, 좋다는 말로 끝날 수준이 아니다."

여태 호수와 남자의 이야기를 곁에서 몰래 경청하고 있었는지, 남자의 친구로 보이는 또 다른 남성이 다가와 어깨 위에 손을 올려놓으며 말한다.

"저 녀석의 기억력은 그저 좋다는 수준이 아니라고. 알면 알수록 대단한 녀석이니까."

호수에게 감춰진 비밀.

그러나 호수가 과연 자신의 이 비밀을 청진그룹 특채에 유용하게 뽐낼 수 있을지에 대해선 아직 아무도 장담할 수 없었다.

＊　　　＊　　　＊

청진그룹 특채 면접이 있는 날.

정장을 갖춰 입은 호수가 본사 건물을 올려다본다.

"무진장 크네."

청진그룹 제품 자체는 많이 접해보긴 했지만, 본사 건물을 직접 두 눈으로 보는 건 호수의 입장에선 이번이 처음이다.

"그럼, 가볼까."

넥타이를 졸라매고 천천히 본사 안으로 진입하는 그.

하지만 그의 행보를 잠시 막아서는 인물이 있었다.

"어머, 어서 오세요. 실례지만 무슨 일로 오셨나요?"

바로 안내 데스크에서 일을 보고 있던 젊은 안내원 여성이었다.

본사를 찾아온 용무를 묻자, 호수가 어색하게 웃으면서 말한다.

"홍보팀 특채 면접 보러 왔습니다만……"

"아, 그렇군요. 미안해요. 특채는 공채와 다르게 드문드문 지원자분들이 오시니까 저도 잠시 깜빡했어요."

안내원 아가씨의 솔직한 사과 덕분일까. 오히려 호수가 더 민망해지고 있었다.

"괜찮습니다. 그보다 어느 쪽으로 가면 될까요?"

"홍보팀 사무실로 바로 올라가시면 돼요. 아마 다른 분들도 기다리고 계실 겁니다. 층수를 알려 드릴……"

"괜찮습니다. 이미 알고 있어요."

호수가 손사래를 치면서 말한다.

이미 건물로 들어올 때부터, 잠시 봤던 건물 내부의 안내 표시 전광판을 보고 건물의 내부 구조를 다 외워 버린 것이었다.

"어머나."

안내원 아가씨의 눈이 살짝 빛나기 시작한다.

"기억력이 좋으시네요."

"평소에 자주 듣습니다. 아하하."

"엘리베이터를 타고 올라가시면 돼요. 그럼 면접 결과가 좋게 나오길 기원할게요."

"네, 감사합니다!"

호수가 힘차게 고개를 끄덕이면서 사무실로 향한다.

한편, 호수가 모습을 감추자, 안내원 아가씨의 표정이 순간 평소의 미소를 머금던 그런 것과는 완전히 다른 얼굴을 하기 시작한다.

"화술의 달인에 이어서 무시무시하게 뛰어난 기억력의 소유자란 말이지?"

안내원 여성의 입가에 슬며시 입꼬리가 올라간다.

"인간은 참으로 놀라운 능력을 많이 가지고 있군."

이질적인 그녀의 모습.

그러나 그것도 얼마 가지 않았다.

"방금 누구 왔었어?"

그녀의 선배로 보이는 여성이 잠시 화장실을 갔다 온 모양인지 안내 데스크로 돌아오자, 안내원 여성이 다시 평소의 얼굴을 되돌리며 대답한다.

"네, 홍보팀 특채 지원자분이 오셨어요."

"아아, 그러고 보니 특채가 있었다고 했지."

"외부인이 많이 오는 날에는 저희도 힘들잖아요."

"그렇긴 하지."

처음 본사를 방문하는 사람들은 안내원들에 의해 청진그룹 본사의 이미지를 무의식적으로 결정한다.

회사의 대표 간판 얼굴이 되어야 하기 때문이 미모도, 그리고 모든 행동거지 하나하나에도 신경을 써야 한다.

그만큼 고된 직업인 만큼 이들 역시도 많은 돈을 받는다.

물론, 단점은 있다.

"비정규직이라는 것 빼고는 참 좋지."

"아, 아하하……."

선배 여성의 말에 안내원 여성은 그저 어색한 웃음을 보일 수밖에 없었다.

실무진 면접을 맡게 된 민철은 눈앞에 있는 한 남성을 바라보며 옅은 한숨을 최대한 참을 수밖에 없었다.

말도 더듬고, 그리고 자신감도 전혀 보이지 않는다.

"원래 조금 소심한 성격이신가 봐요?"

서 대리가 민철을 대신해서 묻자, 지원자가 뜨끔한 표정으로 잠시 말을 잊지 못한다.

성격 지적에 대해서는 치명적이다.

그도 아마 그 사실은 잘 알고 있는 모양인가 보다.

"제, 제가 평소에는 이렇지 않습니다! 오늘은 유독 긴장이 돼서 그런 것일 뿐입니다!"

기운차게 외치는 남자.

하지만, 그에 비해 민철은 머리를 긁적이면서 한 가지 사실을 지적할 수밖에 없었다.

"죄송하지만 남대문 열렸습니다."

"어억?!"

놀란 남자 지원자가 황급하게 뒤를 돌며 바지 지퍼를 올린다.

한편, 민철의 말에 놀란 서 대리가 황급하게 이력서를 자신의 얼굴 위로 바짝 올리며 빨개진 얼굴을 감춘다.

엉성하다.

특채라서 그런 것일까? 민철이 본사 채용을 위해 같이 면접을 봤던 이들과는 다르게 상당히 수준이 떨어지고 있었다.

'하다못해 자신감, 혹은 당당함이라도 있으면 좋을 텐데.'

이번 지원자도 글러먹었다.

아마 서 대리 역시도 마찬가지로 생각할 것이다.

"수, 수고하셨어요. 결과에 대해서는 추후 문자로 통보해 드리겠습니다."

"네… 감사합니다."

남자가 꾸벅 인사를 하며 바깥을 나선다.

20분 동안 본 면접이었지만, 소득은 영 별로였다.

"어때요, 이 주임?"

서 대리의 질문에 민철이 쓴웃음을 내비친다.

그게 당연한 반응이었다.

"별로였습니다."

"그렇군요. 저도 좋다고는 생각하지 않았지만요."

이것으로 총 10명의 지원자 중에서 8명의 지원자 면접을 보게 되었다.

남은 2명은 과연 좋은 사람이 올 수 있을지 모르겠다.

"조만간 지원자가 올 텐데……."

손목시계를 바라보는 서 대리.

그 와중에, 드디어 그들이 기다리고 있던 9번째 면접자가 들어온다.

똑똑.

"네."

민철의 말에 대민이 슬쩍 얼굴을 들이민다.

"민철 씨, 9번째 지원자분 오셨어요."

"들여보내 주세요."

고개를 끄덕인 민철이 또다시 남자 지원자 한 명을 안으로 들여보낸다.

보자마자 민철이 받은 첫인상은 실로 매우 간단했다.

'평범하다.'

누가 봐도 평범하다.

물론 평범한 인상이 가장 많은 것은 어쩔 수 없는 사실이다. 스킨헤드라든지 모히칸 스타일, 아니면 턱수염을 기르거나 개성적인 패션을 갖춰 입지 않고서는 전부 다 왁스를 발라 단정하게 누른 머리, 정장을 하면 남자들은 대부분 엇비슷한 인상이 되어버린다.

외형에서 변별력을 없애고 순수하게 말과 학력으로 사람을 평가한다.

그건 실로 매우 어려운 일이다.

그 속에서 그 사람의 재능을 파악해 필요한 인재를 뽑아내는 것이 면접관으로서 어렵지만 가장 중요한 작업이라 할 수 있다.

그 작업의 최전선에 투입된 것이 바로 민철과 서 대리다.

"앉으세요."

"아, 네."

남자 지원자가 자리에 앉자마자 민철이 가볍게 첫 번째 질문을 던진다.

"날씨 참 좋죠?"

"날씨요? 아… 네, 좋네요."

"오는데 도보로 오셨나요? 아니면 전철?"

"전철 타고 왔습니다."

"그렇군요. 좋죠, 전철. 서울은 지하철이 참 잘되어 있어서 이렇게 날씨가 좋은 날에는 굳이 차가 없어도 여러 군데 놀러 다닐 수 있어서 좋더군요."

"맞습니다."

남자가 고개를 끄덕이면서 민철의 말에 공감한다는 듯한 표현을 보여준다.

면접이라는 딱딱한 대화의 형태에 임하기 전에 이렇게 분위기를 풀어주기 위해 민철은 일부러 간단한 화두부터 먼저 꺼내곤 한다.

면접뿐만이 아니라 중요한 계약 협상이 펼쳐질 미팅 자리에서도 이런 가벼운 이야기 소재를 먼저 꺼냄으로 인해 시작 자체를 가볍게 만드는 것이 좋다.

그럼으로 인해 어느 정도 긴장감을 완화시키는 효과를 누리게 되고, 이야기가 보다 딱딱해지지 않고 원만하게 흘러갈 수 있는 요지를 만들어둔다.

그게 민철이 노리는 효과 중 하나다.

날씨 이야기.

누구나 물어볼 수 있고, 누구나 대답할 수 있다.

바깥에 전혀 나가지 않은 사람이라 하더라도 창문이 있다면 살짝 시선을 돌리는 것만으로도 오늘의 날씨가 맑음인지, 흐림인지, 비가 오는지, 눈이 오는지 정도는 알 수 있지 않겠는가.

누구라도 대답할 수 있는 질문.

그 질문을 통해 지원자들은 우선 면접관의 질문 하나에 '대답했다' 라는 성취감을 달성하게 만든다.

그게 곧 지원자에게 있어서는 자신감으로 연결된다.

지원자가 편해져야 이 사람이 누구고 어떤 사람인지를 평가할 수 있다.

민철이 노리는 날씨에 관한 질문은 간단해 보이지만 아주 중요한 과정이기도 하며 꼭 필요한 과정이기도 하다.

"학교는… 서울대 경영대군요. 좋은 곳 다니시네요."

"네, 배울 점도 많이 있는 거 같습니다."

서 대리의 질문에 침착하게 답변을 잘한다.

이것도 그다지 별로 어려운 질문은 아니다.

서 대리도 민철과 마찬가지로 옆에서 보고 배운 게 있었기에 자신도 별로 어려운 질문을 처음부터 던지거나 그렇게 하고 싶진 않았다.

"저희 회사에 지원한 동기는 뭔가요?"

"청진그룹이라면 대한민국… 아니, 전 세계적으로 유명한 기업이라는 이미지가 있습니다. 그곳에서 몸을 담을 수 있다면, 한국 땅 내에서는 최고의 직업을 가지게 되었다는 자부심이 들 거 같아서 지원하게 되었습니다."

"그렇군요."

평범하다.

민철의 인식은 여전히 같았다.

집안도 그렇게 못사는 것도 아니고, 잘사는 것도 아니다.

학력이 고학력이라는 것 빼고는 자격증이라든지 토익 점수도 청진그룹의 기준으로 보자면 다 고만고만한 수준이다.

물론 다른 중소기업, 혹은 강소기업에 간다면 모셔갈 법한 인재들이지만, 청진그룹은 이런 인재들이 허다하게 온다.

그래서 여기서부터는 지원자들을 두고 면접관이 변별력을 발휘해야 한다.

죄다 똑같은 스펙을 지니고 있는 이들 중에서 실전에 투입해 우수한 모습을 보일 만한 사람이 누가 있을까.

그것을 잘 골라내야 앞으로의 직장 생활이 편해진다.

무엇보다도 민철의 첫 후임이 될 수 있는 사람이니까 말이다.

"특기가… 기억력이네요?"

이력서를 바라보던 중에, 민철이 특이한 점을 발견하게 된다.

"네, 유독 기억력이 좋다는 말을 많이 듣습니다."

"오, 그렇군요."

민철의 한쪽 입꼬리가 올라간다.

기억력이라니.

"그럼 저랑 간단한 게임 하나 해보실래요?"

"게임… 이요?"

"예, 간단합니다. 여기에 있는 인터넷 기사 자료 종이를 드릴 테니, 이 기사를 전부 외울 수 있는지 평가하고 싶군요."

"전부……!"

꿀꺽.

남자 지원자가 침을 삼킨다.

기억력이 좋다.

게다가 특기란에 쓰여 있다.

그렇다면 이것도 충분히 인지를 했어야 한다.

특기에 적혀 있다는 건, 남들보다도 유독 잘할 수 있는 장기라고 봐도 무방하다. 그렇다면 면접관의 시선에선 당연히 테스트를 해보고 싶어 한다.

더욱이 기억력 테스트라면 그림 그리기라든지 이런 거추장한 테스트 장비가 없어도 충분히 가능하다.

"한번 해보겠습니다."

종이를 받아든 남자가 스윽 기사를 바라본다.

그러기를 대략 1분 뒤.

"여기 있습니다."

"다 외우셨나요?"

"네, 일단은요."

남자가 자신감이 없는 태도로 일관한다.

민철이 굳이 이 테스트를 권유하는 것은 두 가지 목적이 있다.

정말로 기억력이 좋은지 나쁜지에 대한 거짓 유무를 판별하는 것.

그리고 두 번째로는 단순한 호기심이다.

특기란에 기억력이라고 적은 지원자는 민철의 입장에서 본 적이 없었다. 물론 서 대리 역시도 마찬가지다.

특기란에 적을 게 없어서 적은 건지, 아니면 정말 기가 막힐 정도로 기억력이 좋은 것인지.

"서 대리님."

민철이 대뜸 기사문을 그녀에게 건네준다.

왜 자신에게 이 종이를 넘겨주는지 의아한 표정을 지어 보이는 그녀에게 민철이 빙그레 웃어 보이며 말한다.

"서 대리님께서 어느 줄에 몇 번째 칸에 무슨 글자가 있는지 질문해 주신다면, 저하고 지원자분이 순서대로 번갈아가며 대답할 겁니다."

"네…?! 미, 민철 씨도 할 생각인가요?"

"네, 특기라고 했잖아요. 그렇다면 저보다도 더 잘해야지요."

"……."

이건 또 무슨 게임인가.

민철의 이상한 게임 제인에 서 대리의 표정은 점점 더 복잡해지고 있었다.

*　　　*　　　*

뉴스 기사 종이 하나로 기억력 테스트를 하게 될 줄이야.

호수는 예상치 못한 테스트에 순간 당황을 했지만, 오히려

마음을 굳게 먹기로 한다.

기억력 하나만큼은 자신이 있다.

게다가 이건 일방적으로 자신의 능력을 보여주는 것도 아닌 대결 형식이다.

자신의 우월한 능력을 뽐낼 수 있는 가장 효율적이고도 가장 잔혹한 방법은 바로 남들과의 비교라고 볼 수 있다.

민철이라는 비교 대상이 있다면 호수의 기억력이 더더욱 돋보일 터.

"그런데 제가 문제를 어떤 식으로 내면 되나요?"

막상 종이를 받은 서 대리였지만, 민철의 의도를 제대로 파악하진 못하고 있었다.

"이런 식으로 문제를 내주시면 됩니다."

민철이 슬쩍 입꼬리를 말아 올리며 호수를 바라본다.

"3번째 줄 왼쪽에서 시작해 4번째 칸에 나오는 글자가 무엇인지 말이죠."

"……!"

대략적으로 어떤 식의 뉴스 기사 문구가 있는지에 대한 질문도 아닌, 글자를 맞춰보라는 뜻이었다.

말 그대로 기억력의 극한을 시험하는 테스트!

그러나 민철은 오히려 장난기 가득한 미소를 머금으면서 여유롭게 말한다.

"이 정도가 되지 않고서야 기억력이 좋다고 특기란에 쓸 자격이 없지 않습니까?"

"아무리 그래도 그건 좀……."

서 대리도 이건 너무하지 않나 싶지만, 더 놀라운 광경이 머지않아 이어진다.

"'를' 입니다."

"……."

"아마 맞을 겁니다. 확인하셔도 좋습니다."

뭐라 말도 못 하고 입만 뻐끔거리던 서 대리가 차마 마지못해 뉴스 기사가 적힌 종이를 내려다본다.

이윽고.

"세, 세상에……!"

우연의 일치인가.

아니면 정말로 기억력이 그 정도로 뛰어난 것일까.

"정답인가 보군요."

군이 서 대리의 대답을 듣지 않고도 민철은 호수가 정답을 맞췄는지 아닌지에 대해 쉽게 판별할 수 있었다.

평소에 깐깐한 성격의 서 대리가 저렇게까지 높은 밀도의 감정을 표출하고 있다는 것 자체만으로도 이미 호수가 정답을 말했다는 것과 다름이 없으니까 말이다.

그리고 군이 확인하지 않아도 민철 역시 답을 알고 있었다.

"그럼 대결이니까 이번에는 제가 한 번 해볼까요."

슬쩍 호수에게 시선을 던진다.

그와 동시에 호수가 머쓱한 표정을 지어 보인다.

"그……."

"괜찮습니다. 지금은 면접관과 지원자라는 입장 차이가 있긴 하지만, 너무 부담 가지지 마시고 편하게 말씀하세요. 여기서는 저도 지원자분과 같은 입장으로 기억력 테스트에 임하겠습니다."

"……."

말도 안 된다.

경이적인 기억력을 가지고 있는 호수이기에 가능한 일이지, 민철이 흉내를 낸다 하더라도 결코 호수와 비등비등한 대결을 성사시킬 순 없을 것이다.

적어도 호수는 그렇게 생각을 하고 있었다.

하나.

"6번째 줄 가장 오른쪽 끝에 있는 글자가 어떤 것입니까?"

"하하, 나름 배려를 하는군요. 하지만 굳이 배려하지 않아도 됩니다."

민철이 눈을 가늘게 뜨며 정답을 읊는다.

"물음표였죠."

민철의 말이 끝나자마자 서 대리가 헛숨을 삼킨다.

정답이다.

글자도 아니고 기호를 맞출 줄이야.

비록 가장 구석에 있는 글자라 할지라도, 그것을 기억할 수 있는 사람이 과연 몇이나 될까.

'이 사람…….'

호수가 내심 긴장한 눈빛으로 민철을 바라본다.

사실 민철이 머리가 좋은 편이긴 하지만, 그렇다고 기억력이 이렇게까지 좋은 건 결코 아니었다.

하지만 민철은 남들에 비해 월등하게 뛰어난 재주가 있다.

바로 화술.

그리고 마법이다.

뉴스 기사가 적힌 종이를 보던 민철은 그 뉴스 기사의 형상 자체를 이미테이션으로 만든 뒤에 투명화 마법을 걸어 테이블 위에 올려놓고 있었다.

즉, 순간적으로 가짜 기사문을 하나 더 만들어 대놓고 커닝을 하고 있는 중이다.

물론 이 사실을 호수와 서 대리가 알 리는 없을 터.

그렇다면 거리낌 없이 대놓고 커닝을 하면 된다.

"그럼 한 번 더 물어볼까요?"

민철의 눈빛이 날카롭게 빛난다.

자신이 질 리는 없다.

하나 민철이 스스로 이길 생각도 없다.

적당히 테스트를 마치고 난 이후에 자신이 기억이 안 난다는 식으로 해서 졌다고 항복을 할 예정이었으니 말이다.

그리고 민철의 시나리오대로, 대략 5합 정도의 맞대결이 성사된 뒤 민철이 결국 스스로 항복을 선언한다.

"이거 참, 기억이 안 나는군요, 하하."

"⋯⋯."

방금 전까지만 하더라도 거침없이 대답을 연발하던 남자가 이제 와서 못 이기겠다고 발뺌을 한다.

누가 봐도 수상한 언행이었지만, 그래도 기권 역시 패배의 선언 중 일부이기도 하다.

"아무튼 잘 봤습니다. 확실히 기억력이 좋으신 분이군요."

"감사합니다……."

"그리고 성격도 소극적이지도 않고요. 물론 적극적이지도 않지만 그래도 주변 상황과 사람을 대하는 방법을 알고 있습니다. 강약을 조절할 줄 아는 느낌이라고 할까요."

지금까지 면접을 치렀던 지원자들에게 아무런 좋은 말을 해 주지 않았던 민철이었기에 서 대리는 짐짓 놀랄 수밖에 없었다.

"아무쪼록 최종 면접에서 통과한 뒤에 같이 일할 수 있기를 기원하겠습니다."

"네, 힘내보겠습니다!"

호수가 고개를 숙이면서 민철과 서 대리에게 수고했다는 인사를 마친다.

회의실에서 자취를 감춘 호수.

한편, 서 대리가 볼펜을 굴리며 민철을 지그시 응시한다.

"저 지원자가 마음에 드셨나 보네요."

"네, 지금까지 본 지원자 중에서 가장 마음에 들었습니다."

"아직 한 명 더 남아 있긴 하지만요."

"하하, 그렇죠."

그래도 민철은 본능적으로 알 수 있었다.

유호수.

저 사람이라면 분명 최종 면접을 통과해 인턴까지 올라올 수 있을 거라고 말이다.

1차 면접 이후 2차 면접.

"후우우……."

긴 한숨을 내쉬던 구 부장이 미간을 찡그린다.

그가 아침부터 이렇게 스트레스를 받는다는 모션을 취하는 데에는 이유가 있었다.

바로 오늘부터 2차 면접을 봐야 하기 때문이다.

그것도 서진구 회장 대리와 함께 말이다.

"개인적으로 서진구 회장 대리님하고는 잘 안 맞는 타입이라고 생각하는데……"

서진구는 엄밀히 말하자면 성실함으로 똘똘 뭉쳐 있는 유형의 사람이라 할 수 있다.

반면, 구 부장은 눈치를 보면서 적당적당히, 일은 욕을 먹지 않을 만큼만 딱 적정선까지 하는 사람이기 때문에 서진구와 잘 맞지 않는다고 스스로도 인정한 것이다.

게다가 회장 대리인 사람과 같이 면접을 보면, 구 부장으로서는 심적인 부담이 될 수밖에 없다.

본래 직장 상사와 같이 한 공간에 있다는 것만으로도 숨이 턱턱 막히는 게 바로 회사 생활이다.

"그래도 구 부장님 아니면 갈 사람이 없잖아요."

서 대리가 잔말 말고 빨리 위로 올라가라는 식으로 압박을 넣는다.

결국 서 대리의 등쌀에 떠밀려 사무실 바깥으로 나가기 위해 자리에서 일어선 구 부장.

"아, 그러고 보니 서 대리하고 이 주임."

"네."

"무슨 일이십니까?"

용무를 보고 있던 민철이 고개를 돌려 구 부장의 말에 반응을 보인다.

"1차 면접 때 봤던 사람 중에서 마음에 드는 사람 좀 있었어?"

"저야 뭐……."

서 대리는 딱히 크게 마음에 드는 사람이 없었다는 듯이 고개를 갸우뚱한다.

그러던 와중에 민철은 자신감 있게 단 한 사람을 언급한다.

"유호수라는 지원자가 마음에 들더군요."

"아, 저번에 너희들이 그 기억력 좋다고 칭찬했던 지원자?"

"예."

"기억력이 좋다란 말이지… 물론 회사 생활에서는 좋은 점으로 작용하지. 회사뿐이겠나. 군대라든지 이런 곳에도 기억력이 좋다는 건 정말 유용하게 쓰여. 하지만 말이야, 기억력이 좋은 사람이라 하더라도 사회생활이 엉망이면 뽑을 가치가 없잖아."

"제가 보기에는 사회생활도 웬만큼은 할 줄 아는 거 같습니다. 비록 아직까지 경력이 없어서 그럴 뿐이지, 조금만 더 데리고 다닌다면 훈련시킬 맛이 있는 신입이라고 생각합니다."

"호오, 그래?"

민철은 단순히 기억력만을 놓고 사람을 평가하지 않는다.

물론 호수의 기억력은 커다란 장점이 된다. 그러나 구 부장이 말했듯이 기억력이 좋아봤자 사회생활이 엉망이면 말짱 꽝이다.

조직은 집단생활이다.

집단생활의 물을 흐리는 말썽꾸러기 물고기 한 마리 때문에 넓은 호수 전체에 커다란 물결의 파장을 일으킬 수는 없다.

"아무튼 기억해 두고 있으마."

"예, 그리고 궁금하시다면 기억력 테스트도 해보시면 재미 있으실 겁니다."

"서진구 회장 대리님 앞에서 그런 테스트를 제안할 수 있을 지 없을지는 모르겠다만, 아무튼 그것도 명심하마."

"다녀오세요."

사원들의 배웅을 받으며 사무실 바깥을 나선다.

오늘 안으로 2차 면접이 전부 끝난다고 하니, 조만간 홍보팀 에도 새로운 막내가 들어올 수 있을 것이다.

"빨리 신입을 받아야 이 지겨운 업무들도 다 해결되고 할 텐 데 말이죠."

대민이 자신의 어깨를 토닥이면서 힘든 티를 낸다.

그러나 서 대리는 오히려 그런 대민을 바라보며 혀를 찰 뿐 이었다.

"나중에 후임에게 뒤 따라잡히지 않게끔 열심히 노력하세요."

"하, 하하······."

아직까지 서 대리의 시선에는 대민이 한참 부족해 보이는 모양인가 보다.

그리고 대략 열흘 정도가 지났을까.

"안녕하세요!"

말끔히 정장을 차려입은 3명의 남성이 홍보팀을 향해서 허 리를 숙여 인사한다.

"오늘부터 같이 일하게 될 인턴분들이야. 앞으로 잘들 부탁

하네."

"잘 부탁드리겠습니다!"

3명의 남자 중 1명은 민철도 익히 잘 알고 있는 남자였다.

"합격하셨군요."

"아, 감사합니다."

각자 배정된 책상에 앉은 3명의 인턴 중에서 민철과 가장 가까운 자리에 앉아 있던 남자, 유호수가 민철을 알아보고 다시 한 번 인사한다.

"면접관님들이 좋게 봐주셔서 그런 거 같습니다."

"그럴 리가요. 이게 다 호수 씨가 열심히 했으니 된 거죠."

"그런 걸까요?"

"예, 본인에게 자신감을 가지셔도 됩니다. 단순히 기억력만 좋다고 면접에 합격하는 건 아니니까요."

물론 면접에 합격했다 하더라도 이들은 아직 인턴이다.

여기서 살아남을 수 있는 사람은 오직 1명.

3명 중 1명만이 정규직으로 전환될 수 있다.

아마도 비정규직이라는 단어 자체가 사라지기 전에 아마도 인턴제는 계속적으로 이용되지 않을까.

특채 인턴의 경우에는 본사 인턴과는 다르게 회사 부서 내에서 3개월 동안 인턴으로 일하게 된다. 여기서 정규직으로 전환될 수 있는지 없는지를 판단해 최종적으로 결론을 내리게 된다.

인턴이라 하더라도 청진그룹의 대우는 결코 소홀하진 않은 편이다. 오히려 다른 기업에 비해 훨씬 좋다 해도 무방하다.

일도 배울 겸, 그리고 청진그룹 본사 인턴이라는 경력 자체도 가져갈 겸해서 제아무리 인턴 자리라 하더라도 지원자는 수백, 수천 명이 몰려든다.

이 속에서 예지가 살아남았다는 건 말 그대로 기적과도 같은 일일 것이다.

물론 한경배 회장의 입김이 전혀 작용하지 않았을 거라고 보기에는 매우 힘들지만 말이다.

'이제부터는 인턴 전쟁이겠군.'

3명의 남자를 향해 민철은 동정, 그리고 기대가 섞인 복잡한 시선을 던질 수밖에 없었다.

"아, 그런데."

민철이 뭔가 떠올랐다는 듯이 호수에게 묻는다.

"혹시 2차에서도 기억력 테스트 봤어요?"

장난식으로 구 부장에게 했던 말이 떠오른 탓에 설마 하는 식으로 묻는 민철.

그러자 호수가 머쓱하게 머리를 긁적이며 대답한다.

"네, 시키시더라고요."

"……."

역시 구 부장다웠다.

제6장

인턴생활백서

아침에 눈을 뜨자마자 이제는 익숙하게 명상 자세를 잡는 민철.

6클래스 이후부터 새로운 경지에 들어설 수 있을까?

혹은 6클래스를 넘을 수 있을까?

그런 생각을 품으며 민철은 마법 수련에 점점 박차를 가하고 있었다.

최근에는 가장 바쁜 일들도 어느 정도 마무리가 되었다. 게다가 인턴이 3명이나 들어온 탓에 잡무라든지 이런 것은 충분히 커버가 가능한 인원수가 마련되었다.

태봉의 빈자리를 메꾸기에는 아직도 한참 멀었지만, 그래도 인해전술(人海戰術)이라는 전략이 있지 않은가.

3명이나 되는데 태봉의 빈자리는 채울 수 있을 것이다.

인턴들의 합류 덕분에 민철과 대민, 그리고 서 대리가 가장 효과를 많이 보고 있었다.

실무적인 면에서 잡무를 담당하게 된 인턴 1, 2, 3호가 생기니까 말이다.

그래서 여유가 생길 때 민철은 간혹 이렇게 마법에 대한 공을 들이기 시작했다.

6클래스를 넘어서 보자.

그런 욕심이 들자, 민철의 마법 수련 속도는 기하급수적으로 빨라지고 있었다.

그러나.

레디너스 대륙에 비해 현대 시대 배경은 마법을 수련하기엔 상당히 척박한 환경을 지니고 있었다.

우선 마나의 양이 풍부하지 않다.

그리고 마법을 사용할 줄 아는 자가 없다.

아니, 마법이라는 존재 자체를 믿고 싶어 하는 자들이 있다 하더라도 마법을 사용하는 방법, 혹은 마나를 운영하는 방법 자체가 잘못되었다.

그래서 그들이 마법의 존재를 알고 있음에도 불구하고 마법을 사용하지 못하는 것이다.

민철이 차라리 나서서 마법을 알려줄까 했지만 그건 말도 안 되는 소리다.

마법은 민철의 최대 강점이다. 이 최대 강점을 세상에 뿌린다는 건 자신의 무기 하나를 공개한다는 뜻이 되니 말이다.

"후우."

가볍게 한숨을 내쉬며 이마에 송골송골 맺힌 땀방울을 닦아낸다.

"역시 좀 힘들군."

레이폰이었을 때에도 6클래스가 고작이었다.

마법에 재능이 없는 편도 아니지만, 그렇다고 타고난 재능을 가지고 있는 것도 아니었다.

그저 남들과 똑같이 수련을 하면서 6클래스에 도달했을 뿐.

여기서 더 이상의 단계를 올리려면 뭔가가 계기가 필요하다.

하지만 그 계기가 쉽게 마련될 일은 없을 터.

"조급해하지 말자."

천천히.

그렇게 다시금 다짐한 민철이 자리에서 일어서며 벽에 걸려 있는 시계를 지그시 바라본다.

현재 시각, 오전 8시 반.

"…오늘 출근은 정해졌군."

지하철 출근은 이미 포기한 그.

자연스럽게 방 한쪽 구석에 가려져 있는 순간이동 마법진을 바라보게 된다.

순간이동 마법진을 사용하면 출근이라는 과정 자체가 생략된다.

곧장 회사 사무실로 발걸음을 옮긴 민철.

그곳에는 마침 사무실에서 대기 중이었던 인턴 한 명이 기운차게 미소를 지으며 민철에게 다가온다.

"안녕하십니까, 이 주임님!"

"안녕하세요."

민철이 기억하고 있는 바로는, 민철수라는 남자로 알고 있다.

3명의 인턴 중 가장 활발한 성격으로, 비교를 굳이 해보자면 대민과 비슷한 과라 해도 무방할 것이다.

"일찍 오셨네요."

"인턴의 기본 아니겠습니까. 하하하!"

이른 출근.

그건 민철 역시도 심곡 지점에서 일을 할 때 가장 처음으로 행했던 일 중 하나다.

첫 출근에서 지각을 하거나 아니면 제시간에 도착하게 되면 안 좋은 인식을 줄 수 있다는 게 인턴들의 생각이다.

물론 민철의 입장에는 그게 결코 나쁘다고 생각하지 않고 있다.

오히려 긍정적으로 받아들이고 있으니 말이다.

"오래 기다리게 했나 보군요. 사무실 문 열어드리겠습니다."

인턴 과정에서는 함부로 사무실의 비밀번호를 알 수가 없다.

그래서 민철의 경우에는 심곡 지점에서 일할 때 비밀번호를 입력하는 과정에서 어깨 너머로 슬쩍 비밀번호를 기억해 두고 있었다.

그래서 몰래몰래 사용을 하긴 했지만, 본래는 사무실 비밀 번호를 모르고 있는 게 정상이다.

사무실 안으로 들어서자, 철수가 익숙하게 주변을 둘러보며 막대 걸레를 찾는다.

"청소하시게요?"

민철의 질문에 철수가 고개를 끄덕인다.

"예."

"그렇군요. 도와드릴까요?"

"아닙니다! 저 혼자서도 충분히 할 수 있으니 이 주임님은 앉아계시면 됩니다."

"하하, 그럴 순 없죠. 전 앉아 있고 인턴분 혼자서 열심히 청소하는 모습을 구 부장님이라든지 유 실장님에게 보이게 되면 오히려 저에게 있어서는 마이너스니까요. 하는 김에 같이 합시다."

"그, 그렇군요. 죄송합니다. 제가 이 주임님의 입장도 생각 못 하고……."

"그렇게까지 사과할 일이 아니에요."

인턴의 입장이 되면 지나치게 소극적으로 변한다.

본래의 성격이 어떨지는 민철도 잘 모르지만, 비정규직이라는 게 사람의 자존심과 더불어 자신감을 갉아먹는 신분임에는 틀림이 없으니 말이다

호수를 포함해서 남은 두 인턴 역시도 꽤나 이른 출근길에 들어서고 있었다.

인턴 세 명이 멀뚱멀뚱 자리에 앉은 채 주변의 눈치를 본다.

정규직도 아니고 특채로 뽑힌 인턴들이기에 아직 마땅히 배정된 업무는 없다.

마치 아무것도 모르는 자대 전입 신병의 느낌이라고 할까.

"대민 씨, 파일 정리한 USB 포트 어디다 뒀어요?"

"아, 여기 있습니다!"

대민이 자신의 책상에서 USB 포트를 꺼내며 서 대리에게 다가간다.

정말 사소한 업무, 그리고 사소한 행동이지만 인턴들에게는 저런 행동조차도 멋있어 보인다.

이게 바로 선배라는 후광 덕분이라고 할까.

대민도 아무것도 아닌데 괜히 어깨에 힘이 들어가는 듯한 기분이 들 수밖에 없었다.

"흠."

멀찌감치서 인턴 3명의 모습을 구경하고 있던 유 실장이 살짝 손짓을 하며 민철을 부른다.

"이 주임."

"예."

키보드를 두드리던 민철이 다가오자, 유 실장이 작은 목소리로 속삭인다.

"애들 가만히 놔두게 하면 좀 그러니까 뭔가 간단한 업무라도 시켜보지 그래?"

"그럴까요?"

민철도 저 세 사람을 방치하는 건 말 그대로 순수하게 인력 낭비라는 생각이 든 모양인지 고개를 끄덕이며 유 실장의 의견을 받기로 한다.

"간단한 파일 정리 업무라도 시켜봐."

"네, 알겠습니다."

고개를 끄덕인 민철이 자신의 자리로 돌아가기 전에 세 사람을 부른다.

"철수 씨, 호수 씨, 용훈 씨."

"예!"

세 사람이 기운차게 대답하며 곧장 자리에서 일어선다.

"잠깐 제 자리에 좀 와보세요."

"알겠습니다!"

정장 차림의 세 남자가 우르르 민철의 뒤에 선다.

순간 민철이 가볍게 속으로 한숨을 내쉬며 작은 불만을 토로한다.

'덥구만.'

에어컨을 가동하고 있지만, 장정 세 사람이 뒤에 달라붙으니 체온도 후끈 달아올라가는 그런 기분을 선사해 준다.

아니, 기분으로 끝나는 게 아니라 실제로 상승하고 있을지도 모른다.

"제가 조금 이따가 메신저로 이 압축 폴더를 나눠줄 겁니다. 그럼 여기에 있는 파일명 자료들을 월별로 분류 작업 좀 해주세요."

"네, 알겠습니다!"

실로 지극히 간단한 파일 분류 업무라고 할 수 있다.

그러나 그 양이 좀 많은 모양인지라 한 사람이 하기에는 다소 시간이 걸리는 잡무였기에 이렇게 3명의 인턴을 활용할 겸 민철이 작은 숙제를 내준다.

각자의 책상으로 돌아가자, 민철이 각자 메신저로 분담해야 할 파일, 폴더들을 전송해 주기 시작한다.

파일 폴더를 받은 인턴들.

받자마자 곧장 분류에 돌입한다.

월별로 분담해야 한다. 즉, 1월에 완성된 파일이면 1월 폴더에, 2월에 완성된 파일이면 2월 폴더를 따로 만들어 저장하면 된다.

굳이 이런 것까지 설명해 주지 않아도 알아서 잘 해낼 거라 생각한 민철.

─1시간 정도면 충분히 완성할 수 있으실 겁니다. 다 하신 분들부터 차례로 메신저로 전달해 주세요.

─네.

─알겠습니다.

─파이팅!!

세 사람이 메신저로 각각 상기 다른 반응을 보인다.

역시 사람이란 존재는 획일하게 구성되어 있지 않아서 무엇을 하든 간에 개성이라는 게 전부 보인다.

키보드를 두드리면서 업무를 보기 시작하는 진후.

유리혜 선수의 광고, CF 촬영, 그리고 각 지점별로 배치될 등신대 사진 촬영까지 전부 일정 체크를 해본다.

심곡 지점에도 조만간 유리혜 선수의 모습이 담긴 등신대를 가게 전면에 배치해 두게끔 만들어야 한다.

한 번은 심곡 지점에 방문할 예정을 가지고 있던 민철이기에 내심 반가운 마음을 숨길 수가 없었다.

그래도 예전에 인턴 생활을 보냈던 장소 중 한 군데 아니겠는가.

'다들 잘 있겠지.'

옛 심곡 지점 때의 생각을 뒤로하고 다시 업무에 열중하기 시작하는 민철.

그러나 그때, 슬금슬금 다가온 철수가 민철에게 질문을 던진다.

"저기… 이 주임님."

"네, 무슨 일이죠?"

"월별로 분류하라고 말씀하셨는데, 그게 파일 완성 기준을 말씀하시는 것인지 아니면……."

"각 파일 내에 몇 월에 제작되어 있는지 상단에 표기되어 있을 겁니다. 파일을 일일이 열어보시고 분류하시면 될 겁니다."

"아, 그렇군요. 감사합니다."

다시 제자리로 돌아간다.

그러나 또 얼마 안 있어, 민철에게 다시 다가온 철수가 이번에는 두 번째 질문을 선사하기 시작한다.

"저기… 정렬 순서는 어떻게 할까요?"

"정렬 순서요?"

"네, 월별 폴더에 파일 제목에 따라 순서를 나열하는데 어떤 식으로 할지 고민 중입니다."

"그건 별로 크게 상관없으니 알아서 하셔도 될 거 같습니다. 어차피 월별 분류만 중요하지, 나머지는 중요하진 않으니까요."

"그렇군요! 알겠습니다."

또다시 제자리로 돌아간다.

그리고 몇 번의 마우스 클릭질을 하던 철수가 이번에도 자리에서 일어서려던 찰나였다.

"……."

고개를 절레절레 흔들면서 자리에 앉은 채 이번에는 서 대리에게로 향한다.

"서 대리님, 죄송하지만 여쭤볼 게……."

"아… 네……."

서 대리도 아까부터 철수의 행동거지를 보고 있었던 모양인지 벌써부터 질린 표정을 하며 철수의 질문을 받아든다.

질문의 내용 역시 별로 크게 중요하지 않은 내용이다.

'질문을 좀 많이 하는 타입이군. 아니면 사소한 일에 신경을 많이 쓰는 타입인가.'

어느 쪽이 되었든 간에, 분명 귀찮게 구는 타입임에는 분명하다.

한편, 용훈의 경우에는 뭔가 작업을 하는 듯한 모습을 보이면서도 지우고, 다시 하고를 반복하고 있다.

딱 봐도 일을 헤매고 있는 게 눈에 들어온다.

한 명은 질문의 연속이고, 한 명은 제대로 일을 처리하고 있지 못한다.

'가관이구만.'

두 사람에 비해 호수는 평이한 업무 태도를 유지하고 있다.

그러나 겉으로 보기에는 무난하게 보일지라도, 일을 과연 잘하고 있는지 없는지에 대해서는 결과물을 봐야 알 터.

단순히 기억력이 좋다는 게 업무를 잘할 수 있다는 것과 이어지기에는 많은 전제 조건이 붙어야 한다.

그래서 사실 민철도 면접 단계에서 호수를 보고 내심 걱정이 든 게 바로 이것이다.

  기억력이 아무리 좋아봤자 그게 회사 생활을 잘할 수 있다는 것으로 이어질 수 있다고 보기에는 힘들기 때문이다.

  그 사실은 아마 호수도 잘 알고 있을 것이다.

  민철은 그저 3명의 인턴 사원들의 결과물을 빨리 받아보고 싶은 마음뿐이었다.

  *　　*　　*

  약속된 시간이 지난 뒤.

  각자 인턴들이 보내온 파일 정리 작업의 결과물을 확인하기 시작하는 민철.

  정말 단순한 작업이라 그런지 쉽사리 일을 처리하긴 했지만, 민철에게 있어서 마음에 들지 않는 장면이 하나 있었다.

  바로 그 과정이었다.

  철수의 경우에는 너무 지나치게 많은 질문을 건네고 있었다. 용훈의 경우에는 간단한 파일 정리 일임에도 불구하고 심지어 그 일조차도 제대로 못했다.

  "용훈 씨."

  "네!"

  용훈이 자리에서 일어나 빠르게 민철에게 다가간다.

  모니터 화면을 살짝 기울이면서 용훈에게 컴퓨터 화면을 보여주기 시작하는 민철.

"제가 월별로 정리하라고 말씀드렸지 않았나요?"

"월별……."

"예. 용훈 씨가 정리한 것은 월별이 아니라 연도별이더군요."

"그, 그랬었나요……."

당황한 용훈의 눈동자가 심하게 흔들린다.

"모르면 웬만한 건 물어보시는 게 좋습니다. 아니면 동기분들에게 물어보는 것도 나쁘지 않은 방법이죠."

"아… 알겠습니다. 죄송합니다."

잔뜩 주눅이 든 표정으로 연신 죄송하다는 사과의 말을 연발하는 용훈이었다.

쓴소리를 한 것도 아닌데, 벌써부터 이렇게 의기소침해져서야 어디다 써먹겠는가.

속으로 민철은 혀를 차면서 용훈의 이런 태도에 불만을 제기하고 싶었지만, 여기서 더 이상 의기소침하게 만들어봤자 민철에게 돌아오는 이득은 아무것도 없을 것이다.

"다음부터 조심하면 됩니다. 용훈 씨, 첫 직장이라고 너무 긴장하지 않으셔도 됩니다. 용훈 씨가 할 수 있는 최선을 다하면 됩니다. 가능성을 보고 뽑은 것이니 용훈 씨도 충분히 잘하실 수 있을 거라 생각하거든요."

"…예, 감사합니다."

본래 말이라 함은 쓴소리 뒤에 좋은 말을 해주는 게 좋다.

오로지 채찍만 가하면 마차를 몰고 가는 말이 지치게 마련이다.

이럴 때 간혹 이런 식으로 당근을 주는 쪽이 오히려 채찍질만 난사하는 것보다 더 효율적이다.

사람을 움직이는 것은 백 마디의 잔소리가 아닌 한 마디의 칭찬이다.

한 마디의 칭찬이 곧 사람에게는 커다란 동기부여와 동시에 힘이 된다.

그게 신입 사원이라면 더더욱.

"……."

그러나 자리로 돌아가는 용훈의 뒷모습은 힘을 받았다는 느낌을 주지 못하고 있었다.

민철의 입장에서는 그리 큰 쓴소리를 한 것도 아닌데도 불구하고 말이다.

"어디 보자……."

나머지 사람들은 잘했다.

철수, 그리고 호수.

둘 다 무난하게 민철이 시킨 그대로 월별로 폴더를 만들어 파일들을 잘 정리했다.

그러나 점수를 더 주고 싶은 쪽은 바로 호수였다.

철수는 너무 쓸데없이 많은 질문을 했으니 말이다.

과유불급이라 했던가.

용훈에게는 모르면 질문을 하는 습관이, 그리고 철수에게는 너무 많이 질문하는 습관이 있다.

둘을 정확히 섞어놓으면 참 좋을 텐데.

그러나 사람이라는 게 하루아침에 바뀌는 것도 아니기에 민철은 더 이상 큰 기대를 가지지 않기로 한다.

'그나저나 호수 이 사람은 기억력이 좋은 편이라 그런지 한 번 지시했던 내용은 잊지 않는군.'

철수의 경우에는 아까 질문했던 내용 중 민철이 분명 한 번 설명했던 내용도 다시 묻는 경우가 좀 있었다.

그러나 호수는 그런 면이 전혀 없었다.

기억력이 좋다는 게 이럴 때 도움이 된다는 의미가 아닐까.

'스타트는 호수 씨가 가장 좋은지도 모르겠어.'

가급적이면 세 사람 모두를 평등하게, 편견 없이 봐야 하는 게 인턴 평가자로서 가장 좋은 마음가짐이었으나.

사람인 이상 사람을 객관적으로 본다는 건 거의 불가능한 일이다.

자신의 의견이 필히 들어간 시선을 던질 수밖에 없는 것.

그게 바로 사람이니까.

결국 민철은 은근히 호수를 응원하고 있었다.

'나도 아직 멀었군.'

쓴웃음을 지으며 모니터를 응시하기 시작하는 민철이 바쁘게 키보드를 두드리기 시작한다.

"용훈 씨, 모르면 물어보고 일을 진행해 주셨으면 하는데……."

"죄송합니다, 서 대리님."

점심시간 직전.

서 대리가 3명의 인턴에게 간단한 업무를 시킨 모양인지 또다시 인턴들이 바쁘게 일을 하고 있는 모습을 보인다.

그러고 나서 벌어진 일은 역시나 민철이 예상했던 그대로였다.

"저거, 어디서 많이 보던 장면인데."

구 부장이 대민과 민철이 있는 책상으로 다가와 슬쩍 대화의 포문을 연다.

"분명 대민이가 자주 서 대리에게 잔소리를 받던 패턴 아닌가?"

"푸!"

커피를 마시다가 살짝 뿜어낸 대민이 어색하게 웃으면서 구 부장의 말을 부정한다.

"구, 구 부장님! 인턴들도 있는데 그 이야기는 좀……."

"왜, 선배로서 폼이 안 나서 그러냐?"

"그, 그렇기도 하지만요……."

"그러니까 평소에 일 좀 잘하지 그러냐. 이 주임처럼 말이야."

"민철 씨 따라잡으려면 아마 전 환생을 하는 게 더 빠르지 않을까 싶은데요."

그 말이 정답이다.

오랜만에 현답(賢答)을 내뱉는 대민의 말에 솔직히 민철은 박수를 쳐 주고 싶었지만, 그러기에는 차마 예의가 아니라고 판단해 일단은 대민의 말을 부정한다.

"그렇지 않습니다. 저도 한창 배워가는 중인걸요."

"이 주임은 겸손하기까지 하구만."

구 부장이 거칠게 민철의 머리를 쓰다듬는다.

"그것보다도 저 용훈이라는 녀석, 일을 너무 못하는데?"

솔직한 심정을 토로하는 그의 말에 민철도 무의식적으로 고개를 끄덕인다.

일을 정말 못한다.

면접 때에는 업무를 잘하는지 못하는지 평가할 수 있는 기회가 없다. 그래서 인턴 과정 때 이 사람이 업무를 할 수 있는 능력이 되는지 평가를 하게 된다.

그 결과.

용훈은 철저하게, 그리고 여과 없이 순수하게 일을 정말 못한다.

차라리 철수처럼 귀찮더라도 물어보며 한다면 그나마 괜찮을 터인데, 자존심인지 뭔지는 모르겠지만 질문도 하지 않는다.

아니면 호수처럼 한 번에 듣고 이해하거나 하면 질문도 필요 없을 테지만 그런 타입도 아니다.

"내 나름의 오랜 경력을 토대로 봤을 때에는……."

구 부장의 눈빛이 살짝 빛난다.

"저 친구는 오래 못 갈 거 같다."

"에이, 설마요."

대민이 손사래를 치며 말한다.

"다른 데도 아니고 청진그룹 본사잖아요. 특채라고는 하지만 그래도 공채나 이런 사람들에 비해 차별 대우도 없고, 연봉도 짱짱하고 근무 환경도 좋은데 이런 곳을 스스로 뛰쳐나갈 수 있을까요?"

"뭘 모르는구나, 우리 대민이는."

아직 한참 멀었다는 듯이 대민을 바라보던 구 부장이 직설적으로 자신의 의견을 들려준다.

"사람이라는 건 말이다, 제아무리 돈을 많이 준다 하더라도 그 돈을 쓸 시간이 없을 정도로 일만 하는 환경을 행복하다고 하진 않지. 돈으로는 행복을 살 수 없지만, 돈이 많은 사람이 대다수 행복하게 지낼 수 있다는 건 일반 상식으로도 충분히 이해할 수 있으니까. 하지만 그 돈을 쓸 시간이 없다면? 아무리 돈을 많이 줘봤자 소용이 없는 거야."

"그런 겁니까?"

"대기업이 좋긴 하지. 하지만 대기업이 돈을 많이 주는 이유는 분명히 있어. 우리 같은 경우에는 능력제잖냐. NET라는 회사 자체 시험도 주기적으로 봐야하고, 꾸준히 성과를 내야 하지. 그게 바로 '부담'이라는 거다. 회사가 괜히 돈을 많이 주는 게 아니야. 특별수당도 있고, 연봉도 높고 하는 이유가 다 그에 따른 책임과 부담을 주기 때문에 돈을 주는 거지."

결국 대기업이라고 다 좋은 건 아니다.

자신에게 맞는 일.

천성적으로 맞는 일이 아니라면, 굳이 대기업에 취직할 필요도 없이 충분히 행복하게 살 수 있다는 소리다.

"결론부터 말하자면, 모든 회사원이 대기업에서 행복하게 근무를 할 수 없다는 말과도 같은 거지. 결국은 체질 문제지만."

"그렇군요……."

용훈의 경우에는 아마 그 부담감이 많이 작용해서 사소한 실수를 많이 저지르는 게 아닐까.

"난 그래도 저 친구가 마음에 드는데."

"용훈 씨요?"

대민이 의외라는 듯이 구 부장을 올려다본다.

일 잘하는 호수, 그리고 질문은 많이 하지만 그래도 멘탈은 강한 축에 속하는 철수를 놔두고 일도 못하고 멘탈도 약한 용훈이 좋다니.

"마치 태봉의 첫 출근 때를 보는 거 같아서 말이야."

"아하……."

태봉의 신입 사원 때의 모습이 대략 어땠는지 상상이 가기 시작한다.

비록 태봉과 오랫동안 일을 해온 건 아니지만, 만약 태봉이라면 저런 행동들을 보였을 거라고 대충 예상을 할 수 있다.

"아무튼 열심히 일해보자고."

"네, 알겠습니다!"

점심시간.

회사 내에 위치한 돈가스 집에 모이게 된 남자 사원들.

구 부장과 민철, 대민과 인턴 3명이 자연스럽게 자리에 앉는다.

"유 실장님은……."

호수가 목소리를 낮추며 옆에 있던 민철에게 유 실장의 행방을 묻는다.

"외근 나가셨습니다."

"그렇군요."

보통 회사 첫날에는 대부분 직급, 그리고 사람의 얼굴을 완벽하게 기억하진 못한다.

그러나 역시 기억력이라는 분야에서는 특출 난 내공을 보이고 있는 호수이다 보니 벌써부터 유 실장의 존재도 고려하고 있었다.

"늦어서 죄송해요."

서 대리가 바쁘게 음식점 안으로 들어선다.

본래대로라면 서 대리는 직장 동료 여사원들과 같이 식사를 하는 편이다.

그러나 오늘은 같은 부서 인턴 3명이 들어왔고, 게다가 첫 점심식사라는 데에 의의가 있어 대리직을 맡고 있는 그녀도 참가를 하게 된 것이다.

게다가 서 대리가 비록 평소에는 다른 여사원들과 점심식사를 한다 하더라도 결코 남자 사원들과 섞이는 걸 싫어해서 따로 밥을 먹는다거나 하는 그런 건 결코 아니다.

아무래도 성별의 차이라는 건 같은 부서 내 식구들이라 하더라도 사소한 곳에서 작용을 하기에 마음 편한 식사를 위해서라도 따로 식사를 하는 걸 추구하는 편이다.

자리에 앉자마자 철수가 눈치 좋게 숟가락과 젓가락을 세팅해 각 사원들에게 돌리기 시작한다.

슬쩍 눈치를 보던 호수 역시 물컵을 한곳에 모아 각자 돌릴 물컵 안에 물을 따른다.

반사적으로 앉자마자 자신들이 기본적으로 막내로서 해야 할 일을 찾아서 하는 모습에 구 부장은 엷은 미소를 지어 보인다.

하지만 용훈은 두 사람과는 다르게 그저 멀뚱멀뚱 앉아 있기만 한다.

물론 막내라고 전부 숟가락과 젓가락, 물 세팅을 해야 한다는 건 아니다.

하지만 알아서 이렇게 스스로 착착 행동하는 모습 자체만으로도 상관에게 좋은 이미지를 심어줄 수 있다.

그 점을 고려해 철수가 먼저 빠르게 행동에 임하게 되고, 뒤이어 호수도 뒤늦게 눈치를 채고 물컵 채우기를 담당하게 된 것이다.

사회생활 눈치순으로 따지자면 철수와 호수가 1, 2등을 다툴 것이다.

그러나 용훈은…….

'순위권에도 들지 못하겠군.'

하다못해 조그마한 행동이라도 한다면 3위라도 할 터인데 말이다.

만약 이 자리에 유 실장이 있었다면 분명 용훈에게 또 한 소리를 했을 터이다.

그러나 여기서는 이런 것으로 태클을 걸 만한 사람은 없다.

다른 사람들도 3명의 인턴이 보여주는 기본적인 태도에 차별을 두고 보기 시작했지만, 딱히 지적을 해주거나 그러진 않는다.

뭐든지 알아서 해야 한다.

그게 바로 사회인으로서 무거운 중압감이다.

잘못된 것을 지적해 주지 않는다. 오로지 스스로 알아서 해야 하는 게 바로 사회라는 것이다.

＊　　　＊　　　＊

알아서 식기 세트와 물을 세팅하기 시작하는 철수와 호수.

그 모습 하나하나에 구 부장의 눈빛이 달라진다.

사소한 것에도 인턴의 평가가 결정된다.

그 점을 따진다면, 분명 이런 센스 없는 모습도 감점 요소가 될 것이다.

물론 구 부장뿐만이 아니라 서 대리, 심지어 눈치 없는 대민도 그 사실을 잘 알고 있다.

"그럼 메뉴를……."

화두를 돌리기 위해 일부러 주문을 언급하는 구 부장.

그때, 철수가 기운차게 목소리를 높이며 말한다.

"저한테 말씀해 주시면, 바로 주문하고 오겠습니다!"

역시 3명 중 가장 센스가 있는 모습을 보인다.

순간 혀를 내두르는 대민.

마치 민철이 초창기 때 보여줬던 모습과도 같은 모습을 선보이고 있는 탓에 대민으로서는 신기할 따름이었다.

그러나 철수는 이런 일이 익숙하다는 듯이 곧장 호주머니에서 자신의 볼펜과 수첩을 꺼내 든다.

메모지까지 가지고 다닐 줄이야!

민철은 당시 외워서 일을 처리했지만, 철수는 메모지에 받아 적는 모습을 선보인다.

외우는 것도 하나의 방법이 될 수 있지만, 저렇게 메모지를 통해 주문을 받아 적는 모습은 외형적으로도 어필할 수 있는 일종의 수단이기도 하다.

구 부장이 너털웃음을 터뜨리며 철수에게 묻는다.

"아니, 그 메모지하고 볼펜은 또 어디서 났나?"

"평소 가지고 다니는 겁니다!"

"허허, 참."

구 부장으로서는 놀라움과 동시에 재미있다는 듯한 웃음을 터뜨릴 수밖에 없었다.

그렇게 철수의 막간 센스 덕분에 다시 분위기가 살아나기 시작한다.

간단한 점심 식사를 하기 시작하는 홍보팀 인원들.

마침, 식당에 익숙한 인물이 등장한다.

"오, 구 부장님. 마침 식사하고 계셨네요."

"차 실장이잖아?"

인사팀의 차 실장이 오태환 대리와 함께 둘이서 식사를 하러 내려온 것이었다.

때마침 호수가 살짝 고개를 끄덕이며 차 실장과 오태환 대리에게 인사한다.

"면접 때에는 신세를 졌습니다."

"음? 날 기억하고 있나?"

차 실장이 의아함을 담은 듯 질문하자, 호수가 머쓱하게 웃으면서 말한다.

"예, 최종 면접 당시에 구 부장님과 더불어서 같이 면접관을 하셨던 차원소 실장님 아니십니까? 인사팀 소속의……."

"용케도 그걸 다 기억하고 있구만. 보통은 기억 못하게 마련 인데……."

말을 중간에 마친 차 실장이 뒤이어 아차 싶은 표정을 지어 보인다.

"그러고 보니 그때 구 부장님이 기억력 테스트 어찌구 저찌 구 했던 그 지원자 아닙니까?"

"정답이야."

구 부장이 너털웃음을 터뜨리며 차 실장의 말을 받아준다.

"어쩐지, 나까지 기억하고 있을 정도라서 조금 신기하다 싶 더니만, 그 사람이었구만."

보통은 면접관을 잘 기억하지 못한다.

그러나 호수의 기억력은 타의 추종을 불허할 정도로 기가 막힌 능력을 자랑한다.

사실 기억력만 놓고 보자면 민철도 한 수 접을 정도니 말이다.

"홍보팀에는 진짜 인재들만 가는 듯하네요, 구 부장님. 좋으 시겠습니다."

"하하하, 이런 게 다 나의 인덕이지."

눈치의 왕, 구 부장이 농담조가 섞인 말투로 임한다.

차 실장의 입장에서는 진심으로 부러울 따름이었다. 호수의 기억력도 탐나면서 동시에 예전부터 노리고 있는 이민철은 굳 이 말할 필요도 없으니 말이다.

"여하튼 식사 맛있게 하시기 바랍니다. 아, 그리고 경영지원 팀에서 오후 내로 인턴들한테 필요한 사무 용품 조사하러 방문한다고 했으니 그렇게 알아두시면 감사하겠습니다."

구 부장을 대신해 민철이 이해했다는 듯이 대답한다.

"기억해 두겠습니다."

원래 이런 사소한 용무는 부장급보다는 밑의 대리, 혹은 주임이 인지를 해두는 편이 좋다.

이민철 역시 센스 있게 차 실장의 말을 받아들며 대답하자, 차 실장이 손을 살짝 들며 식사 맛있게 하라는 작별 인사를 남긴다.

철수의 메뉴 메모 센스와 호수의 기억력.

두 사람의 능력이 이런 사소한 곳에서 드러나지만, 문제는 용훈이었다.

"……."

두 사람에 비해 자신의 존재감 자체를 어필하지 못한 것이다.

점심 식사 또한 업무의 연장이다. 물론 동기들, 혹은 혼자서 식사를 하게 된다면 업무와 전혀 관계없는 휴식 시간이 될지도 모르지만, 직장 상사와 점심 식사를 한다는 순간부터 이미 그것은 식사가 아니라 또 다른 업무의 일환이 되어버리게 된다.

직장 상사와 식사를 하면 자연스럽게 업무적인 이야기가 나올 수밖에 없다. 제대로 소화되지 못할 이야기들뿐이지만, 그렇다고 상관에게 '일 이야기 좀 그만하고 식사나 합시다' 라고 이야기할 순 없지 않겠는가.

자연스럽게 업무 이야기가 나오는 점심 식사 시간. 물론 의외의 아이디어가 나올 수 있거나 아니면 정보 교류의 장이 되는 등 생각하지도 못한 좋은 기회가 될 수도 있지만, 대개는 편안한 점심 식사 시간을 보내고 싶어 한다.

물론 그것을 대개의 직장 상사들은 알 리가 없을 것이다.

철수와 호수의 입장에서는 자신의 고유의 장기를 어필할 수 있는 소중한 시간이, 그리고 용훈에게는 이 두 사람에게 오히려 뒤쳐졌다는 인식만 남긴 시간이 되어버린 점심시간도 끝나고 말았다.

계속해서 철수는 특출 난 사회생활 센스로 사람들에게 자신의 존재감을 어필하고, 호수도 자신의 좋은 기억력을 토대로 여러모로 업무적인 면에서 서포터로서의 우수한 능력을 뽐낸다.

특히나 호수의 기억력이 빛을 발하는 분야는 따로 있었다.

"이상타… 분명 테이프가 여기 있었는데……."

머리를 긁적이면서 테이프를 찾고 있던 대민.

그런 그에게 호수가 자리에서 일어나 3번째 서랍을 열며 말한다.

"아까 여기에 넣어두시는 걸 본 적이 있습니다."

"아… 그래요?"

혹시나 하는 생각으로 세 번째 서랍을 열자, 호수가 말한 그대로 테이프가 들어 있었다.

"진짜네. 아까는 없었는데……."

"없었던 게 아니라 대민 씨가 못 본 거겠죠."

서 대리의 일침은 여전히 가차 없이 대민을 공격한다.

이런 일이 한두 번이 아니었다는 식으로 대민을 물어뜯는 서 대리였다.

제아무리 신입 앞에서라 해도 서 대리의 대민을 향한 공격성은 때와 장소를 가릴 줄 몰랐다.

그만큼 업무적인 면에 있어서 아직까지 대민이 서 대리에게 인정을 못 받고 있다는 것을 의미하고 있을지도 모른다.

'아직 대민 씨도 한참 멀었군.'

본래대로라면 체육대회 때, 서 대리에게 고백하기로 마음을 먹었던 대민이었다.

그러나 태봉의 퇴사 사건과 겹치게 되면서 본의 아니게 그 계획은 물거품으로 돌아가게 되었다.

불쌍하긴 하지만, 어쩔 수가 없다.

태봉의 퇴사 사건은 그만큼 홍보팀 내부적으로 꽤나 큰 화두였으니 말이다.

그것보다도 중요한 것은 따로 있었다.

"실례합니다……."

홍보팀 사무실 문을 살며시 열며 등장한 경영지원팀의 한예지.

그녀의 모습을 보자마자 민철이 자리에서 일어나 다가온다.

"기다리고 있었습니다, 예지 씨."

"아, 그런가요?"

차 실장으로부터 이미 경영지원팀 내부 사람 중 한 명이 홍보팀을 방문할 거라는 소식을 접한지라 예지의 등장은 그리 놀라운 일이 아니었다.

"잠깐 인턴분들 사무용품 조사 좀 하려고요."

예지의 등장에 순간 3명의 인턴이 긴장한 표정을 지어 보인다.

타 부서 사람이라는 점도 작용하고 있었지만, 그들이 상상하지도 못했을 만큼 예지의 미모 수준이 뛰어났기 때문이다.

하기사. 경영지원팀 내부적으로도 많은 인기몰이를 하고 있는 예지인데 그녀의 미모에 시선을 돌리지 않을 남자를 찾아보기가 더 힘들 것이다.

"그럼… 우선 여기 필요한 물품부터 확인 좀 해주실래요?"

미리 비품 명단을 뽑아 왔는지 예지가 인턴 3명이 아닌 민철에게 종이를 넘긴다.

어차피 회사 생활을 하면서, 좀 더 상세히 말하자면 홍보팀 내부에서 인턴 생활을 하면서 어떠어떠한 비품이 필요한지 인턴들은 잘 알지 못한다.

그렇기 때문에 민철이 대표로 종이를 받게 된 것이다.

"대민 씨, 저랑 같이 사무용품 좀 확인해 줄래요?"

"네, 잠시만요."

대민도 민철 혼자에게 떠넘길 생각은 없는 모양인지 고개를 끄덕이면서 하던 일을 멈추고 민철에게 다가온다.

"여기 목록에 있는 물품들 여분하고 부족한 것만 체크하면 됩니다. 제가 앞 페이지에 있는 거 확인할 테니 대민 씨는 뒷페이지 목록 비품 좀 확인해 주세요."

"알겠습니다."

고개를 끄덕이며 대민이 자신감을 어필한다.

나름 선배 티를 내기 위한 모습으로 보인다.

그렇게 비품 체크를 하는 동안, 서 대리의 목소리가 살짝 높아진다.

"용훈 씨."

"네!"

갑자기 호출을 당한 탓에 당황한 용훈이 빠르게 서 대리에게 다가간다.

그러자 이어지는 서 대리의 잔소리.

"혹시 사무 용품 쓰고 나서 다시 제자리에 안 갖다 두셨나요?"

"어떤 걸 말씀하시는 건지……."

"커터칼하고 30㎝ 자 말이에요. 아까 용훈 씨가 쓰셨잖아요."

"아……!"

뒤늦게 그 사실을 떠올린 모양인지 용훈이 아차 하는 탄식을 자아낸다.

"그리고 부탁했던 이 봉투 붙이기도 완전 엉망인데요. 제가 분명히 물풀로 붙이지 말라고 말했을 텐데요."

"…죄송합니다."

홍보팀 내부에서도 깐깐하기로 소문난 서 대리다.

게다가 용훈은 오늘 오전부터도 계속해서 서 대리에게 꼬투리를 잡히는 모습을 많이 보여왔다.

대민이 회사 초창기 때 보여준 모습과 별반 다를 게 없어 보이긴 한다.

구 부장의 입장에서는 태봉의 입사 초기 모습과 비슷하다는 이유로 동질감을 느낀다고 했지만, 민철의 입장에서는 오히려 대민과 비슷해 보였다.

"…앞으로 같은 실수는 반복하지 않아주셨으면 해요."

"죄송합니다. 숙지하겠습니다."

용훈의 표정이 또다시 복잡한 감정을 새기기 시작한다.

괜히 사무실 분위기가 추욱 가라앉자, 마침 와 있던 예지도 최대한 마이페이스를 유지하며 민철과 대민에게 비품 명단을 받아 든다.

"그럼 실례할게요."

"예. 죄송합니다, 예지 씨까지 괜히 불편하게 만들어서."

민철이 다른 사람들에게, 특히나 서 대리에게는 들리지 않게끔 작은 목소리로 말하자 예지가 신경 쓰지 말라는 식으로 손을 가볍게 흔들어 보인다.

"괜찮아요. 그것보다… 용훈 씨라고 했나요? 표정이 안 좋아 보이는데 괜찮을지 모르겠어요."

"저도 그게 걱정이긴 합니다만."

첫 직장은 생각보다 적응하기 어렵다.

게다가 다른 일반 직장도 아니고 청진그룹 본사에 채용되었다.

분명 주변의 기대를 한 몸에 받으며 회사에 첫 출근을 했을 터인데, 정작 당사자는 이리 치이고 저리 치인다.

당연히 기가 죽을 수밖에 없을지도 모른다.

민철의 입장에서는 채찍과 당근을 적절한 배율로 섞어주며 후임을 양성하는 스타일이다.

그러나 서 대리는 다르다.

엄하게, 그리고 혹독하게 가르친다.

그 밑에서 버텨온 대민이 신기할 정도였다.

물론 민철이 서 대리의 부사수를 맡았다 하더라도 별다른 문제는 생기지 않았을 것이다.

왜냐하면 애초에 서 대리가 태클을 걸 만큼 민철이 일을 못 하는 것도 아니기 때문이다. 오히려 일을 너무 잘해서 탈이지.

그렇게 하루가 마감되기 시작하고.

3명의 인턴들에게 첫 출근을 위해 술이라도 사줄까 하는 생각으로 이들을 부른 민철이었으나.

"저는 일이 있어서……."

그렇게 말하며 자리를 뜬 용훈.

그리고 다음 날 아침.

"……."

현재 시각, 오전 10시.

다른 사람들은 다 출근했음에도 불구하고, 용훈의 책상은 여전히 비어 있었다.

*　　*　　*

오전 10시가 되었음에도 불구하고 아직까지 모습을 드러내지 않는 용훈.

"이 녀석은 몇 시가 되었는데 아직까지도 코빼기도 안 비치고 있어?!"

참다참다 못한 구 부장이 화를 내기 시작한다.

다른 행동들은 용서할 수 있다. 아직까지 업무에 익숙하지 않았으니 말이다.

사람인 이상 실수도 할 수 있으니 그 정도는 구 부장의 입장에서도 그러려니 하고 넘길 수 있는 것들이었다.

그러나 지각은 넘길 수 없다.

게다가 어제 첫 출근을 하지 않았는가.

늦잠? 아니면 교통이 막혀서 늦게 온다?

있을 수 없는 일이다.

"역도 2정거장밖에 안 되는데 늦을 이유는 없을 텐데."

유 실장이 자신의 손목시계를 바라보며 더더욱 구 부장의 심정에 불을 붙이기 시작한다.

지하철도 두 정거장.

걸어서도 올 수 있고, 택시를 타고 올 수도 있다.

그럼에도 불구하고 오지 않다니.

"한번 전화해 볼까요?"

대민이 슬쩍 제안을 해본다.

그 말을 듣는 순간 구 부장이 당연하다는 듯이 목소리를 높여 말한다.

"빨리 전화해 봐!"

"아, 알겠습니다!"

대민의 입장에서는 왜 자신에게 화를 내냐는 듯이 억울하다는 느낌이 들 수도 있었지만, 본래 자신이 잘못하지 않았음에도 이렇게 화풀이 대상이 될 수도 있다.

이런게 바로 회사 생활이라는 거니까 말이다.

"……."

─뚜, 뚜, 뚜……

계속적으로 신호음은 가지만, 문제가 있다면 전화를 받지 않는다.

"안 받는데요."

"한 번 더 해봐. 아니, 받을 때까지 해!"

"알겠습니다!"

다시 한 번 번호를 누르며 용훈의 핸드폰에 전화를 건다.

그러나 여전히 신호음만 갈 뿐, 전화는 받지 않는다.

"……."

식은땀을 흘리기 시작하는 대민. 여기서 또 용훈이 전화를 안 받는다고 말을 하게 되면 구 부장의 잔소리가 들려올 게 뻔하다.

눈치 빠른 민철이 대민을 돕기 위해 중간에 대화에 참가하기 시작한다.

"일부러 전화를 안 받는 건 아닐까요?"

"……."

순간 말문이 막힌 구 부장.

충분히 있을 수 있다.

첫 직장에서 어려움을 호소했던 용훈이다. 제아무리 대기업이라 하더라도 자신의 체질에 맞지 않으면 말짱 꽝이다.

그건 어제 구 부장이 해줬던 말이기도 하다.

'결국 체질에 맞지 않았던 것일까.'

민철은 자연스럽게 그런 생각을 할 수밖에 없었다.

체질에 맞지 않으면 직장을 관두는 게 오히려 그 사람을 위해서 더 좋을 수도 있을 것이다.

그런 생각은 민철뿐만이 아니라 구 부장에게도 들고 있었다.

"진짜로 관둔 거라면 말이라도 해줬으면 참 좋았을 텐데 말이죠."

구 부장을 대신해 유 실장이 혀를 차면서 말한다.

그의 말이 맞다.

아무리 체질에 맞지 않다 하더라도 말이라도 해주면 좀 좋으련만. 게다가 어제 예지가 와서 비품 조사까지 다 했는데도 무단으로 결근을… 아니, 결석을 하게 되었다.

결코 좋은 꼴이라고 볼 수는 없을 것이다.

"내 그럴 줄 알았다니까."

휴게실에서 담배를 피우던 철수가 늘어지게 자신의 현재 심정을 늘어놓는다.

"눈치도 없고, 일도 못하고. 그런 녀석이 어떻게 청진그룹 본사에 들어온 거람? 난 처음에 이해가 안 되었다니까."

"하, 하하하……."

어색하게 웃기 시작하는 호수.

가끔 이렇게 철수의 본심이 튀어나오는 경우가 있다.

다른 사람들 앞에서는 성실하고 센스 있는 사회인. 그러나 동기들끼리 만났을 때에는 뒷담화를 거침없이 까기 시작하는 타입의 사람이다.

"아무튼 이것으로 라이벌 한 명이 없어졌으니 다행이라고 해야 할까. 그렇지?"

"뭐… 그렇긴 하지."

용훈한테는 미안하지만, 사회라는 것은 냉정하다.

결국 버티지 못할 거면 자연스럽게 탈락하는 게 인지상정.

"아무튼 이제 두 명 남았네."

인턴에서 정규직으로 전환될 수 있는 인원수는 한정되어 있다.

오로지 한 명.

특채는 공채에 비해 쉽게 인턴으로 들어올 수 있는 건 좋지만, 그만큼 뽑는 인원수도 적은 편이다.

단 한 명만이 정규직의 특혜를 누릴 수 있게 된다.

공채보다도 훨씬 쉽게 들어오고, 더욱이 다른 공채 인원들과 동등한 대우를 받을 수 있는 절호의 기회다.

이 기회를 놓칠 수 있다는 건 말이 안 된다.

'정규직은 내 것이다.'

철수의 야망이 꿈틀거리기 시작한다.

무단으로 회사를 나가게 된 용훈을 제외하고 이제 남은 인턴은 두 명.

그중 특히나 철수는 강한 자신감을 보이며 회사 출근을 서두른다.

"안녕하십니까!"

철수가 기운차게 인사하자, 홍보팀 내부 사원들이 철수에게 마주 인사를 해주기 시작한다.

그의 뒤를 이어 호수도 인사를 하며 출근을 서두른다.

무난하게 흘러가기 시작하는 인턴들의 생활.

그러나 이들에게 있어서 커다란 파장거리를 몰고 올 한 가지 시련이 펼쳐지게 되었다.

"자자, 다들 주목."

구 부장이 홍보팀 내부 사원들의 이목을 집중시킨다.

"자네들도 다들 알다시피 이제 조만간 NET 시험을 봐야 하는데 말이야."

청진그룹 본사 내에서 자체적으로 시행하고 있는 영어 시험.

대한민국 영어 중에서도 가장 어렵다는 평가를 받고 있는 영어 시험이기도 하다.

대부분의 본사 채용 인원들은 NET 시험을 치르고 입사를 결정짓는다. 물론 현재 인턴을 담당하고 있는 철수와 호수 역시도 NET 시험을 치르고 들어왔다.

민철처럼 만점을 달성한 것은 아니지만, 그래도 나름 준수한 실력을 인정받은 두 사람의 점수였다.

"내일모레 NET 시험을 실시하기로 했네. 시험 장소는 나중에 따로 공고한다고 하더군."

"예, 알겠습니다."

"그럼 영어 시험 열심히 준비하게."

구 부장의 말이 끝남과 동시에 철수가 손을 번쩍 든다.

"저기… 구 부장님!"

철수의 질문에 구 부장이 의아함을 표시하며 묻는다.

"내가 한 말에 궁금한 점이라도 있나?"

"예, 다름이 아니고… 혹시 저희들도 시험을 쳐야 하는 건가요?"

실로 매우 간단한 질문이었다.

이들은 사실상 NET 시험을 얼마 전에 치르고 입사했다. 시기상으로 따지자면 굳이 NET 시험을 볼 이유가 없다.

그러나.

"당연하지."

구 부장의 대답은 한결같았다.

"서진구 회장 대리님께서 직접 명령하셨네. NET 시험은 예외 없이 전부 다 싹 치러야 하는 영어 시험이니까 말이야."

"그치만 전… 아니, 호수 씨도 그렇고 불과 며칠 전에 시험을 치렀는데……."

"아까도 말했지만 예외는 없어. 그리고 마침 잘됐네. 며칠 전에 시험을 치렀다고 한다면, 여기에 있는 사람들 중에서 가장 성적이 높게 나올 만한 이유가 되지 않는가? 이 녀석들은 그동안 업무에 치이느라 제대로 공부도 못 했으니까 말이야. 하하하!"

구 부장의 호쾌한 웃음소리에 대민이 질렸다는 표정을 지으며 대답한다.

"구 부장님은 시험 안 보십니까?"

"나도 당연히 봐야지."

"그럼 그렇게 여유롭게 웃으셔도 되는 겁니까? 저하고 민철 씨는 오늘 회사 업무 끝나자마자 모여서 영어 공부 하기로 했는데……."

"그거야 자네들 사정이고. 난 나만의 방법으로 극복할 터이니 알아서들 해."

"……."

분명 뭔가가 꼼수가 있을 게 분명하다.

하기사, 부장씩이나 되는 사람이 일개 사원들과 같이 NET 시험을 보는 것도 영 폼이 안 날 것이다.

다른 루트로 피해 갈 수 있는 방법이 있기에 저렇게 호언장담을 하는 게 아닐까.

그러나 구 부장의 저런 반응은 둘째 치고, 민철이 신경 쓰고 있는 건 다른 점이었다.

'어째서 저런 표정을 짓는 거지?'

NET 시험을 다시 치러야 한다는 게 그렇게도 싫은 모양인지 철수는 얼굴에 말 그대로 난색을 표하고 있었다.

고작해야 NET에 불과하다. 특채라 하더라도 시험은 분명 치렀을 게 분명하고, 최근에 시험을 봤다 하면 별다른 어려움 없이 홍보팀 내부에서도 고득점을 유지할 수 있을 것이다.

적어도 홍보팀 사원들에 비해서는 훨씬 많은 공부를 해왔을 테니까 말이다.

그러나.

결과는 너무나도 예상외로 흘러가고 있었다.

"시험 시작!"

"……."

홍보팀 사원들이 모여 NET 시험을 치르기 시작한다.

구 부장은 예상대로 결석. 외근 때문에 시험을 치를 시간이 없다는 통보를 받게 되었다.

'외근이라… 좋은 방법이군.'

업무로 인해서 NET 시험을 보지 못했다는 건 실로 좋은 핑계 중 하나다. 게다가 부장급이나 되는데 누가 감히 NET 시험을 안 보고 도망쳤다고 태클을 걸 수 있겠는가.

실제로 부장급 되는 사람들에게는 그 위 간부들도 암묵적으로 눈을 감아주고 있었다. 물론 NET 시험 중 고득점을 꾸준히 받고 있는 황교수 부장의 경우에는 굳이 외근이라는 회피 수단을 사용하지 않고서도 충분히 당당하게 NET 시험을 치르고 있었다.

민철 역시 NET 만점자 출신이기에 딱히 어려움 없이 문제를 풀어나간다. 엊그제 가졌던 스터디 모임 역시도 민철의 실력이 부족한 게 아니라 대민에게 이것저거서 NET 시험에서의 포인트 출제 방식을 전수해 주느라 가지게 된 시간이었을 뿐이다.

시험을 치르는 동안, 민철은 유독 철수에게 시선을 고정시키고 있었다.

사회생활에 능하고 센스가 있는 사람이 왜 NET라는 이야기가 나오자마자 난색을 표한 것일까.

그러나 그 이유는 얼마 지나지 않아서 손쉽게 파악할 수 있었다.

NET 시험 결과가 발표되는 순간.

홍보팀 내에서는 경악을 금치 못할 만한 사건이 발생하고 말았다.

—민철수 : NET 150점 (과락)

술렁이기 시작하는 홍보팀 내부.

설마 과락이라니!

"도대체 어떻게 NET 시험을 통과한 거람……?"

"혹시……."

사원들의 눈에 의구심이라는 감정이 어리기 시작한다.

뒤이어 구 부장이 철수에게 다가와 직접적으로 질문한다.

"민철수."

"예, 예!"

"너 혹시…."

구 부장의 눈매가 날카로워진다.

"대리 시험 치렀냐?"

"……!!"

NET 대리 시험.

그거라면 200점 이하 과락 취급을 받게 되는 NET 시험에서 150점을 맞았다는 말이 이해가 된다.

설마 과락이라니.

아무도 상상하지 못한 이 순간에, 철수가 고개를 떨군다.

"…죄송합니다."

"허 참……."

구 부장이 어이가 없다는 듯이 혀를 찬다.

설마 대리 시험을 쳐서 NET 시험을 통과했을 줄은 구 부장도 예상하지 못했다.

물론 제대로 감독을 하지 못한 감독관의 문제겠지만, 그래도 대리 시험을 칠 생각을 했을 줄이야.

"우리 본사는 꾸준히 NET 시험을 정기적으로 보는 것도 알았을 텐데, 대리 시험을 치른 이유가 뭐냐?"

"그… 다음 NET 시험까지는 어떻게든 합격점을 넘길 수 있을 거 같아서……"

"미련한 녀석이군."

구 부장이 더더욱 깊게 혀를 찬다.

대리 시험이 발각된 이상, 철수 역시도 회사 내에서 곱게 자리를 유지할 순 없을 것이다.

용훈의 무단 퇴사와 더불어 철수의 NET 대리 시험 의혹.

이렇게 해서 예상치 못하게 홀로 남게 된 호수였으나.

그렇다고 그가 인턴에서 정규직으로 바로 전환되는 것도 아니었다.

아직 그를 평가하기에는 2달이라는 시간이 남아 있기 때문이다.

제7장

시크릿 산업스파이

살다 보면.

회사원으로서 상당히 놀라운 업무를 처리해야 할 일도 더러 존재한다.

"흐음······."

옅은 한숨과 함께 자연스럽게 자리에서 일어선 민철.

기지개를 펴며, 천천히 정좌를 취한 뒤 마나를 순환시킨다.

아침의 일상이자 습관이라고 해도 거의 무방한 그의 오전 모습이었다.

이윽고 오늘의 출근길 방법을 고민한다.

전철?

자가 차량?

아니면 순간이동?

"…젠틀맨이라면 역시. 순간이동이지."

피식 웃으면서 단번에 오늘의 출근 방법을 결정짓는 민철이었다.

그렇게 아침에 일어나자마자 명상을 마친 뒤 세면대로 향하는 민철.

깔끔하게 면도 크림을 턱에 바르면서 동시에 자신의 얼굴을 바라본다.

준수한 외모.

하지만 그 외모에는 철칙이 있다.

"깔끔한 인상은 타인과의 관계를 보다 원만하게 만들어준다. 잊지 말아야 할 교훈 중 하나가 아닐까."

그렇게 말하면서 면도 역시 깔끔하게 한다.

뒤이어 세면을 마치고 나온 민철이 잠시 뭔가 깜빡했다는 듯이 베란다로 다가간다.

"아직 아침의 날씨는 쌀쌀하니."

베란다의 창문을 닫으면서,

"매너가."

잠금장치 또한 확인한다.

"사람을."

마지막으로 깔끔하게 닫힌 베란다를 바라보며 마무리 멘트를 시전한다.

"만든다."

완벽하다.

스스로의 행동에 매우 만족했다는 듯이 고개를 끄덕이는

민철.

그러나, 그의 행동을 어이없다는 시선으로 바라보고 있던 사람이 한 명 있었다.

"민철 씨, 정신 나갔어?"

"......"

너무나도 직설적인 발언에 순간 민철의 다리에 힘이 풀린다.

모처럼 아침에 젠틀맨식 오전 기상을 선보이고 있었는데, 침대 위에 알몸을 가리기 위해 이불을 주섬주섬 끌어모은 체린에게 제대로 정곡을 찔리고 말았다.

"게다가 오늘 출근하는 날도 아니잖아. 주말이라고, 이 인간아."

"…그랬었지."

"어휴, 정말. 고작 영화 하나 봤다고 어떻게 사람이 저렇게 바뀌는지 모르겠네."

체린이 절래절래 고개를 흔들면서 자신의 긴 머리카락을 쓸어내린다.

오늘은 평일도 아니고 주말이다.

아니, 주말이라 하더라도 민철의 태도는 명백하게 이상하다.

이 원인은 실로 지극히 간단하다 할 수 있다.

체린과 얼마 전에 데이트를 하면서 본 모 액션 영화 탓이었다.

슈트를 입고 싸우는 젠틀맨식 에이전트의 액션 영화에 민철은 한마디로 푹 반해 버렸다 해도 과언이 아니었다.

"자고로 신사라 함은 역시 점잖고……."

"알았으니까 그만 입 좀 다물어, 제발."

체린이 베개로 민철의 안면을 꾸욱꾸욱 누른다.

어제저녁도 내내 저런 말이었다.

영국식 신사가 어쨌느니, 레이디 퍼스트 문화는 굉장하다느니 어쨌느니.

딱히 민철이 양복을 입고 싸우는 스파이들의 모습에 반한 것은 아니다.

중요한 것은 바로, 영화 속에서 비춰지고 있던 그들의 행동 양식이었다.

매너.

그리고 점잖음.

그러나 그들은 강하다.

샌님처럼 보일지 모르지만, 누구보다도 강하고 누구보다도 심지가 굳은 이들이었다.

민철이 이상적으로 생각하고 있는 자신의 모습과도 겹친 탓에 어제저녁부터 계속해서 그 영화를 언급하고 있었다.

"내가 미쳤지, 왜 하필이면 그런 영화를 보자고 해서……."

원인 제공자이기도 한 체린이 자신의 신세를 스스로 한탄한다.

설마 어제 본 킹X맨이라는 영화가 민철에게 저렇게나 취향이 제대로 맞는 영화라는 것은 처음 알게 되었다.

그래도 조폭 영화를 보고 그대로 따라 행동하는 것보다는 나은 편이려나.

그렇게 스스로를 위로하는 체린이었지만.

"레이디, 오늘의 데이트 일정은……."

"……."

여전히 적응 안 되는 자신의 호칭에 체린은 솟아오르는 닭살을 감추고 싶은 기분이었다.

"…아, 그 영화라면 나도 재미있게 봤지."

구 부장이 회의 시간에 잠깐 언급된 킹X맨이라는 영화에 대해 소감을 표한다.

"나와는 완전 딴판인 남자들이 나와서 활약하는 영화였지."

"하하하, 정확한 감상이십니다, 구 부장님!"

대민이 나이스를 외치면서 엄지손가락을 추켜올린다.

그러나.

"부장님한테 그게 무슨 말버릇인가요, 대민 씨."

"…죄송합니다."

곧장 서 대리에 의해 제압을 당하고 만다.

회의 시간에 늘상 업무 이야기만 하는 건 아니다.

회의라 함은 이렇게 직원들이 옹기종기 모여서 이런저런 대화의 장을 펼치는 것도 주 목적이기도 하다.

특히나 얼마 전, 인턴으로 입사해 지금까지 업무 평가를 받으며 활약하고 있는 호수에게도 역시 회의의 참가는 하나의 중요한 업무이기도 하다.

어떤 식으로 홍보팀이 돌아가는지, 그리고 홍보팀의 분위기가 어떤지는 회의 시간을 통해서 제대로 알 수 있기 때문이다.

그 사실을 알기에 구 부장도 일부러 인턴임에도 불구하고 최대한 호수를 회의 시간에 참석시키고 있다.

"영화는 영화고, 중요한 건 이게 아니잖아요."

서 대리가 다시 산으로 가기 시작한 회의 주제를 바로잡기 위해 직접 나선다.

사공이 많으면 배가 산으로 간다고 했던가.

영화를 본 사람들이 민철을 포함해 너무 많은 탓에 서 대리가 방향키를 잡기 시작한 것이다.

"이제 곧 있을 박람회 이야기부터 해야죠."

"아, 그랬었지."

구 부장이 이제야 기억이 났다는 듯이 고개를 끄덕인다.

각종 기업이 모여 중국 상하이에서 열리게 될 박람회에 참가할 예정이다.

그곳에는 한국 기업들도 많이 모습을 드러낸다. 특히나 중소기업의 경우에는 오히려 한국 시장보다는 중국 시장이 더 잠재력도 크고 소비 시장 자체도 규모가 크기 때문에 중국 가전제품 박람회에 자주 참가하곤 한다.

"중국으로 출장 갈 사람도 뽑아둬야겠구만."

구 부장이 머리를 긁적이면서 기본적인 것들을 고려하기 시작한다.

두말할 필요도 없이 몇몇의 인원이 분담된다.

"이 주임, 한번 가볼래?"

"저 말씀이십니까?"

"그래. 네가 가장 말을 잘하니까."

"그치만……."

민철이 난감하다는 듯한 표정을 지어 보인다.

"중국어 아닙니까?"

"뭐, 공부는 해야지."

"하하……."

"이 주임하고… 어디 보자. 일단 호수도 한번 참가하는 편이 좋겠지?"

예상치 못한 지목을 받게 된 호수가 살짝 놀란 표정을 지어 보이자, 구 부장이 신경 쓰지 말라는 듯이 손사래를 친다.

"혹시 또 모르겠나. 이번에 공로 쌓아서 정규직 전환의 초석이 될지도."

"그런 경우가 있습니까?"

"네가 이제부터 전례를 만들면 돼."

"……."

즉, 그냥 가라는 뜻이다.

하긴, 상관이 가라고 한다면 가는 수밖에 없지 않겠는가.

게다가 공짜로 중국 여행까지 겸할 수 있다면 호수로서는 거절할 이유가 없다.

물론 업무적인 목적이 강하지만, 그래도 짬을 내면 중국 여행도 가능할 거라고 생각한 호수였다.

"이 주임하고 호수는 가는 쪽으로 하고… 유 실장, 너 아니면 내가 가야 하는데."

"흠, 그렇군요."

"서 대리하고 유 실장이 여기에 남든가, 아니면 내가 여기에 남든가. 둘 중에 하나는 갈라져야 해."

유 실장은 주로 외근을 담당하고 있다.

반면, 서 대리는 실무를 총괄하고 있다. 두 사람을 세트로 묶어두면, 구 부장과 동일한 업무를 소화할 수 있을 만큼의 지위라고 인식하면 된다.

결국, 구 부장이 중국으로 가느냐, 아니면 서 대리와 유 실장이 중국으로 가느냐의 문제가 남는다.

"구 부장님, 저는 애초에 제외되는 겁니까?!"

대민이 손을 들며 묻자, 구 부장이 당연하다는 듯이 말한다.

"애초에 우리 쪽 박람회 참가 TO도 얼마 안 났어. 영업팀도 가야 하고, 기타 경영지원 쪽하고… 가만, 총무팀도 가기로 되어 있네."

"왜 이리도 많이……."

"한 부서 인원들이 독점하다시피 하며 가는 것보다, 그래도 다양한 부서에서 인력을 충원해 가는 편이 행여나 사고가 발생해도 대처하기 쉬우니까."

"그, 그렇군요."

청진그룹은 한 명 한 명이 전부 엘리트다.

한 명이 간다 하더라도 웬만한 업무는 소화할 수 있는 엘리트 집단이라 표현해도 무방하다.

"가만… 잠깐 우리 쪽 TO가 몇 명인지 물어보고."

구 부장이 스마트폰을 잠시 매만지기 시작한다.

이윽고 메신저 도착 알림이 들려온다.

"3명이네."

"그럼 구 부장님이 가시는 건가요?"

서 대리의 말에 구 부장이 늘어지게 한숨을 내쉰다.

"그렇게 되겠지."

"힘내세요."

"영혼 없는 응원, 정말 고마워, 서 대리."

결국 잔류하게 된 인원은 서 대리, 대민, 그리고 유 실장으로 결정되었다.

박람회 때 참가할 홍보팀 인원수까지 정해지고, 이제 남은 업무는 하나였다.

"이 주임."

"예."

구 부장이 볼펜으로 민철을 가리키며 말을 이어간다.

"유리혜 선수 등신대 있잖아. 일대일 사이즈."

"아, 네."

"그거 심곡 지점하고 부천점에 배달 좀 해줘야겠어. 물류 창고 측에서 깜빡 잊고 우리 쪽에 등신대가 배달이 왔거든."

"예, 알겠습니다."

자가 차량을 가지고 있다는 건, 간혹 이런 잔심부름이 그 사람에게 떨어지게 된다는 것을 의미하기도 한다.

그러나 민철의 입장에서는 커다란 불만은 없다.

오랜만에 심곡 지점 식구들도 본다는 생각으로 가면 된다. 그리고 회사를 나온다는 것 자체만으로도 샐러리맨들에게는 상당히 기분 좋은 시간이라 할 수 있다.

"그거 말고 다른 안건은 없지?"

회의를 마무리 지을 때 나오는 구 부장의 전형적인 멘트.

그러자 사원들이 고개를 끄덕인다.

"오케이, 그럼 이것으로 마무리하고… 이 주임은 내가 말했던 거 그대로 진행하면 돼."

"알겠습니다. 등신대는 어디 있습니까?"

"로비에 안내원 아가씨 있지? 그 아가씨한테 물어보면 친절하게 알려줄 거야."

"예."

"그럼 이것으로 회의 마치지. 다들, 오늘 하루도 업무 열심히 하고!"

구 부장의 지시대로 로비에 내려온 민철은 안내원 아가씨를 통해서 2개의 등신대를 받게 되었다.

"조금 무거우실 거예요. 판넬이 이래 봬도 꽤 무게가 나가거든요."

"하하, 괜찮습니다."

안내원 아가씨의 말에 민철이 전혀 이상 없다는 듯이 일대일 등신대를 가볍게 들어 보인다.

"보기와는 다르게 힘이 장사시네요."

"자주 그런 말 듣습니다. 그럼 전 이만……."

"네, 오늘 하루도 힘내세요!"

젊은 여성의 응원을 받는데 기분이 좋지 않을 남자가 없을 것이다.

다시 한 번 살짝 고개를 숙여 인사를 마친 민철이 자신의 차량 뒤쪽에 등신대들을 고이 모셔둔다.

마법으로 순간이동을 시도할까 생각을 해봤지만, 가만히 고려를 해보면 심곡 지역에는 순간이동 마법진을 새겨둔 장소가 없다.

물론 좌표만 알면 가능하긴 하지만, 그래도 가급적이면 민철은 안전한 쪽으로 마법을 사용하고 싶어 했다.

"그리고 바깥에서 시간도 떼울 겸, 나쁘진 않지."

그게 가장 주된 목표이긴 하지만 말이다.

외근 아닌 외근을 명받은 민철.

주차장에서 빠져나와 한산한 도로 위를 질주하기 시작한다.

"잘들 계시겠지?"

오랜만에 심곡점을 들리는 입장인지라 민철의 마음은 미묘하게 두근거리고 있었다.

자신이 처음 일했던 직장.

그곳을 향해 달려가는 민철은 간만에 심곡점에서 일할 때의 일들을 가볍게 회상해 보기 시작한다.

*   *   *

등신대를 차량 뒷좌석에 싣고 먼저 부천점에 도착한 민철.

차량을 근처에 세우고 부천점으로 들어서자, 익숙하다는 듯이 손님을 맞이하는 직원들의 환대가 이어진다.

"어서 오세요!"

4명의 직원이 2열로 늘어서며 민철에게 깍듯이 인사한다.

동시에 젊은 여성 직원이 다가와 묻는다.

"무슨 물건을 찾으시러 오셨나요? 안내하겠습니다."

"아니요. 그런 볼일로 온 게 아니라……."

잠시 헛기침을 한 민철이 명함을 내밀며 말한다.

"청진그룹 본사 홍보팀, 이민철 주임이라고 합니다."

"아… 본사 분이시군요!"

"예. 유리혜 선수의 등신대가 도착을 안 했다고 해서 직접 가져다 드리러 왔습니다."

"잠시만요… 팀장님!! 본사에서 사람이 오셨어요!"

목소리를 높여 팀장을 부르자, 중년 남성이 쿵쿵 소리를 내며 다급하게 계단에서 내려온다.

"어이쿠, 늦어서 죄송합니다! 연락받고 기다리고 있었는데 잠시 화장실 간 사이에……."

"하하, 괜찮습니다. 그보다도 등신대는 어디에 두면 될까요? 일단 가게 안쪽으로 들여놓는 쪽으로 하겠습니다."

"아이고, 괜찮습니다! 여기까지 가져와 주신 것만으로도 괜찮은데… 뭣들 해? 어서 가서 등신대 가져오지 않고!"

"알겠습니다!"

직원들이 일사분란하게 움직이며 가게 바깥으로 나선다.

행동력이 좋은 것은 인정한다.

이래서 부천점이 심곡 지점을 흡수할 뻔했던 것일까.

확실히 체계적이고 그리고 직원들 움직임도 빠릿빠릿하다.

물론 저들도 정규직은 아닐 것이다.

목숨을 걸고 어떻게 해서든 정규직이 되기 위해 발악을 하는 인턴들일 가능성이 매우 농후해 보인다.

"그런데 제 차가 어디 있는지도 모르시는데 무턱대고 다 내

보내면······."

"······."

뒤늦게 팀장이 자신의 실수를 깨닫고 이마를 가볍게 퉁 쳐 보인다.

어찌 되었든 부천점에 등신대 배달을 완료한 민철.

뒤이어 익숙하게 심곡 지점 주차장에 자신의 차량을 위치시 킨다.

틈만 나면 이런 식으로 주차를 하곤 했었는데.

지금은 심곡 지점의 직원이 아닌 타 장소, 그리고 타 부서에 소속되어 있는 형태로 심곡 지점을 찾게 되니 기분이 묘하게 다가온다.

자동문이 열리면서 민철의 방문을 반긴다.

반사적으로 직원들이 다가와 인사를 하기 시작한다.

"어서 오······."

"오랜만입니다, 석인 씨."

민철의 말에 근처에 있던 석인이 황급하게 민철에게 다가온 다.

"아니, 민철 씨 아닙니까!!"

강하게 민철의 손과 마주 악수를 하는 석인.

너무나도 반가운 기색을 보여주는 탓에 민철 본인도 어영부 영 석인의 손을 마주 잡아준다.

"어쩐 일로 여길 다 오셨습니까?!"

"연락을 받으셨는지 모르겠지만, 이번에 새로 홍보 모델을 맡게 된 유리혜 선수 있지 않습니까?"

"아… 네. 잘 알고 있죠."

안 그래도 유리혜 선수가 나오는 판촉물이라든지 기타 다른 홍보용 전단지들도 다량으로 본사에서 입고되었다.

그 덕분에 인턴, 혹은 신입 막내들은 매번 건물 바깥으로 나가서 호객 아닌 호객 행위를 해야 했다.

"유리혜 선수가 나온 일대일 사이즈 등신대가 물류 쪽의 착오로 인해서 배송이 안 되었다고 해서요. 직접 갖다 드리러 왔습니다."

"아아, 그랬군요! 기왕 오신 김에 다른 분들 얼굴도 뵙고 가셔야죠."

"그래야지요."

석인의 안내에 의해 민철이 서슴지 않고 2층에 위치한 작은 사무실로 걸음을 옮긴다.

올라가는 동안 서비스 센터 직원으로 일하고 있는 오근성과 인사를 했고, 사무실 내부로 들어서자 지점장과 서인수 과장이 마침 볼일을 보고 있다가 인사를 해왔다.

"아이고, 이게 누군가!! 이민철이잖아?!"

지점장도 석인과 마찬가지로 엄청나게 반가운 기색을 보이면서 민철에게 다가간다.

반면, 점잖은 서 과장은 가볍게 살짝 인사를 하는 것만으로 민철과의 재회를 마친다.

"오랜만입니다, 지점장님."

"하하하! 그러게 말이야."

"윤준호 주임은⋯⋯."

"아, 그 친구는 잠시 출장 갔어. 그리고 알고 있겠지만 오태희 씨도 경리직을 그만두게 되었고."

"예, 알고 있습니다."

경리직을 그만둔 뒤 자신의 네일 아트 가게를 차리겠다고 말한 태희가 뒤늦게 떠오르기 시작한다.

최근에도 만난 적이 있지만, 네일 아트 가게를 차리기 위해 우선 학원을 다니면서 네일 아트를 배우고 있는 중이라는 소식까지 접한 적이 있다.

"그나저나 윤 주임도 아쉽구만. 우리 이민철 주임과 마주하게 될 수 있었는데 말이야."

"하하⋯⋯."

민철의 승진 소식은 심곡 지점 내에서도 익히 잘 알려져 있었다.

심곡 지점 출신의 민철이 본사로 간 지 얼마 지나지 않아 얻은 성과였기에 지점장으로서는 마치 자신의 일마냥 기뻐할 수밖에 없었다.

그리고 본사 내의 인재와 알고 지내두면 지점장으로서도 여러모로 분명 이점이 떨어질지도 모른다.

그런 이득 관계를 따져 봐도 민철과의 친분 관계는 유지하는 편이 좋다.

"자자, 오랜만에 왔는데 차라도 한잔하고 가지?"

"감사합니다."

민철도 그냥 가는 건 섭섭하게 여길지도 모른다는 생각에 지점장의 호의를 받아들인다.

태희를 대신해 경리직을 대신 맡게 된 젊은 여성이 익숙하게 커피를 대접한다.

그간 이런저런 이야기를 나누며 대화의 꽃을 피우기 시작하는 지점장과 민철.

"조만간 중국에서 열리는 가전제품 박람회에 참가할 예정입니다."

"아… 그랬군."

지점장이 고개를 끄덕이며 민철의 말에 반응을 보여준다.

최근 민철의 근황이 어떠한지를 이야기하다가 도중에 중국에서 개최될 가전제품 박람회 이야기까지 나온 것이다.

"중국이라… 조심해야 할 게야."

"조심이요?"

"그래. 중국은 무법지대와도 같은 곳이지. 저번에 내 친구한테 들어보니, 박람회에 참가했다가 호텔에 있던 짐을 싸그리 다 도둑맞았다고 하더군."

"호텔 내에 있었는데 어떻게 도둑질을 당했다는 겁니까? 문을 안 잠그고 갔다거나……."

"아니, 분명 문은 잠갔겠지."

"그런데 어떤 식으로 훔쳐 갔다는 겁니까?"

"딱 봐도 보이지 않는가? 보나마나 호텔 측과 도둑들이 짜고 친 고스톱이라 이거지."

"…과연."

그렇다면 이해가 된다.

호텔 측에서 한국인 박람회 참가자들의 호실과 비밀번호를 알려주면, 도둑들이 몰래 들어가 그것들을 쓸어 온다.

호텔에 투숙한 한국인들이 제아무리 호텔 측에 항의를 해봤자, 호텔 측은 오히려 손님들의 부주의가 부른 거라고 시치미를 떼면 그만이다.

"게다가 공안들도 무섭고 말이야. 아무리 우리가 이래라저래라 주장을 해봤자 그 녀석들한테는 씨알도 안 먹혀."

"완전히 무법지대군요."

"그런 곳이지."

민철도 사실 중국에 대해서는 어느 정도 원격으로 이런저런 이야기를 두루 들어서 잘 알고 있다.

최대한 많은 정보를 긁어모으는 게 민철이 이 세계에 넘어오면서 처음으로 했던 일이기 때문이다.

"아무쪼록 조심해서 갔다 오게."

"네, 명심하겠습니다."

지점장의 말을 새겨듣겠다는 듯이 대답한 민철이 손목시계를 확인해 본다.

"그럼 슬슬 일어나 보겠습니다."

"그래, 그래. 내가 괜히 바쁜 사람 붙잡아둔 게 아닌가 모르겠군."

"괜찮습니다. 그럼 나중에 또 찾아뵙도록 하겠습니다."

지점장에게 인사를 건넨 뒤 1층으로 내려오는 민철.

바로 그때, 마침 기다리고 있었다는 듯이 윤 주임이 손을 흔든다.

"여기야, 민철 씨!"

"윤 주임님!"

석인과 더불어 민철과 친하게 지내던 반가운 얼굴 중 하나, 윤 주임이 모습을 드러낸 것이다.

"오셨으면 사무실로 오시지 왜 여기에……."

"뭐, 지점장님이나 서 과장님 계신 곳에서 이런저런 이야기하기 불편해서 그랬지."

"역시 윤 주임님입니다."

은근히 센스가 있는 윤 주임다운 말이었다.

"그런데 민철 씨도 승진했다며? 이야~ 같은 주임이네."

"하하, 저야 아직 한참 멀었습니다."

"그래도 단기간에 승진이라니. 나도 조만간 승진해야 하는데 큰일이야."

윤 주임이 걱정을 내비치며 말한다.

그러나 이내 다시 화두를 돌리기 위해 입을 연다.

"아무쪼록 심심할 때마다 찾아오라고. 알았지?"

"노력해 보겠습니다."

가볍게 윤 주임과 작별 인사를 한 뒤 민철이 차에 오른다.

오랜만에 만난 심곡 지점 식구들.

그들의 얼굴은 예전과 다르게 활기로 가득 차 있었다.

한 번 폐점 위기를 맞았던 그들이지만, 민철의 기지에 의해 심곡 지점이 되살아나게 되었다는 건 심곡 지점 직원 전원이 잘 알고 있었다.

특히나 공식적으로 체린과의 열애설이 밝혀지면서 민철이

거의 심곡 지점을 되살려낸 셈이라는 사실이 진실로 드러나게 되었다.

그 점 때문일까. 심곡 지점 식구들은 유독 민철을 반기는 태도를 취했다.

환대를 받는 입장에서는 기분이 결코 나쁘진 않았다.

"아무쪼록 계속해서 상승세를 이어가면 좋겠군."

그렇게 작은 소망을 내비치며 민철 본인도 자신만의 전쟁터로 향하기 위해 차를 몰기 시작한다.

중국 출장 하루 전.

박람회 참가를 위해 민철을 비롯해 호수, 그리고 구 부장이 사무실 내에서 분주하게 키보드를 두드리며 업무를 진행하고 있다.

중국으로 출장을 가는 동안, 그간 미리 처리해야 할 업무들이 산더미처럼 쌓여 버린 탓이기 때문이다.

물론 민철의 경우에는 미리 업무를 다 처리했다. 그러나 잦은 외근 덕분에 구 부장의 업무가 좀 쌓여 있던 탓에 민철이 구 부장의 서포터로 붙게 되었다.

"미안하다, 이 주임."

"아닙니다. 이 정도야 뭐 아무것도 아니죠."

실제로 민철의 일처리 속도는 가히 상상을 초월하고 있었다.

서 대리가 맡아도 족히 6시간은 걸릴 업무를 민철의 경우에는 고작 2시간 만에 처리하고 있으니 말이다.

혹시나 해서 서 대리의 경우에는 민철이 일을 너무 가라 형태로 처리한 게 아닐까 의심이 들어 몰래 민철의 업무 파일을 열어보기도 했지만.

허술하지도 않을뿐더러 오히려 기가 막히게 잘했다는 점만 깨닫게 되었다.

세상은 넓고 능력자는 많다 했던가.

민철 역시 그 능력자 중 하나임을 인정할 수밖에 없었다.

"겨우 끝냈네."

이마에 송골송골 맺힌 식은땀을 닦아낸 구 부장이 안도의 한숨을 내쉰다.

반면, 넥타이조차 흐트러짐이 없이 일처리를 마무리 지은 민철이 수고했다는 듯이 구 부장에게 냉커피를 대접한다.

"드세요, 구 부장님."

"이거 참… 역시 이 주임 덕분에 살 만하다니까. 하하하!"

상관이 바쁠 때 알아서 도와주겠다고 나서는 오지랖까지.

구 부장의 입장에서는 이민철이란 부하 직원에게 쏟아지는 신뢰가 매우 두텁게 느껴지고 있었다.

"그럼 업무 처리도 다 했으니… 출장 준비를 서둘러야겠군."

개인 짐뿐만이 아니라, 홍보팀 사무실 내에서도 준비해 가야 할 짐이 꽤나 많다.

민철과 호수가 미리 실을 짐들만을 선별해 회사 로비로 옮기는 와중에, 구 부장이 서 대리와 유 실장을 호출한다.

"무슨 일이신가요?"

"아니, 다름이 아니고… 나 없는 동안 부서 잘 좀 부탁한다고."

구 부장의 말에 유 실장이 가볍게 웃어 보이며 말한다.

"출장이나 잘 다녀오세요."

"알고 있다, 녀석아."

그렇게 서로 배웅 아닌 배웅을 끝낸 이들.

드디어 내일.

민철에게 있어서는 처음으로 대한민국이라는 땅을 벗어나 외국으로 향하는 기회를 맞이하게 된다.

*   *   *

드디어 출국의 당일 날 아침.

본래대로라면 곧장 공항으로 직행했어야 했으나, 민철은 생각지도 못한 주문을 받게 되었다.

"……?"

알람 소리가 아닌 통화음이 아침부터 들려오자 민철이 의구심을 표한다.

이른 아침부터, 그것도 오전 7시부터 전화를 걸어오는 어떤 불한당 같은 사람이 또 주변에 널려 있을까.

그렇게 생각을 품으며 스마트폰을 집어 들자, 그 불한당 같은 사람의 정체를 쉽게 파악할 수 있었다.

통화 버튼을 터치하자 들려오는 익숙한 목소리.

─여보세요? 이 주임?

"예, 구 부장님. 접니다."

아침부터 뭔가 허둥지둥거리기 시작하는 구 부장의 목소리에 다시 한 번 왜 이 시간에 자신에게 전화를 걸어왔는지 궁금해지기 시작한 민철이었다.

그러나 그 궁금증은 그리 오래 걸리지 않았다.

—아… 미안한데 회사에 잠깐 들러서 내 책상 서랍 첫 번째 칸에 있는 서류 봉투 좀 가져와 줄 수 있겠냐? 거기에 여권이 담겨 있었거든.

"여권을 잊으셨나요?"

—그러게… 이제 와서 확인해 보니 여권이 없지 뭐냐. 회사까지 가기에는 좀 그런 거 같고, 네가 출장 멤버 중 회사에서 가장 가깝게 사는 거 같으니 부탁 좀 하마. 미안하다.

"아닙니다. 괜찮습니다, 구 부장님."

간단한 업무였다.

잃어버린 여권을 챙겨주는 건 그리 어렵지 않은 일이다.

"잠시 갔다 와야겠군."

어차피 마법 수련을 마치고 이제 막 씻은 찰나였다.

가볍게 몸을 푼 민철이 평상복으로 갈아입고 순간이동 마법진에 선다.

그에게는 이처럼 편한 이동 수단이 있다. 비록 집이 회사에서 가까운 것은 사실이지만, 가깝다 하더라도 굳이 전철이나 자가 차량을 이용하는 것보다 순간이동 마법진을 이용하는 편이 시간 절약에도 훨씬 도움이 된다.

그리고 무엇보다도 민철은 예상치 못한 사건으로 인해 자신만의 시간을 방해받는 것을 그다지 좋아하지 않는다.

특히나 그게 일방적인 타인의 부탁이라면야 더더욱.

"직장 생활은 참으로 힘들군."

그렇게 한숨을 내쉬며 순간이동 마법진을 발동시키는 민철.

사실 그에게 있어서 이번 출장은 상당히 의미가 있었다.

바로 이 세계에 들어와서 처음으로 비행기라는 것을 타보는 날이었기 때문이다.

도대체 어떤 원리로 거대한 고철 덩어리가 하늘을 나는지에 대해서는 매번 의구심을 품고 있었다.

물론 구조를 안다 하더라도, 그리고 비행기 도면을 손에 넣는다 하더라도 민철은 아마 비행기가 하늘을 나는 구체적인 원리를 알지는 못할 것이다.

처음에는 그저 마법이 걸려 있는 이동 수단인 줄 알았으나, 그것이 전부 고도의 '과학'이라는 결과물을 통해 창출되었다는 사실을 알았을 때에는 나름 충격이었다.

마법이 아닌 과학이 발전한 세계.

그리고 편리라는 대가를 통해 희생되어 거의 사라진 마법.

"좋은 것인지, 나쁜 것인지 모르겠군."

우우우우웅.

순간이동 마법진의 푸른빛이 민철을 감싸기 시작한다.

잠시 눈을 감자, 회사 근처의 골목길 막다른 길에 도착한다.

이제는 그의 등장에 익숙해진 고양이들이 민철을 멀뚱멀뚱 바라본다.

골목길에서 벗어난 민철에 회사로 접어든다.

정장이 아닌 평상복 차림으로 회사에 출근하는 것은 가히 처음 있는 일이었다.

현재 시각, 오전 7시 20분.

그러나 그 시간에도 여전히 안내원 아가씨는 존재하고 있었다.

"어머, 민철 씨네요."

"……."

이 아가씨의 정체가 뭘까.

그렇게 의심을 품은 민철이었으나, 오늘도 역시나 평소와 같이 인사를 건넨다.

"안녕하십니까."

"안녕하세요. 그보다도 출근… 은 아닌 것으로 보이네요."

"하하, 오늘 중국으로 출장 가는데, 부장님께서 잊고 가신 물건이 있다 해서요."

"아, 그렇군요."

안내원 여성이 고개를 살짝 끄덕이며 민철의 복장과 이른 시간에 대한 궁금증이 풀렸다는 듯한 반응을 보인다.

"그럼 전 이만……."

"네, 출장 힘내세요~"

여성이 손을 흔들면서 민철을 배웅해 준다.

사무실에 들어가서 구 부장이 이야기한 여권을 챙긴 뒤 다시 순간이동 마법진을 이용해 집으로 도착한 민철.

짐을 챙긴 뒤, 슬슬 시간을 확인한다.

"출발해야겠군."

목표는 김포공항.

여기서 김포공항까지 가려면 꽤나 시간이 많이 걸린다.

구 부장의 예상치 못한 심부름 부탁이 있었지만, 민철에게는 시간적으로 여유가 많이 남은 편이었다.

이것도 다 순간이동 마법진 덕분이었다.

"자, 그럼……."

어차피 차를 몰고 갈 생각은 없었기에 민철은 자연스럽게 지하철역으로 향하게 된다.

이른 시간임에도 불구하고 전철 내부에는 앉을 자리를 찾아보기 힘들었다.

그러나 운이 좋게도 빈자리 하나를 획득한 민철이 자리에 앉자마자 어느 한 작은 책을 꺼내 든다.

이름하야.

─알아두면 편한 중국어 100선.

"이 세계 언어도 참… 어디서 본 적이 있다 싶더니만."

민철은 레이폰 시절 때에 레디너스 대륙의 거의 모든 언어를 마스터했던 언어학자이기도 하다.

화술의 달인이라 하면, 기본적으로 대화가 통한다는 전제하에서 커뮤니케이션을 진행해야 한다.

그렇다면 당연히 해당 언어를 배워둬야 한다.

물론 통역가를 통해서도 충분히 대화를 이끌어갈 수 있지만, 그때는 이미 통역가라는 존재가 필터로 작용해 레이폰의 의견이 100% 상대방에게 전달되지 못하게 된다.

예전에는 이런 일도 있었다.

타 국가와 외교 테이블에 앉은 적이 있었는데, 통역가가 잘못 이야기를 전달하는 탓에 외교 단절 사태까지 벌어진 적이 있었다.

한 번의 실수는 상당히 치명적이다.

그런 일을 겪지 않기 위해 레이폰은 기본적으로 레디너스 대륙의 웬만한 언어들은 전부 다 공부해 두고 숙지해 둔 편이다.

심지어는 고대 언어까지도 공부한 적도 있다.

그래서 그는 레디너스 대륙의 정평 난 언어학자라고 불리기도 했다.

그가 알고 있는 언어 중에서 중국어와 상당히 흡사한 언어가 있었다.

바로 소수 민족인 웨일로족이 사용하던 웨일로어였다.

레디너스 대륙 시절 때에도 그다지 많이 알려져 있지 않은 마이너 언어 계통 중 하나다.

중국어가 웨일로족의 언어 체계와 상당히 흡사함을 눈치챈 민철은 곧장 중국어 공부 서적 하나를 사고, 학습에 들어가게 되었다.

'아이티루스 언어와 영어가 비슷한 것과 마찬가지인 셈이군.'

아이티루스어와 영어가 매우 흡사하다는 것을 깨달은 탓에 민철은 딱히 심도 있는 영어 공부 없이 곧장 영어를 마스터할 수 있었다.

NET 만점자 출신이라는 타이틀이 아마 그의 영어 실력을 증명하는 최고의 증거가 될 것이다.

그리고 지금, 민철은 고작 이틀 만에 중국어를 마스터하게 되었다.

'이 세계 언어 체계도 참으로 단순하군.'

한자라는 것 자체가 조금 신기하게 다가올 줄 알았더니, 알고 보니 별거 아니었다.

물론 엇비슷한 언어 체계라 하더라도 다른 점은 분명히 있다. 그러나 그건 언어학자로서도 나름 인지도를 쌓아갔던 민철의 지식으로 커버할 수 있다.

나머지는 이제 중국에 실제로 가서 말을 해보는 실전만이 있을 뿐.

"오, 이 주임! 여기다, 여기!"

구 부장이 손을 흔들며 민철을 반긴다.

홍보팀은 우선 청진그룹 일원들과 만나기 전, 따로 5호선 개찰구에서 집합하기로 합의를 봤다.

구 부장뿐만이 아니라 호수 역시도 캐리어를 끌고 대기 중이었다.

"죄송합니다, 구 부장님. 아무래도 제가 마지막인가 보군요."

"아니다, 넌 내가 무리한 심부름 시켰으니까 당연히 늦은 거지. 그보다도 여권은 잘 챙겨 왔겠지?"

"여기 있습니다."

"수고했다, 이 주임."

구 부장이 가볍게 민철의 어깨를 토닥여 준다.

"그보다 이제 슬슬 가셔야 할 시간인 거 같습니다."

"어… 그렇지. 자, 후딱 가자고."

구 부장을 필두로 이들이 슬슬 김포공항에 들어가기 위해 발걸음을 옮긴다.

청진그룹 내부에서는 국제외교부를 포함해서 총무, 경영지원, 기술부 등 각양각색의 인재들이 포함되어 출장 준비를 서두르고 있었다.

"어머, 안녕하세요."

"안녕하세요."

경영지원팀에서는 예지가 나온 모양인지 민철을 보자마자 가볍게 인사를 한다.

"오시느라 고생 많으셨어요."

"하하, 아닙니다. 그보다도……."

민철의 시선이 슬쩍 예지 뒤에 위치한 남성에게로 향한다.

검은 양복.

그리고 선글라스.

게다가 한 명이 아니라 두 명이다.

"저 사람들은……."

"아, 저희 출장팀 신변을 보호하기 위한 보디가드예요."

"……."

출장팀에 무슨 보디가드가 필요한지.

이들은 중요한 인사들도 아니다. 물론 회사 내부에서는 중요한 인재들로 취급받고 있다고는 하지만, 그렇다 하더라도 굳이 보디가드까지 붙여줄 이유는 전혀 없다.

딱 봐도 한경배 회장이 예지를 보호하기 위해 붙여놓은 사설 경호원이라는 분위기가 물씬 풍기고 있었다.

물론 민철은 예지가 한경배 회장의 손녀딸이라는 사실을 알고 있기에 보디가드들과 예지의 관계를 진작부터 눈치챌 수 있었지만, 다른 사람들은 저 두 사람의 존재감에 부담을 느낄 뿐이지 예지와의 관계를 추측하진 못하고 있었다.

하긴, 다른 인원들은 예지가 그저 평범한 가정에서 자란 평범한 여성으로 알고 있다. 그런 여성을 보호하기 위해 보디가드들이 출동했다고 생각을 한다는 건 애초에 할 수가 없는 상상이다.

그래서 보디가드라는 이질적인 존재감을 두고도 왜 그들이 일부러 이 파티에 참가하게 되었는지 알 수가 없다는 시선을 하고 있을 뿐이었다.

'한경배 회장도 참 팔불출이로군.'

하나밖에 없는 피붙이라는 걸 알기에 이해는 되긴 하지만, 그래도 이건 정도가 좀 지나친 축에 속하지 않을까 싶다.

어쨌든 이리하여 출국 준비를 마치게 된 이들.

"자자, 이쪽으로 오세요!"

경영지원팀의 예지가 기운차게 이들을 불러 모은다.

한편, 출국 인원 중 한 명이기도 한 청진전자 부사장의 아들, 남성진 역시 보디가드들의 존재를 상당히 신경 쓰고 있었다.

남성진은 눈치가 빠른 인물이다.

분명 한경배 회장이 사적으로 누군가를 보호하기 위해 일부러 붙여놓은 경호원이라는 것을 그는 진작부터 알고 있었을지도 모른다.

그에 비해 남성진과는 달리 첫 출국에 긴장하고 있는 인물도 있었다.

"영진 씨도 가는군요."

"아… 네."

인사팀에서 일하고 있는 서울대 출신의 이영진도 이번 출국 파티에 모습을 드러낸 것이다.

"차 실장님과 같이 참가하게 되었습니다."

"그러고 보니 차 실장님은……."

"일이 있어서 후발대로 오신다고 하십니다."

"그렇군요."

어차피 중국에서 열리게 되는 가전제품 박람회는 출국 후 이틀 뒤에 열리게 된다.

그전에 전시장으로 가서 사전 조사 겸 청진그룹의 제품 배치와 물품 확인, 그리고 브리핑 연습 등등을 미리 리허설로 돌려봐야 한다.

후발대라 하더라도 어차피 저녁 비행기라는 말을 듣게 된 민철이 고개를 끄덕인다.

"인사팀도 바쁘니까요."

"뭐… 안 바쁜 부서가 어디 있겠습니까. 저도 출장이라서 마냥 기뻐한다기보다는, 출장 이후 밀려 있는 업무들을 처리해야 할 생각에 벌써부터 골머리가 아픕니다."

"하하, 그렇군요."

미리 모든 업무를 사전에 다 끝내고 온 민철로서는 그다지 공감되지 않는 고민 사항이기도 했다.

*　　　*　　　*

출국의 시작.

처음 비행기를 타게 된 민철의 입장에서는 역시나 긴장하지 않을 수가 없었다.

"좋은 여행 되시길 바랍니다."

티켓을 확인한 여승무원의 말에 민철이 마주 미소로 화답한다.

이제 비행기를 탈 수 있을까?

하나 그건 아직 시기상조였다.

"저건……?"

게이트를 통과하기 위해서는 아직 한 가지 절차가 더 남아 있었기 때문이다.

민철의 되물음에 호수가 오히려 고개를 갸우뚱하며 묻는다.

"선배님, 혹시 모르시는 겁니까? 위험 물건이 있는지 없는지 검사를 하는 건데요."

"아… 그렇군."

이론적으로는 어떤 과정인지 대략적으로 알고 있는 그지만, 실제로 짐을 검사한다든지 하는 그런 식의 과정을 당해본 적은 없다.

수하물을 컨테이너 벨트 위에 올려둔 민철.

이윽고 승무원이 뭔가 기다란 전자기기를 든 채 민철에게 말한다.

"주머니 속에 있는 물건들은 전부 여기 바구니에 넣어주세요."

"예."

스마트폰을 포함해서 다량의 물건들을 주머니에 넣어둔다.

그와 동시에 승무원이 기다란 전자기기 같은 것으로 민철의 몸을 훑는 듯한 모션을 취한다.

"양팔을 벌려주세요."

"예……."

뭔가 기분이 묘하다.

게다가 그 상태에서 전자기기가 삐빅! 이라는 기묘한 소리를 낸다.

"시계 차고 계신가요?"

"아… 네."

"벨트도 하셨고요?"

"그렇습니다."

"네, 확인 감사합니다."

여 승무원이 또다시 빙그레 웃으며 민철의 협조에 감사하다는 듯이 말한다.

상당히 작위적인 미소의 냄새가 난다.

그도 그럴 것이, 저들은 민철뿐만이 아니라 이렇게 공항을 이용하려는 모든 손님들을 대상으로 저렇게 하루 종일 미소를 유지해야 한다.

그게 얼마나 힘든 일인지 민철도 잘 알고 있다.

그래서 가끔은 자신의 회사 로비에서 근무하고 있는 안내원 아가씨가 대단하다는 생각도 할 때가 있다.

"다 끝났나?"

구 부장이 자신의 팀원들을 챙긴다.

청진그룹 박람회 출장팀이라는 거대한 전체집합 안에 부분집합 형태로 홍보팀이 존재한다.

홍보팀을 챙겨야 할 인물은 다름이 아닌 구 부장이다.

"예, 다 끝났습니다."

민철과 호수가 구 부장에게 다가오며 대답한다.

만족스러운 듯이 고개를 끄덕인 구 부장이 홍보팀 인원들을 이끈다.

"우리 먼저 탑승하자. 괜히 번잡하게 사람들 많은 때에 우왕 좌왕하지 말고."

"알겠습니다."

그래도 아무한테나 알리지 않고 독단적으로 탑승하는 건 예의가 아닐 거 같아 민철이 자연스럽게 인사팀에 소속되어 있는 영진을 부른다.

"영진 씨, 홍보팀 먼저 비행기에 탑승하도록 하겠습니다."

"자, 잠시만요……."

허겁지겁 주머니 안에서 수첩을 꺼내 든 영진이 홍보팀 칸에 탑승 체크를 완료한다.

"예, 가셔도 좋습니다."

"하하… 영진 씨가 고생이 많군요."

"인사팀이니까요."

아직 차 실장도 오지 않은 상황에서 영진이 그의 일까지 대신 해야 하는 것은 지극히 당연하다.

인사팀뿐만이 아니라 경영지원팀 역시도 인사팀의 부족한 인력을 채워주기 위해 직접 발로 뛰며 인원들을 통제해 주기 시작한다.

총무팀 역시 마찬가지였다.

한동안 그렇게 수십 명의 인원을 전부 체크한 뒤 비행기에 탑승한 청진그룹 일행들.

제법 긴장한 티가 역력히 나는 민철이 첫 비행기 탑승을 위해 자리를 잡는다.

'그럼 어디······.'

운이 좋게도 창가 쪽에 자리 잡은 민철이 바깥을 내다본다.

'현대 문명의 과학을 온몸으로 체험해 볼까.'

중국 상하이.

공항에서 나오기 시작한 청진그룹 인원들이 단박에 깨달은 점이 있었다.

"···마스크 가져올걸."

지독한 대기오염.

한국에 몰아치고 있는 황사는 아무것도 아니었다.

"숨도 제대로 못 쉬겠구만, 그냥."

구 부장의 불만에 모두가 공감한다는 듯이 무의식적으로 고개를 끄덕이기 시작한다.

빵빵거리는 차량들.

그리고 질서라고는 전혀 없어 보이는 거리의 모습.

그 모든 것이 말 그대로 혼돈 그 자체다.

그나마 상하이라고 해서 좀 나을 줄 알았더니, 결국 거기서 거기였다.

"아, 한 가지 주의 사항 알려 드릴게요!"

영진이 목소리를 높이면서 이들에게 잘 들으라는 듯이 외친다.

"중국에는 도난 사고가 많이 발생하니까 개인 물품 소지에 특히 많이 유의해 주시기 바랍니다. 호텔의 경우에는 여성 따로, 남성 따로 배정되어 있고 팀별로 가급적이면 한 방에 머물 수 있도록 마련했으니 체크인할 때 확인해 주시면 감사하겠습니다!"

"예~"

"그럼 버스 대기하고 있으니까 바로 타고 이동하겠습니다!"

아까부터 국제부 팀원 몇몇이 보이지 않는다 싶더니, 이미 전에 섭외한 버스 기사를 데려오기 위해 자리를 뜬 상태였나 보다.

여하튼 버스를 타고 이동하기 시작하는 이들.

중국의 어느 호텔에 도착한 이들이 자연스럽게 호텔의 이름을 확인한다.

"세븐 스타즈 호텔이라……."

뭔가 미묘한 어감이 서려 있는 호텔 명칭이었다.

"호텔명이라도 7성 급 호텔이 되고 싶다는 의지일지도 모르지."

"하하하……."

소위 말해서 부장님 개그를 선보이는 구 부장의 말에 호수와 민철은 그저 의욕 없는 웃음을 보일 수밖에 없었다.

홍보팀 내에는 자체적으로 여사원이 동참하지 않았기에 이들은 3인이 머무를 수 있는 제법 큰 규모에 속한 방을 받을 수 있었다.

침대 역시도 정확히 3개가 있는 것으로 보아선 확실히 인원수를 계산한 모양인가 보다.

"일처리가 제법이네, 인사팀."

"저번에는 이렇지 않았습니까?"

자연스럽게 질문을 던지는 민철.

그러자 구 부장이 과거 출장을 회상하듯 썰을 풀기 시작한다.

"저번 출장에는 인원 파악이 제대로 되지 않아서 2인이서 묵을 수 있는 방에서 7명이서 잔 적도 있다니까, 하하!"

"…그건 좀 끔찍하군요."

그보다도 잘 만한 공간이 나오기나 했던 것일까.

그런 의구심마저 들고 있었다.

"일단 밥이나 먹으러 가볼까."

"식당 내에 뷔페가 있더군요. 그쪽으로 가시겠습니까?"

"무슨 소리를 하는 거야, 이 주임."

이래서 초보 출장러는 안 된다는 듯이 고개를 절레절레 흔들어 보이기 시작하는 구 부장이었다.

"이런 호텔 뷔페 따위를 먹어서 어떻게 중국의 정취를 느낄 수 있냔 말이지. 이럴 때에는 그저 바깥에 나가서 민간 가게를 싹 털어 오는 것이 가장 좋은 거야."

"…그렇습니까?"

"그런 거지."

옅은 웃음을 흘리면서 민철에게 새겨들으라는 듯이 말을 건네주는 구 부장이었다.

결국 홍보팀은 자체적으로 따로 먹고 오겠다는 말을 남기며 호텔 로비로 향하게 되었다.

마침 그때, 구 부장과 생각을 같이 하고 있던 팀이 구 부장과 홍보팀 일행들을 반긴다.

"어이쿠, 구 부장님!"

"아니, 이게 누구야."

아부의 왕, 서수준 주임이 구 부장을 반긴다.

아니, 더 이상 서수준 '주임' 이 아니었다.

"서수준 '대리' 님, 안녕하세요."

민철이 자연스럽게 그의 승진을 강조하기라도 하듯 성함 뒤에 직함을 붙여준다.

그러자 서수준이 어색하게 웃어 보이며 머쓱하게 머리를 긁적인다.

"하하, 이거 참, 대리님이라고 불리니 뭔가 민망한데?"

얼마 전까지만 하더라도 서수준 주임이었으나, 그의 아부가 드디어 빛을 보게 된 것인지 결국은 대리직으로 승진을 하게 된 것이다.

그의 동기들은 아직까지 주임, 혹은 주임 직함조차 달지 못한 평사원에 머물고 있었으나 서수준은 계속적으로 앞으로 치고 나가는 중이었다.

서수준 대리가 있단 의미는, 같은 경영지원팀 인원들도 있다는 뜻이다.

살짝 고개를 숙이며 인사하는 두 명의 사원.

한 명은 남자 사원이고, 다른 한 명은 굳이 이야기할 필요도 없이 한예지였다.

"……"

반사적으로 주변을 둘러보기 시작하는 민철.

그리고 그의 예상 그대로, 사설 경호원들이 민철의 시야에 포착된다.

공식적으로 검은 양복을 입은 남자들이 아닌, 예지의 뒤를 따라다니며 그녀의 신변만을 보호할 목적으로 보이는 경호원들이 몇몇 포진되어 있었다.

일반적인 사람의 시선으로 보면 그저 덩치 좋은 남자들이 우연치 않게 호텔 로비에서 휴식을 취하고 있는 것처럼 보일지도 모른다.

하나 민철의 시선은 일반인의 그것과는 다르다.

한눈에 봐도 신체 조건으로 따져 봤을 때에 전문적으로 실전 격투를 해온 이들이라는 사실을 금방 파악할 수 있었다.

"경영지원팀도 바깥에서 먹을 생각인가?"

"하하, 그렇습니다."

"역시 서 대리구만! 우리 또 다른 꽉 막힌 서 대리와는 차원이 달라!"

홍보팀의 서 대리가 들으면 어마어마한 잔소리를 늘어놓았을 차례지만, 공교롭게도 지금 이 자리에는 서 대리가 없다.

"제가 안내하겠습니다, 구 부장님. 마침 좋은 가게를 미리 예약해 뒀거든요."

"오호, 좋지!!"

역시 아부의 왕.

본능적으로 나오는 저 자세에 민철은 혀를 내두를 지경이었다.

저것도 일종의 사회생활이다.

민철로서는 존경스러워질 정도의 처세술이기도 했다.

그러나 예지는 뭐가 그리 마음에 들지 않는 모양인지 미간을 살짝 찡그리며 서수준 대리의 뒤를 따른다.

남은 경영지원팀 남자 사원 한 명 역시도 한숨을 푹 내쉰다.

아마도 이들은 그냥 얌전히 호텔 뷔페에서 식사를 하고 싶어 한 눈치로 보인다.

그러나 상관이 바깥에서 먹겠다고 하면 먹어야 하지 않겠는가. 물론 민철과 호수의 경우에는 이들처럼 노골적으로 싫어하진 않았지만 말이다.

"중국은 조심해야 하는 곳입니다. 특히나 '도난'에 대한 부분에서는 말이지요."

서수준 대리가 브리핑을 하듯 거리를 걸으며 다른 인원들에게 새겨들으라는 듯이 말을 이어간다.

"소매치기라든지 이런 거 말입니다."

"소매치기가 있군요."

"물론이지. 한국 관광객은 중국인들에게 있어서는 마치 굶주린 배를 채울 수 있는 일종의 식량 같은 존재라고 할까. 우리가 초식동물이면 중국인들은 육식동물인 셈이지."

적절한 비유인지 어떤지는 잘 알 수 없으나, 민철은 그러려니 하고 흘려들을 수밖에 없었다.

그보다도 더 신경이 쓰일 만한 대화가 나왔기 때문이다.

"그리고 우리 기술력도 훔쳐 간다니까."

"기술력이요?"

"그래, 기술력. 이번 박람회 때 조심해야 할 거야. 저번 박람회 때에는 우리 제품을 슬쩍 보고서 디자인, 그리고 성능을 그대로 베낀 채 그 다음 박람회 때 버젓이 물품을 등록하고 출전했다니까. 허, 참! 누가 봐도 우리 제품을 그대로 모방하고 베낀 거라고밖에 생각이 들지 않는데 그쪽에서는 전혀 문제가 될 게 없다고 하더라고. 얼마나 기가 막히던지."

중국에서 겪었던 다양한 일화들을 풀어놓기 시작하는 서수준 대리.

기술, 그리고 해당 제품을 그대로 가져와 복제하는 기술은 중국이 가히 톱이라 할 수 있다.

"그래서 난 개인적으로 반대했다고. 이런 박람회 출전은 말이야, 우리 기술력을 도난당할 수 있는 그런 장소밖에 되지 않으니까… 어이쿠, 미안."

작은 남자아이와 살짝 부딪친 서수준 대리가 무심코 한국말로 중국 꼬마아이에게 사과한다.

괜찮다는 듯이 중국어로 뭐라 중얼거린 소년이 이들을 지나친다.

"그렇군요. 과연… 도난은 조심해야지요."

갑자기 난데없이.

민철이 일행들의 옆을 지나던 작은 남자아이의 손을 확 잡아챈다.

민철의 기행에 순간 놀란 일행들.

그러나.

민철은 그저 미소를 지으며 남자아이에게 이렇게 말한다.

"서수준 대리님 지갑을 멋대로 가져가면 안 되지, 꼬마야."

*   *   *

민철의 기행.

그와 동시에 서수준 대리의 지갑을 소매치기하다 제대로 걸린 꼬마 아이가 순간적으로 민철을 바라본다.

"내 지갑……?"

서수준 대리가 반사적으로 자신의 정장 재킷 주머니에 손을 찔러 넣는다.

그러자 뒤늦게 본인의 지갑이 없어졌다는 것을 깨닫게 된다.

"저 꼬마가?!"

서수준 대리가 화가 난 나머지 꼬마에게 다가가려 하지만…….

"쳇!"

혀를 찬 꼬마가 민철의 손아귀를 벗어나며 빠르게 골목길로 도망치는 게 아닌가!

놀란 서수준 대리가 뒤를 쫓으려 하지만, 이미 꼬마의 모습은 사라지고 없었다.

"저, 저 새끼가 가정교육을 어떻게 받았길래……."

"그 정도까지만 하면 되지 않을까요, 서 대리님?"

"그치만 이 주임, 저 새끼가 내 지갑을……."

서수준 대리가 불만을 토로하려 하는 순간, 민철이 빙그레 웃으면서 자신의 또 다른 손에 들려 있는 서수준 대리의 지갑을 드러내 보인다.

"지갑은 안전하게 되찾았습니다."

"……."

"도난은 빈번히 일어나는 나라니까요. 그러니까 이 정도 선에서 그냥 기분 푸시고 식사나 하러 가시는 것도 나쁘지 않을 거 같습니다. 본래 저런 아이들의 뒤에는 조폭 같은 녀석들이 도사리고 있을지도 모르니까요."

조폭.

그 단어가 주는 중압감은 실로 어마어마했다.

분명 뒷배경이 있을 것이다.

민철의 말에서 신뢰성이 느껴진 모양인지, 서수준 대리가 고개를 끄덕이며 지갑을 받아 든다.

"어흠… 그럴지도 모르겠군."

일반 시민으로서 조폭은 상당히 무서운 존재라고 할 수 있다.

게다가 여기는 한국도 아닌 중국이다. 외국에서 무슨 일을 당한다면 이들에게 있어서는 커다란 손해일지도 모른다.

"식사하러 가는데 큰일을 다 겪는구만, 진짜."

구 부장의 말에 서수준 대리가 식은땀을 흘리며 대답한다.

"그러게 말입니다. 자자, 가게 안내할 테니 이쪽으로 오시죠!"

다시 아부의 왕 모습을 되찾은 서수준 대리가 일행들을 이끌고 앞으로 나아간다.

한편, 민철은 꼬마가 사라진 골목길을 한동안 응시하다가 이내 발걸음을 돌린다.

'먹고살기 힘든 건 어느 곳이나 똑같군.'

중국 내 어느 한 음식점.

"중국 음식이라는 게… 예상외로 엄청 기름지네요."

"예상외라니, 당연한 거 아닌가? 하하!"

호수가 먹다먹다 질려서 못 먹겠다는 듯이 혼잣말을 중얼거린다. 그러나 서수준 대리는 이젠 익숙하다는 듯이 음식을 마구잡이로 섭취해 보인다.

중국 출장 초보와 숙련자의 차이가 여기서 드러나는 듯하다.

한편, 구 부장 또한 호수보다는 서수준 대리와 비슷하게 중국 음식에 대한 거부감 없이 음식을 음미한다.

이들과는 다르게, 예지를 비롯해 같이 식사 투어에 동반된 경영지원팀 남자 사원 또한 호수와 비슷한 반응이었다.

"…이거 먹으면 살 엄청 찔 거 같은데……."

다른 사람들에게 들리지 않을 만큼 작은 소리로 혼잣말을 내뱉는 예지였다.

그러나 청각이 좋은 민철에게는 그녀의 소리가 고스란히 여과 없이 들리게 된다.

여자의 입장에서는 체중 관리도 신경을 써야 하기 때문에 그다지 좋은 유의 음식이라고는 생각하지 못할 것이다.

더욱이 한창 미용에 신경을 쓸 젊은 여성이라면 더더욱.

그렇게 호불호가 갈리는 식사 시간이 어느 정도 마무리가 될 무렵.

"그러고 보니… 소식 들으셨습니까?"

서수준 대리가 슬쩍 구 부장과 호수, 그리고 민철을 번갈아 바라보며 무언가 한 가지 사실을 언급한다.

"태봉이 녀석에 대해서 말입니다."

"태봉이라… 갑자기 그 녀석이 왜?"

뜬금없이 태봉이 이야기가 나오기에 구 부장이 오히려 의구심을 드러낸다.

지금의 태봉이 소식은 구 부장도 익히 잘 알고 있다.

일단 잠시 휴식기를 가지고, 다른 회사에 한두 군데씩 이력서를 찔러 넣고 있다는 소식을 접했기 때문이다.

청진그룹 본사에서 일했다는 이력은 분명 태봉의 몸값을 올려줄 것이다.

웬만한 중소기업… 아니, 강소기업은 오히려 태봉을 모셔 가려고 노력을 할 것이라 예상된다.

즉, 어딜 가도 대우도 좋고 굶어 죽진 않을 거라는 게 구 부장의 총평이었다.

하나 서수준 대리에게서 나온 말은 그것과는 전혀 다른 의미의 말이었다.

"태봉이 녀석이 퇴사한 계기가 무엇인지 기억하십니까?"

"그거야… 다른 회사 측에 우리 제품의 슬로건 정보를 흘리다가 덜미를 잡힌 거지."

"그 슬로건 정보를 받은 기업이 이번 중국 박람회 때 출전한다고 합니다. 참가 신청 목록에 있더군요."

"…뭐?"

구 부장의 표정이 미묘하게 변하기 시작한다.

기업 간의 기밀 정보, 그리고 비급 등등 외부로 발설되어서는 안 될 정보들을 얻기 위해 스파이, 혹은 정보 수집과도 같은 행동이 기업 내에서는 빈번하게 일어난다.

태봉의 경우에도 마찬가지다.

"내일산업도 나온다는 뜻입니까?"

내일산업.

태봉이 냉방제품 슬로건을 제공해 준 바로 그 기업이다.

청진그룹에 비해서는 한창 뒤떨어지지만, 가전제품 면에서는 국내 톱을 다투는 영향력을 지니고 있다.

그래서 대놓고 청진그룹을 저격하기 위해 태봉이를 통한 산업스파이 작전을 실행한 것이다.

"그렇네. 심지어 우리 부스 근처에 있을 거 같다는 말도 들었네만……."

"그렇군요."

"뭐, 한국 기업들을 한데 묶다 보니 자연스럽게 인접 부스에 위치하게 된 것은 맞는 일이지만, 그래도 껄끄러운 사이인 건 마찬가지지. 아마 내일산업 역시도 자신들이 우리 측 사원을 통해서 스파이 짓을 하다가 들킨 점에 대해서는 최대한 감추려고 할 거야."

"……."

원수는 외나무다리에서 만난다고 했던가.

물론 태봉이 유혹을 뿌리치지 못한 점이 최초 원인이 되기도 하지만, 그래도 가장 원시적인 이유를 제공한 것이라면 당연 내일산업이다.

내일산업 측에서 제3자를 꼬드겨 기업 기밀을 빼오려 했다
는 의도만 없었다면, 태봉도 그런 유혹에 빠져들지도 않았을
것이다.

"잘 되었군요."

민철이 자신도 모르게 입가에 미소를 지어 보인다.

그러자 모든 사람들의 시선이 민철에게로 쏠린다.

"뭐가?"

"아니요, 아무것도 아닙니다. 그저……."

민철의 머릿속에는 이미 어느 한 시나리오가 완성되기 시작
한다.

"말 그대로 시크릿 산업스파이가 되어볼 기회가 생겼다…
라는 기분이 들어서요."

가게 바깥을 나온 일행들.

서서히 호텔로 돌아갈까 하는 상황에서 민철은 구 부장에게
잠시 볼일이 있다는 듯이 말을 하게 된다.

"근처 가게에서 뭣 좀 사 가겠습니다."

"사 갈 게 뭐가 있다고?"

"혹시나 해서 맥주캔 정도만 사가려고요."

"오, 좋지. 중국술이 또 그렇게 기가 막히다며?"

만족스러운 미소와 함께 민철의 센스 넘치는 행동에 감탄하
기 시작하는 구 부장이었다.

유 실장만큼 술을 미친 듯이 좋아하는 건 아니지만, 호텔에
서 맥주 한 캔 정도는 까서 마실 수는 있지 아니한가.

"저도 같이 가겠습니다."

호수가 민철에게 동행을 신청하지만, 그런 호수를 오히려 민철이 말린다.

"괜찮아요. 그냥 구 부장님 모셔다 드리세요."

"그치만……."

뭔가 망설이던 호수였지만, 구 부장 혼자서 호텔로 돌려보내기에는 확실히 모양새가 안 나는 모양인지 호수가 고개를 끄덕이며 민철의 말을 받아들인다.

경영지원팀 역시 구 부장, 그리고 호수와 함께 호텔로 돌아가려던 찰나였다.

"……."

근처를 바라보던 민철이 신문을 읽고 있는 어느 한 젊은 남성에게로 다가간다.

이윽고 한국말을 통해 남자에게 말을 건다.

"예지 씨를, 그리고 그 주변에 있는 인물들을 잘 지켜주시면 좋겠습니다."

"……!"

남자가 심히 놀란 표정으로 민철을 바라본다.

민철은 이 남자 역시 예지를 지키기 위해 고용된 사설 보디가드 중 한 명이라고 진작부터 눈치를 채고 있었다.

"다른 분들의 안전까지 생각해 준다면, 당신의 정체를 밝히지 않겠습니다. 어차피 혼자도 아니잖아요?"

그렇게 말하면서 민철이 손가락으로 몇몇의 인물을 가리킨다.

"저기 아이스크림을 판매하는 아저씨도, 근처에서 데이트를 하고 있는 커플도, 그리고 이어폰을 꽂고 책을 읽고 있는 남자도. 전부 다 예지 씨를 보호하기 위해 고용된 보디가드들이니까요."

"…누구냐, 넌."

남자가 험상궂은 표정을 지으며 대놓고 민철에게 정체를 묻는다.

이들은 프로 사설 경호원이다. 절대로 대상자에게 자신들의 존재를 들키지 않고서 아무도 모르게 경호 임무에 임하는 것이 이들의 업무이자 생업이기도 하다.

그런데 너무나도 쉽게 간파를 당한 것이다.

"그저 홍보팀 주임직을 맡고 있는 이민철일 뿐입니다. 어차피 저에 대해서는 신분 조사를 다 마쳤을 테니 그 이상의 설명은 생략하도록 하죠."

"…어째서 다른 사람들의 신변까지 보호해 달라 말하는 거지?"

"이제부터 우리 뒤를 졸졸 따라다니던 질 나쁜 녀석들을 손봐줄 생각이라서 말입니다."

"…혼자서 그 패거리 녀석들을 상대할 예정인가?"

보디가드 역시 민철이 무엇을 말하는지 잘 알고 있다는 듯이 묻는다.

그러자 민철은 그저 고개를 끄덕일 뿐.

"아무쪼록 제가 한 말은 지켜줬으면 좋겠군요."

남자가 한동안 고민을 하더니 이내 무겁게 고개를 끄덕인다.

"인지하도록 하지."

"감사합니다."

한경배 회장이 이들에게 보디가드 임무를 수행하면서 내린 목표는 단 두 가지였다.

예지의 안전.

그리고 예지에게 보디가드들의 정체를 들켜서는 아니 된다.

그렇게 되면 한경배가 예지를 위해 보디가드들을 이번 중국 출장 때 섭외했다는 사실을 들키게 되기 때문이다.

가뜩이나 한경배 회장의 이런 과보호 때문에 심기가 불편한 예지다. 보디가드들의 입장에서도 의뢰인이 절대적으로 지키라 엄수했던 두 가지 사항은 가급적이면 지키려 노력할 것이다.

왜냐하면 막대한 돈이 걸려 있으니 말이다.

한경배 회장답게 의뢰 비용도 상당히 강하게 제시했다. 역시 대기업 총수다운 액수였다.

한편, 민철은 보디가드에게 확답을 받은 뒤 골목길로 접어든다.

이윽고 한국말이 아닌, 중국말로 살짝 목소리에 마나의 힘을 실으며 외친다.

"아까부터 우리 뒤를 졸졸 따라다니고 있다는 거 다 알고 있으니 그만 나오시지, 짱깨들아."

"……."

민철의 도발에 넘어간 모양인지 어두운 골목길에서 족히 6명은 되는 덩치들이 모습을 드러낸다.

그 뒤에는 아까 서수준 대리의 지갑을 훔쳤던 소년이 마찬가지로 민철을 향해 눈을 흘기며 중국말로 남자들에게 말한다.

"저 남자예요."

"…그렇군."

남자 중에서도 리더로 보이는 험상궂은 인상의 덩치남이 가볍게 주먹을 푼다.

"스스로 뒈지려고 왔나?"

"무슨 헛소리를 하는 것인지 모르겠다만."

"혼자서 이곳에 올 생각을 하다니. 제법이군."

"어차피 나중에 우리한테 위해를 가하려고 했잖아?"

"얌전히 소매치기를 당했다면 위해를 가할 생각도 없었을 터인데… 아쉽군. 너의 어리석음이 이런 상황을 초래한 것이다."

"누가 어리석은지에 대해서는 곧이어 알게 되겠지."

가볍게 몸을 푼 민철.

오랜만에 자신의 실력을 발휘할 생각에 이미 그의 안면에는 만연의 미소가 번지고 있었다.

"어느 영화에서 '매너가 사람을 만든다'라고 하더군."

"……?"

"그 매너, 오늘 내가 너희들에게 제대로 알려주지."

『회사원 마스터』 5권에 계속…

초대형 24시 만화방

신간 100%, 샤워실, 흡연실, 수면실(침대석), 커플석, 세탁기 완비

■ 일산 정발산역점 ■

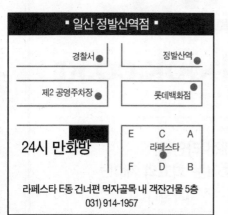

라페스타 E동 건너편 먹자골목 내 객잔건물 5층
031) 914-1957

■ 강북 노원역점 ■

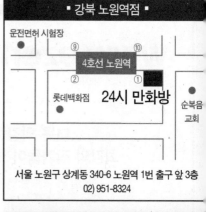

서울 노원구 상계동 340-6 노원역 1번 출구 앞 3층
02) 951-8324

■ 부천 역곡역점 ■

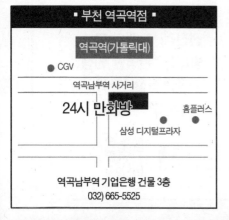

역곡남부역 기업은행 건물 3층
032) 665-5525

■ 부평역점 ■

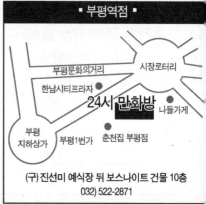

(구)진선미 예식장 뒤 보스나이트 건물 10층
032) 522-2871

PERFECT GAME
박선우 장편 소설
FUSION FANTASTIC STORY
퍼펙트 게임
고통과 좌절의 시간들을 뛰어넘어
불사조처럼 일어나 세계를 제패한 사나이의 일대기.
대한민국을 넘어 메이저리그를 평정하며
명예의 전당에 헌정된 언터처블 투수, 이강찬.
강철 같은 어깨에서 뿜어져 나오는 그의 패스트볼은
무적이었으며 야구계에 길이 남을 신화였다.
야구만을 사랑했던 고독한 사나이.
그의 퍼펙트게임이 이제 시작된다!
Book Publishing CHUNGEORAM
www.chungeoram.com

현윤 퓨전 판타지 소설

현대 소환술사

THE MODERN SUMMONER

FUSION FANTASTIC STORY

하늘이 무너져도 솟아날 구멍은 있다!

드래곤의 실험으로 모진 고난을 겪어야 했던 레비로스!
우여곡절 끝에 소환술사가 되어 최강의 자리에 오르지만
운명은 그를 나락으로 떨어뜨린다.

『현대 소환술사』

다시 한 번 주어진 삶!
그러나 그마저도 암울하기 그지없는데……

소환술사 레비로스의
인생 역전이 시작된다!

Book Publishing CHUNGEORAM
유행이 아닌 자유추구
WWW.chungeoram.com